U0915397

超级生物

金子息 著

四川文艺出版社

图书在版编目（CIP）数据

超级生物 / 金子息著 . -- 成都 : 四川文艺出版社 , 2020.6（2022.10 重印）
ISBN 978-7-5411-5596-3

Ⅰ . ①超… Ⅱ . ①金… Ⅲ . ①幻想小说－中国－当代
Ⅳ . ① I247.5

中国版本图书馆 CIP 数据核字 (2020) 第 051961 号

CHAOJI SHENGWU

超级生物

金子息　著

出 品 人　张庆宁
策划出品　磨铁图书
责任编辑　李国亮　邓　敏
特约监制　江南北
产品经理　王晓坤
特约编辑　孙佳怡
责任校对　汪　平

出版发行　四川文艺出版社（成都市锦江区三色路 238 号）
网　　址　www.scwys.com
电　　话　010-82068999（发行部）　028-86361781（编辑部）

印　　刷　三河市中晟雅豪印务有限公司
成品尺寸　146mm × 210mm　　开　　本　32 开
印　　张　8.75　　字　　数　218 千
版　　次　2020 年 6 月第一版　　印　　次　2022 年 10 月第四次印刷
书　　号　ISBN 978-7-5411-5596-3
定　　价　49.80 元

版权所有 · 侵权必究。如有质量问题，请与本公司图书销售中心联系调换。电话：010-82069336

目录
Contents

超级生物项目启动书

研究中心：惊人研究院第三培植中心

项目负责人：晓博士

在现在这个世界上，除了人类和其他常见的物种外，还存在着不为人知的神秘物种——超级生物。

它们大多弱小而神秘，试图在现实的夹缝中顽强存活，但又因为人类活动而受到影响，数量正在逐渐减少。

发现它们的存在，认可它们的存在，并且保护它们的存在，是我们开展这项研究项目的初衷，也是我们将贯彻到底的原则。

惊人研究院

No.001

地口

“你有没有过东西不小心掉在地上却怎么也找不到的经历？”

我在新建文档上敲下这么一句话，随即盯着末尾闪烁的光标，一时间不知该如何继续。黑夜无声，空旷的房屋中面前这台电脑是唯一的光源。我透过荧亮的屏幕摸索放在桌角的杯子，试图灌下气泡散尽的干姜水来提神，却一不小心将那支用来记录研究数据的原子笔碰掉在地。

我怔住。

“你……还在吗？”我在黑暗中颤抖着开口，却根本等不来任何回应。

我失落地起身，打开落地灯，暖橙色的灯光终于点亮我这一隅。我蹲下身子朝圆木桌底张望，只见灰白色笔杆正乖顺地躺在那里。

我松了口气，将笔收回胸前的口袋，同时决然地关上电脑，熄灭光源，躺回还漾着热气的被窝里。

我叫晓，姓什么不重要，研究所的同事都叫我“晓博士”。我供职于一家特殊的研究机构——惊人院，做一些我所擅长的调查和研究，不是什么国家重点课题，更无法用一般的经验和准确的文字来描述那些奇怪的研究对象。

这次的研究对象，要从三天前惊人院接到的群众报告说起。

“电话是个小孩子打来的，天知道他是在什么奇怪的地方看到我院热线的。”专门负责记录群众来电的接线员三三笑着说，却只换来我一个冷淡的眼神。

三三换下玩笑的脸，清了清嗓子道：“啊，抱歉，晓博士……那孩子说，他在做假期手工作业，七巧板不小心掉在地上一块，然后吧，就怎么也找不到了。”

我终于停下手中的笔，认真抬头，接过了对方递过来的报告单。

我迅速掠过姓名、地址、电话，直接看向事件描述。

是它。

我二话没说，脱下了白大褂，取下胸前的工作证，将齐肩的长发扎起，裹紧了黑色毛衫，拎起手边的帆布包便出了外勤。

如果我没判断错的话……我加快脚步，赶上最近的一班地铁。这家伙在大城市已经很少见了，尤其是在以现代化商品房为主的今日，它们几近灭绝，若是这次能有幸抓获，将会对我实验数据的空白进行完美填补。

更重要的是，或许我还能找回丢失的东西。

我按照对方提供的地址，来到一处偏僻的城中村改造工地。这里大部分的建筑都已经被拆除，只剩下几栋摇摇欲坠的三层楼房。我绕过碎砖乱瓦，扶着被画上了“拆”字的院墙，步入如今已为数不多的老式单元小区。

“你找谁？”防盗门里层的木门被打开，一个穿着秋衣秋裤的小男孩踮着脚从缝隙里看向我。

我摸出包里的证件：“你好，我是惊人研究……”

“噢，对对对，是我打的电话！”小男孩毫无戒心，兴奋地开了门，还帮我找了双早已看不出原本颜色的棉拖鞋。我摆手拒绝了他的好意，从口袋里摸出随身携带的一次性鞋套穿上。

房子从里到外都散发着一股老旧的气息，典型的老式单元楼的两室一厅。我沿着狭窄昏暗的门厅走向里屋，却被隔壁拆迁工地的噪声吵得心惊。

“家里只有你一个人吗？”我谨慎发问。

小男孩在前面领路，通过狭窄的走廊推门抵达卧室，头也不回地说道：“是啊，就是这里，我当时就坐在这里拼七巧板……”

我上前看去，只见拥挤的卧室角落里塞了一张贴满卡通贴纸的学习桌，桌子两侧摆满了书和作业本，裸露的灯泡从头顶垂下来，钨丝闪烁，让我猛然花了眼。

“先别开灯。”我连忙制止。

“哦哦。”小男孩又扯了下绳子，灯光便迅速熄灭。

卧室里堆满了打包好的东西，从进门处的鞋架开始，所有东西都被装进了大小不一的袋子里。我一边蹲下身拉开随身的帆布包，一边和跟在我身后的小男孩寒暄，虽然我并不擅长这个。

“要搬家了？”

小男孩点头：“嗯，我妈说，房子要被拆了，然后我们就可以去住更大的房子啦，还有电梯呢。”

我抬头从窗户向外望，不远处的回迁房约莫二十五层，的确用得到电梯。

“你找不到的那块七巧板，是什么颜色？”我在桌底张望片刻，直起身子。

小男孩拉开学习桌的抽屉：“就差中间的这块小三角形，应该是蓝色吧。”

我抬眼看了看，是最普通的中小学算数课上用的那种塑料七巧板，小巧、平庸、劣质、不起眼——正是地口最喜欢的东西。

我有些庆幸，一边从包里摸出医用手套戴上，一边对瞪着大眼好奇等待的小男孩说道："幸好你找到我们，不然，几天后这里一拆，地口就又会因无家可归而死掉，这样下去，迟早灭绝。"

"地口？"小男孩眨眨眼，不解地问道。

我点头，却没有进一步解释："你去楼下工地找一块破旧的瓷砖来给我。"

小男孩撇撇嘴，不情愿地转身："你这个大姐姐，还真会使唤人。"

支走了小男孩，我才把早已准备好的金属鱼钩和渔线取出来。这是特制的钩子，比鱼钩更细，尖锐的钩子也被磨平，确保不会伤到对方。我拉开小男孩桌子的抽屉，从那堆七巧板中又取了一块黄色的正方形，拿渔线紧紧系在钩子尾部，随即又在那上面撒了点食盐。

"你是谁？！在干什么？"

陌生的声音令我一惊，我迅速停下手上的动作。

"你怎么在我们家里？小娃呢？"

来人是个中年妇女，穿着碎花围裙，双手粗糙并沾满了油，头上包着旧头巾，把夹杂着银丝的短发藏在里面。

油、围裙、头巾……餐饮。

我迅速瞥了眼钟表。

中午十二点，餐饮机构最忙的时候，偏偏这个时候回家，再加上这样的打扮，不会是什么正规的大饭店。手上厚重的油渍，上午……小吃！早餐小吃摊位！

我微笑着站起身冲对方点头："你好，我是……"

报告人的姓名、年龄……我迅速在脑海里搜索："……我是张小海的班主任，今天正好路过，就来看看小海的假期作业完成的情况。"

中年妇女愣了愣，在围裙上擦了擦手，急忙换了笑脸：“哦……是、是老师啊，来来来，先坐！”

对方搬来椅子给我，恰好让我看清了她指缝里的蛋壳残渣。

“想着您卖早餐肯定还没回来，就没准备多坐。小海打电话给我说，完成作业用的七巧板少了一块，我就来给他出出主意。您摊子还没收吧？就不用陪我了。”我坐下接过对方递过来的热茶回应道。

中年妇女见我如此了解他的情况，便也放下了戒心，搓了搓手笑着说道：“哎哟，我是没零钱找人家了，回来取零钱的。那什么，老师您先坐啊，我去屋里拿点零钱。”

“哎，您忙。”我不动声色地将鱼钩和渔线攥在手里。

“破瓷砖拿回来了……你看这个行不行？”房门再次被推开。

“行！”我急忙站起身，一个箭步上前，接过张小海手上残缺的破旧瓷砖。

中年妇女闻声而来：“哎，你这娃娃，捡这破烂干什么？”

“是这个姐……”

“是我让他捡的，我叫他拿这个充当七巧板，来完成手工作业。”我抢过话来。

妇女愣了愣：“小娃你叫老师什么？姐？”

我摇摇头：“是这样，我姓解，是个多音字，小孩子认不准。”

“哦哦，那解老师先辅导小娃作业，我先忙去哈，摊子叫别人帮忙看着呢。”中年妇女笑笑，揣着一把零钱出了门。

我终于松了口气。

“冒充我的老师，大姐姐你很可疑哦。”听着忙忙叨叨的脚步声渐远，小男孩这才吸了吸鼻涕。

“开始吧。”我无视他的质疑，重新蹲下身子。

我先将他拾来的破瓷砖放在桌底，随后将系着七巧板的鱼钩丢入桌底最里面的位置，然后拉着这一头的渔线，一边放线，一边慢慢退出房间，最后将房门半掩。

“这是在干吗啊？”小男孩搬了个马扎远远地坐着。

“钓地口。”我压低了声音，“地口是一种藏在桌子下面或者柜子底部缝隙里的生物，一般生长在破旧的地砖和墙缝里，因为这些年久失修的裂缝常年无人看顾，它们慢慢长出了嘴巴，专吃一些人类不小心掉落在地的不值钱的小东西，比如硬币、笔帽、扣子等。”

小男孩大惊失色：“这么说，我的七巧板，是被地口给吃了？！”

我点头。

“那……那怎么办？你又不真是我老师，我手工作业可怎么交差？”

我示意他噤声，因为，我已经感受到了指尖缠绕的渔线正在细微地震颤。

我急忙收紧渔线，迅速往回拉，同时开门步入屋内，一手扶着地上事先摆好的破旧瓷砖，一手猛提渔线。

只见一张黑漆漆的、足有手掌大小的嘴巴被我从桌底给提了出来。

小男孩惊得合不拢嘴。

我把这张黑漆漆的嘴巴放在破瓷砖上，收紧了渔线不让它逃窜，一手按住它的底部，一手伸出双指在它口中摸索，不一会儿便掏出来了一堆东西。

有弹珠、小兵人、橡皮，当然，还有那块消失了的七巧板。

我把这些东西还有用作诱饵的七巧板一并交给小男孩，这才小心将鱼钩从地口的嘴里取出来。我刚一松手，那黑色的嘴巴便迅速消失在那块碎裂的瓷砖上。

“哎！跑了！”小男孩急得直跺脚。

我摇摇头：“放心，它就在这块瓷砖里，跑不了的。”说着，我取下医用手套，再拿报纸将这块瓷砖仔细包裹起来，塞入随身的帆布包里。

“那，你要把地口带到哪里去？”小男孩捧着完整的七巧板，反倒有些担忧。

我拍了拍他的肩膀，然后从口袋里摸出一枚特制的银币递给他：“当然是带回我的培植中心饲养起来，避免它们灭绝，并且对它们进行观察和研究。为了感谢你提供地口的线索，同时帮我们进行保密工作，我代表惊人研究院赠予你这枚纪念币，以后如果你有什么困难或者需要帮助，就拿着它来找我们吧。”

小男孩接过银币，刚要继续开口发问，我已经转身离去，还不忘轻轻带上门，就像我从未来过这里，什么都没有发生过一样。

然而，我并没有按照我方才所说，带着瓷砖回到惊人院，而是径直打了车，迅速回到自己家中。

我小心地捧着瓷砖，轻轻地将它放在我桌子下方的角落里。在那里，有条不大不小的墙缝，是两年前隔壁装修的时候留下的。我原本懒得修，却没想到，那里竟然慢慢生出了地口。

一只雌性地口。

它吃了我掉在地上的耳钉、绑头发的皮筋，还有亮晶晶的指甲贴片。

可是一个月之前，它却突然消失，不再出现。不管我拿什么东西引诱它都没有用，就像它从没出现过一样。

张小海家里带来的地口，从它吃的东西来看，应该是个雄性地口。

所以，如果我推断得不错，我把这只雄性地口带回来，一定能把之前消失的那只雌性地口给引诱出来，让它归还一个于我而言非常重要的东西——那个被我赌气丢出去的、它不小心吞下的东西。

第一天，墙缝没有动静，那块瓷砖也没有动静。地口生于黑暗中，这两只第一次见面，应该还在害羞吧。我耐心等待着。

第二天，我丢过去了地口喜爱的小东西，试图推波助澜，却仍旧没有任何动静。

第三天，我只好故技重施，用特制鱼钩将瓷砖里的雄性地口钓出来，径自放入桌底的墙缝里，希望它能主动一点，帮我带回之前住在这里的雌性地口。

第四天……

第五天……

我最终等来的却不是喜讯。

消失了，地口从我家里彻底消失了。我找遍各个角落，每一个柜子的缝隙，每一块瓷砖的裂痕，但凡我能想到的地方，都不再有地口的痕迹，哪怕是我从张小海家里捉来的那只雄性地口，也没有了踪迹。

我颓然地坐在冰凉的地板上，面对写了一半的研究报告，不知该怎样继续下去。

该消失的东西，总会消失。就像该忘记的人，应该被忘记。

我无奈苦笑，拿起手机给通信录里唯一的联系人 H 先生发了条信息——之前被地口吃掉的东西再也找不回来了，就这样吧，我们回不去了。

下一秒，这条信息就被我删除了。

果然是回不去了。我犹豫了片刻，最终拨通了装修公司的热线。

“喂，我要重新装修，嗯，对，所有，以前的痕迹，一点都不留。”

名称：地口

发现地：S 市某社区

简介：年久失修的房子出现裂痕，久而久之生出黑色手掌般大小的嘴巴，无牙，喜盐，脆弱，躲在黑暗中吞食人类不小心掉落的物品，多为不值钱且普通的小玩意，如笔帽、弹珠、橡皮、硬币等。目前没有地口吞食贵重物品的记录。

特点：独居、念旧，一旦离开原生地便会消失

如果家中发现地口，请不要慌张，它没有任何攻击性，可以喂它一些无关紧要的小东西养起来。如果害怕，只要重新修补墙缝和地缝即可消除。

No.002

磁虫

“哎，她怎么睡在研究所啊？”

“嘘……听说晓博士家里在搞装修，没地方去，已经在实验室住了好几天啦。”

“不会吧？不都说她和咱们院长……”

“咳！”我翻了个身，裹紧身上的毛毯，将尚未散去的热气抱在怀里。

几个年轻的实习生你推我搡，相互使了个眼色，便迅速消失在白色的长廊尽头。

等再也听不见窸窣的脚步声，我才不紧不慢地起了身，随手打开沙发旁边的柜子，从一排排实验仪器中挑选出一个相对干净的量杯，再取出塞在试管架上的牙膏，趿拉着拖鞋晃到洗手池旁。

电动牙刷规律的震颤将我逐渐唤醒，手机开机，甜美的语音像往常一样开始播报今日的天气和要闻；墙壁上的电子钟跳跃到我熟悉的数字，定时的咖啡机准时开始工作，嗡嗡直响；我抬眼看向一旁的保温箱，里面培植的超级生物正在红蓝光中恣意成长。

这按部就班的一切，如同契合的齿轮相互借力，少了谁都不行。

尤其这无形的电网，研究院中所有仪器，一旦失去电，便寸步难行。

洗漱完毕，我换上白色褂子，抱着昨天记录的实验数据前往会议室，路过的同事全然无视我的存在，直到一个陌生的面孔闯入我的双眼。

“晓博士，早！”

年轻、活力、刺目，我匆忙点头转身，钻入了女厕所。

隔着并不厚重的门板，外面的对话我听得一清二楚。

“你是新来的吧？那晓博士是个怪胎，独来独往的，不喜欢和别人打交道。你以后再见了她，还是选择无视吧！这样你舒服，她也舒服。”药剂师小徐夹着数据记录从一旁路过，轻轻拍了拍那年轻姑娘的肩膀，好心告诫。

“哎？可是……”

“别可是了，快去准备茶水，研讨会快开始了。”

当我再也感受不到门外有人的气息，才从马桶上缓缓起身，谁知刚要推门，头上的吸顶灯便传来一声微弱的脆响。

举目的瞬间，漆黑一片。

——停电了。

厕所没有窗户，因此没有一丝光源。我急忙摸出手机，打开手电筒，借助光亮寻找厕所的门锁，狼狈地钻出这黑暗狭小的空间。

叮咚。

手机忽然传出低电量提示。我心一惊，急忙低头看去。

明明早上刚充满的电量，此刻仅剩不到百分之二十了。

手机电池的电量已经变得如此不经用了吗？还好，百分之二十，足够我从这里撑到会议室。

我刚这么想着，还没来得及迈开步子，四处便重新被黑暗吞噬。

什么情况？我拼命按动手机 Home 键，却得不到任何的回应。

我只觉黑暗越发浓稠，一层层浇筑在我的脊背上，压得我无法喘息。仓皇之间，毫无反应的手机被我掉落在地，祸不单行，我只觉慌乱的脚步踢到了什么东西，紧接着，就听见一声脆响，手机被我踢进了水槽下的缝隙之中。

完了。

我摸索着蹲下身子，将手伸入狭小的缝隙，努力判断着手机的方位。

等等。

我手指僵住，瞬间屏住呼吸——我的指尖，触碰到了某个有温度的、柔软的东西。

理智告诉我要赶紧收回手，可我天生好奇，生怕错过什么奇怪的东西，于是我咬咬牙，一狠心，伸手抓住了那个柔软的物体。

“啊！”

一声人类的尖叫声传出来。我吓得猛然松手，而黑暗也如同受了惊，瞬间消失得无影无踪，重新亮起的灯光刺眼而绚烂，我蹙眉努力适应着。

“晓……晓博士？”

是刚才那个年轻的实习生。她一脸错愕地坐在原地，一手捂着自己的指尖。

我松了口气：“是你啊。”

她吓得不轻，颤抖着点头。

我重新俯下身子，在缝隙中摸索，终于找到了自己的手机。同时，也在手机的一旁摸到了一枚崭新的一元硬币。

“你在找这个吗？”我顺手将硬币递给对方。

实习生点头接过：“我……我刚在走廊的自动贩售机买饮料，只投了两枚硬币，刚巧就停了电，这剩下的一枚硬币没拿稳，就滚到这里，我正摸呢，突然被人抓了手……幸好，幸好是您……”

我没心思听她的故事，洗了手拿起实验数据文件出了门："那台贩售机有故障，年限到了，总是搞错饮料的品种，前不久已经给它断了电，最近就要被拉走报废了。我劝你省下手里这硬币，去楼下便利店买吧。"

"啊？"实习生小姑娘愣了愣，"可……可我刚刚已经投了两枚进去……"说着，她便蹲下身子摆弄机器退币的按钮，结果自然是一无所获。

早晨的停电风波没有影响研讨会的正常进行，院长一如既往地缺席，只有我们几个研究室主任参加。

"院长每次都推脱，总也不出面参会，到底是怎么回事？"茶歇，一位年轻的研究员摆弄着手里的原子笔，似笑非笑地看向我。

我低头无言，整理笔记。

药剂师小徐轻笑，接过话来："这算什么，我来惊人研究院已经好几年了，和院长见面的次数，一只手都能数得过来。"

旁边的人纷纷附和："对，总是接到院长的电话，提交上去的报告也每次都有院长的签字盖章，就是从没见过院长的真面目。"

"他的办公室不是从来都没亮过灯吗？谁知道他到底在不在呢。"

"可就算这样，你们没觉得，院长对咱们这里的一切都了如指掌吗？我上次不小心打碎了采集的血样，转眼就收到了通报批评呢。说不定院长就在某个地方看着咱们呢。"

药剂师小徐点头，凑近了我突然说道："那也可能是院长安插了眼线在咱们这里呢，你说是不是啊，晓博士？"

我重重合上笔记本，踩着一路闲言碎语，起身离开会议室。

回到第三培植中心，两名研究员正在对保温箱中的杂交物种进行定期养护，我坐在沙发上，给停工的手机充上电，随后拿起一本杂志随意翻看，顺便听听同事的闲聊。

“上次我给你推荐的日剧你看了吗？”

“哎，刚看了三集。”

“不好看吗？”

“哪有，很好看啊。就是我的手机不给力，最近电量掉得特别快，看不了一集就没电了。”

“啊？你也是啊……我跟你说，最近我手机奇怪得很，刚刚还满电呢，一转眼，就进入低电量模式了。我开始还以为是不小心碰到了什么耗电的软件，但我检查了，也没干什么啊……”

两人的对话吸引了我的注意。我旋即起身，朝走廊尽头的房间走去。

我轻轻叩响大门，里面的人正坐在旋转的洗衣机前低头玩手机。

“啊，晓博士。”保洁王某头也没抬，往旁边坐了坐，给我让出位置。

惊人院里奇怪的人很多，多一个不算什么。可王某不一样，他一看就是个有钱人家的少爷，二十岁出头的模样，矜贵又顽劣。只是不知道他到底在想什么，承包了一家保洁公司，还亲自在惊人院里做些洒扫工作，估摸是哪家的富二代来体验生活的。

我环顾四周，随后抬手指了指墙面上的电表：“让我看一下最近的用电记录。”

“好嘞。”王某利索地摸出钥匙，打开电表箱，同时从抽屉里找出一份日常记录递给我。

“这两天总是莫名其妙地停电，电压很不稳定，我跟院长反映过了，但他也没说什么。”王某说着重新坐下，继续手里的游戏。

我沉默着翻看用电记录，找到了几个数据异常的时段。随后，我将随身带来的手机充电器插入插座，同时盯紧了墙上正在规律旋转的电表。

“这一层的电表是哪个？”

王某抬头，给我指了指。

接着，我将手机接入充电线。

果然，这一层的电表开始飞速旋转，与其他楼层的电表转速明显拉开了距离。

“这……这怎么回事？手机充电怎么会这么耗电？”王某明显愣了愣。

“你帮我在这里看一看，我去楼下充电试试。”说着，我拔下充电器，推门走入楼梯间。

我没有去别的房间，而是直接走向走廊尽头的院长办公室。我熟练地推门而入，坐在里间的办公桌后，看也没看，伸手便准确摸到了插在那里的充电线，直接接入自己的手机。

——还是像之前那样，总也不拔充电器。

我无奈地摇摇头。

我拿座机拨通了王某的电话：“怎么样？”

“这……你充电的这层，电表转速变快了！”

果然。我挂了电话，将手机紧紧攥在手里。

我迅速回到实验室，让研究员接通磁箱，然后去掉手机的保护壳和钢化膜，将它端正放入。

“这是？”研究员一脸疑惑。

“通电。”我关上磁箱的舱门吩咐道。

研究员同我确认好数值大小，这才缓缓启动磁箱电源。

仪器通电，磁化后的装置产生了大量磁力，手机顿时悬置半空，在高速的磁力对撞下微微颤抖着。我示意研究员缓缓加大电量，同时从抽屉里摸索出一块 U 形磁铁，等候在一旁。

随着电流的加大，我清晰地看到，我手机的充电孔中钻出了一只细小的银色昆虫，无翅无腿，只有四只铁丝般的触角在来回碰撞。

“磁虫！”研究员惊呼。

我示意他们关上磁箱电源，同时伸手用 U 形磁铁将那小小的虫子吸上来，拿到放大镜下观察。

这银色小虫通体浑圆，一看就吃了不少电量。

“晓博士，咱们这里……怎么会闹磁虫？”研究员有些担忧地看了一眼自己的手机。

我摇摇头：“磁虫微小，通过钻入手机、电脑、空调等电器的充电口中吸食电量为生，常大量寄居在充电宝里。咱们研究院的设备总是定期检查，按道理讲，是不会大规模爆发磁虫灾害的。先不管这个，你去把大家的手机都拿到磁箱里检查检查，把里面藏着的磁虫都给抓出来。”

我将这吃得浑圆的小虫放入广口瓶，拿滴管往它身上滴了点盐水。顿时，小虫响起了噼里啪啦的短路声，挣扎呕吐着，好半天，那浑圆的肚子才慢慢瘪了下去。

难道说……我摇摇头，陷入沉思。

闻讯而来的实习生小姑娘把手机交给了研究员进行磁虫消除，同时弯下腰凑近了看被我放在广口瓶里的磁虫，一脸惊奇。

“这……这就是吃手机电量的磁虫？”小姑娘伸出手拿指头触碰玻璃器皿的边缘。

我点头，却是想不明白一个问题。

磁虫食量不大，一般藏在手机里，每次偷食个百分之五左右的电量便能饱腹，一般人是不会察觉到它的存在的。可是研究院里的磁虫却是胃口大开，竟然吃得电表飞速转动，甚至造成电压不稳而停电……这又是为什么？

“哎？我好像在哪里见过这种小虫。”实习生小姑娘忽然想起了什么。

我向她投去疑惑的目光。

“我今天早上在贩售机买饮料的时候，就看到这种小虫排着队从墙脚路过呢。当时我没细看，还以为是蚂蚁搬家呢。”小姑娘吐了吐舌头。

我愣了愣，捧起广口瓶步入走廊。

那台自动贩售机如同一座冰冷的丰碑，无声无息，破破烂烂。它的按键已经掉漆，里面贩售的货品也早已不全，上个月就已经被断了电，只等下个月被公司回收，等待报废。

我蹲下身子，将充好电的手机和广口瓶一并放在贩售机前的地板上，随后自己后退。

“这是？”实习生跟在我身旁，一脸疑问。

只见银色的磁虫勉强爬出广口瓶，钻入我手机的充电口，片刻，手机便再度传来低电量提示的声音。肚子浑圆的磁虫歪歪斜斜地爬出充电口，沿着墙脚，往自动贩售机的电源接线处爬去。

原来如此。

“晓博士你看！”

我正要上前，实习生便拉了拉我的衣摆。我沿着她手指的方向看去，只见一排大大小小的磁虫整齐列成队，从研究院各个楼层各个房间钻出，汇聚到这里，全部钻入了这台老旧的自动贩售机在墙脚上的电源接线处。

我怔住了。

终于，等所有的磁虫全部汇聚到贩售机的接线处团成一团，那里便传来了微弱的电流声。

所有的磁虫，把它们偷吃来的电全部吐出，供给贩售机。

刺啦一声，这台没有插电的破旧贩售机，终于依靠磁虫提供的电量，挣扎着重新亮了起来，如同战场上倒下的老马，奋力起身，驮着将军，荣耀归来。

啪嗒。

一声脆响，贩售机的退币口掉落两枚锃亮的一元硬币。

“啊，那是我早上……”实习生愣住。

紧接着，贩售机缓慢启动，依次吐出了不同的饮品和零食。

“哎，这不是我之前买的柠檬茶吗？那次机器卡住了，没有掉出来，怎么现在……”路过的保洁王某停下脚步，弯腰捡起了被贩售机吐在地上的柠檬茶。

“这是我上次买的焦糖瓜子！它那时给了我一包原味的，我抱怨了蛮久的。”一个研究员弯腰从地上捡起焦糖瓜子，欣喜地说道。

……

贩售机吐出的商品全部物归原主，唯独剩下一罐加热过的咖啡。

人群散去，没人计较这台早已坏了的贩售机是如何做到在不插电的情况下，还完了所有人的债的。

“晓博士？”实习生捡起地上的那罐热咖啡，轻轻放在我的手里。

我猛然回过神，摆摆手微笑拒绝：“不用了，是我当时粗心买错了……他，不喝咖啡的。”

说罢，我再朝贩售机的电源线看去，那些磁虫一个个都已经瘪了肚子，沿着地砖的纹路钻入了贩售机角落破损的缝隙里。

“他？谁？”实习生被我留在原地，一脸无措。

我回到实验室里，打开电脑，完成了我一直耽搁的研究报告。

同时，我还不忘给机器公司打了个电话，推掉了下月来回收自动贩售机的预约。比起一些无关紧要的小错误，总不能让那些磁虫像我一样无家可归吧。

毕竟，它们也已经道过歉了不是吗？

名称：磁虫

发现地：惊人研究院三层走廊自动贩售机

简介：银色小型昆虫，无翅无腿，通过钻入手机、电脑、空调等电器的充电口中偷偷吸食电量为生，多寄居在电话亭、路灯、自动贩售机等公共设施中。善良脆弱，食量微小，一般不会对人造成威胁。群居而生，一旦认定聚集地便不会轻易搬离。

特点：群居、团结，惧怕强磁场影响，遇水会造成短路

如果发现你的手机或充电宝电量突然掉得很快，那么很可能是有磁虫寄生在里面。无须慌张，可用磁铁将其从充电口中吸出来，放在大型公共电路设施附近，它们便会找到伙伴，不会再侵扰你的手机。

No.003

记忆孢子

近来我每日夜宿研究院，不仅仅是因为我的房子在重新装修，更是为了方便我进行一项秘密调查。

与其说是调查，倒不如说是自我救赎。

入夜，同事们陆续离开研究院，我像往常一样，洗漱后便躺在沙发上，拿干发帽包裹自己湿漉漉的黑发，阖着眼，却毫无睡意。直到墙上的挂钟摇摆到零点时分，我才披上睡袍，轻巧起身。

叮当——叮当——

空旷而幽森的走廊深处，有节奏地传来清脆的碰撞声，宛如孤魂游荡，无意撞响了挂在窗前的风铃。消毒水的气味充斥着这空空荡荡的建筑，除却角落里苟且着的一些不为人知的生灵，便只剩下我一人在这里漫无目的地徘徊。

我手里拎着一串钥匙，拖着沉重的步子，继续走下去。

叮当——叮当——

钥匙的碰撞声戛然而止，我止步于走廊尽头一扇紧闭的大门前。我没有开灯，只是凭借自己的记忆摸索钥匙孔，贪婪地享受着内心的不安与焦灼。

啪嗒。

门终究被我打开。我沉了口气，侧身闪进房间，随后锁上大门。

“你听说了吗？咱们研究院晚上闹鬼呢！”

“哎？真的假的……我最怕这些了！”

“真的！你知道吗？之前有个研究员忘了拷贝实验数据，大半夜又回到研究院，结果你猜怎么着？她听到走廊里传来了脚步声，还有钥匙碰撞的声响！可是那个时候，整栋大楼都灭了灯，根本没有人！”

“天哪，你这么一说我倒是想起来了，之前我明明锁了会议室的门，可是第二天，我却发现门没锁，我还以为是我记性差忘了锁门，现在想想……”

闲言碎语在这里总是传得很快，仿佛感染性极强的病毒。

“胡说！”门口的保安大叔盖爷闻声便凑过来，对那两名前台摇摇头，“咱们研究院上上下下就两串钥匙，一串锁在仓库抽屉里，另一串每天都挂在我腰上，怎么可能会有人大半夜的偷拿？”

前台小妹撇撇嘴：“我们又没说是人拿的，指不定是枉死的冤魂，来闹腾咱们呢！”

保安盖爷是个提前退役的刑警，向来不相信这种牛鬼蛇神的东西，他瞪了对方一眼，拍了拍自己腰间的钥匙，背着手重新回到了自己的岗位上。

我压了压帽檐，按下电梯键，匆匆上了楼。

一回到第三培植中心，接线员便给我递来了这周群众报告的记录。

“晓博士，你这帽子真好看，哪里买的？”接线员小姑娘站在我身侧，细细打量后问道。

我没有回答她的问题，而是草草掠过这周的记录，无非是一些莫名其妙的巧合与错觉，根本和超级生物没有任何关联。

培植箱里的小生命已经长得如同指甲盖大小，我将营养液滴在培养皿中，投喂这些被我圈养的超级生物，随后记录了温度湿度，便起身到隔壁的实验室。

隔壁房间里的架子上摆放着许多大大小小的试管，几名研究员正在对这些超级生物进行实验分析。我绕过他们，走近最深处的铁笼，望着空荡荡的笼子陷入沉思。

“哎！”我突然被人从身后撞了一下，回头看去，原来是保洁王某正在低头拖地。

“抱歉啊，晓博士。”王某大大咧咧一笑，便继续将沾了消毒水的拖把从我脚边划过。

我嗅了嗅，摇摇头说道：“消毒水浓度太高了。我之前交代过，第三培植中心研究的对象是超级生物，它们普遍比较脆弱，这种刺激性气味理应避免，你稍微注意一下。”

“哎哎，你看我这记性。”他听闻便急忙收了手，扛着拖把转身到门口，推着保洁车去了盥洗室。

我刚要坐下，大门却被人推开，只见保安盖爷带着之前那位年轻的实习生走了进来。

“喂，你们，穿上鞋套再进来。”我不满地蹙眉。

盖爷朝我点头一笑，退回到门口不再上前：“那个，没什么事，就是丢了东西，想问问咱们三培的人有没有见着。”

我身旁的年轻研究员刚把手中的试管放下，不满地擦了擦手道：“哟，抓贼都抓到我们第三培植中心来了？”

盖爷没作声，却是旁边的实习生小姑娘急忙赔不是：“抱歉……其实，其实是我昨天忘在办公室的 U 盘不见了，所以我才麻烦盖爷帮我……”

“U 盘？”我身侧的研究员起身推了推鼻梁上的镜框，“什么 U 盘？”

实习生小姑娘委屈地抿抿嘴，低下头回答道：“就是……就是昨天本来应该归档的，上周惊人院内的监控记录。”

我默不作声，用冰凉的指尖端起桌子上刚买来的罐装热咖啡，轻轻咂了一口。

研究员一脸惊讶："啊？你这小姑娘真是的，行政助理的简单工作都做不好。盖爷，监控记录之前不是由你负责的吗？"

保安盖爷倚在门框上，无奈地耸耸肩："是啊，可是从上个月起，院长下发了新的通知，说院内监控今后统一拷贝在U盘里，由这个实习小姑娘归档保存。"

研究员愣了愣，挠了挠头看向我："是吗？有这么个通知吗？"

我点头不语。

"真是老了，记性越来越差……"研究员打趣笑笑，指了指一旁柜子的抽屉说道，"喏，我们这边的U盘都收在那个抽屉里，你们自己找找，看是不是拿混了。"

"得嘞。"盖爷点头上前，还不忘拿起门口的鞋套穿上。

我松了口气，拎着热咖啡空罐走出第三培植中心。

监控录像，绝对不能被他们发现。我攥紧了白色褂子口袋中的U盘。

"她最近怎么总是戴着帽子啊？"

"谁知道，估计发型剪坏了吧。"

我拿着微波炉热好的便当走下电梯，仍旧听见那两个叽叽喳喳的前台在议论什么。有时候，听力太好也不是什么好事。

我深吸一口气，停下脚步，转身，快步走到她们二人面前。

"哎？晓……晓博士。"前台小妹立即站起身，却丝毫掩盖不了自己尴尬的神情。

我拿手肘撑在桌台，面无表情地盯着她们的眼睛，目光从她们粉红色的眼影及耳垂上精致的蝴蝶结耳钉掠过，最后停留在了那栗色的鬈发上。

我忽然笑笑："之前听你们说院内闹鬼，是怎么回事呢？"

两人纷纷投来疑惑的目光："闹鬼？什么闹鬼？"

我笑而不语，一脸期待地看着她们。

"晓博士，你在说什么啊？"

我放下手重新插入口袋："今天早上你们谈论的，不记得了吗？"

两人面面相觑："没有啊……早上……早上我们聊天了吗？"

"没有吧？"

"我也记不清了……怎么最近记性总是不好呢。"

"是呢，是呢，我也是，转身就忘了刚才要干什么呢。"

我放心地点点头，压低了帽檐转身走出研究院。

我坐在街角的长椅上享用我简单朴素的午餐，过往的人流和车辆零零碎碎，如同一个个匆忙的过客在我的世界里闪现。

"你真的以为你可以骗过所有人吗？"

忽然，陌生的黑影出现在我的眼前，还没等我抬头，他便已经安稳地坐在了长椅的另一侧。

我心里猛然咯噔一下。

我缓缓放下手中的鸡蛋卷："你是谁？"

那人穿着灰白条纹的衬衫，梳着蓬乱的短发，嘴里似乎含着许多故事，正以一个迫不及待的姿势等待我的发问。

"你研究这些东西的初衷，到底是什么？"

那人没有回答我，而是开口发问。

我迅速收起便当里剩下的食物，准备起身离去。

"发现它们的存在，认可它们的存在，并且保护它们的存在。"

我怔住。

没错，他说的话我万分熟悉——这正是我写在超级生物项目启动书里的句子。

我咽了口唾沫，沉默转身。

那人仍坐在长椅上，身子伛偻，把头埋在双膝之间。

“可是现在呢？你利用这些无辜的小东西来掩盖自己的罪行，真的合适吗？”

我连连后退：“你……你到底是谁？”

“啊！找到了！”忽然，清脆的女声打断了这番莫名其妙的对话，只见护工一路小跑朝我这边靠近，同时跟在身后的是药剂师小徐。两人二话没说上前按住了长椅上的男人，一针下去，穿着灰白条纹服的男人束手就擒。

我怔怔地看着这一切。

“哎呀，抱歉啊晓博士，”护工擦了把汗，“之前收容的一个病人偷跑出来，让我们找了好半天……啊，他没对你做什么奇怪的事情吧？”

我张张嘴，却没说什么，只是摇了摇头。

惊人院不仅研究奇怪的生物，还收容了不少奇奇怪怪的病人。

“真的抱歉……唉，我得跟院长反映一下，要把围墙再加高点才行……”护工和药剂师小徐架着那名神秘的病人远离我的视线，消失在研究院里。

这时我才注意到，长椅上掉落的正是我当初提案超级生物的启动书，年岁久远，纸张泛黄，也不知那个病人是从什么地方翻找出来的。

我蹲下身子拾起，一页页翻开，看到最后院长那熟悉的签名，我鼻尖一酸。

不能再这样下去了。我站起身，将那启动书攥在手里，快步回到了惊人研究院。

入夜，除了病房里偶尔传来几声鬼哭狼嚎，研究院内静得几乎能听见自己的呼吸声。

我戴好鸭舌帽，悄然推开了仓库的大门。

仓库中的洗衣机正在进行无人的自洁模式，一旁的电表兀自静默旋转，保洁王某的游戏卡牌散落在旁边的桌子上，一切都如平常的模样。

我蹑手蹑脚地走近办公桌，上锁的抽屉被我轻松打开，随后，我将那里放着的一串钥匙取出拎在手里，走出仓库大门。

仓库抽屉的钥匙是我上周来调查磁虫事件时，趁保洁王某被飞速旋转的电表吸引时偷偷复刻，随后拿到钥匙铺配的。每当惊人院内夜深人静，我便会潜入仓库，取出那串研究院的备用钥匙，依次进入每个房间，寻找一切可疑的线索。

至于我究竟在寻找什么，连我自己也不太清楚。

只要是，和院长有关的一切。

今晚是最后一次了。我拎着钥匙，走进院长办公室。

我将之前偷来的监控U盘插入院长的电脑，迅速删除内容并格式化，因为这里面都是深夜里我可疑的身影。只有通过这个方式，我才能逃离保安盖爷的火眼金睛。接着，我又打开研究院的行政系统，输入那个我熟记于心的密码，以院长的权限给实习生小姑娘发送了一条指令。

To 行政：

今后的监控视频不再进行U盘归档，仍归保安盖世实时监控。

发送人：院长

我关闭电脑，拔出U盘，重新锁上院长办公室大门，然后将钥匙放回仓库抽屉，上锁，回到第三培植中心。

我将偷偷配来的仓库抽屉钥匙丢进了一个特殊的有机玻璃培植箱，那里饲养着一群能吞食金属的超级生物。这枚小巧的钥匙迅速被吞噬殆尽，不留一丝一毫的痕迹。

我这拙劣而可疑的行迹若不是依靠它们的帮助，也许早就暴露在大家面前了。

我站起身，走入里间的实验室，轻轻打开了大灯。那空旷的铁笼子里不是没有东西，而是那东西过于渺小，因此总是被人忽略。

我取出烧杯，倒入一定量的苏打水，随后把手从铁笼的缝隙伸入，将烧杯平稳放在铁笼中央。顿时，透明的液体迅速变成黑褐色。我这才取回烧杯，转身放入了一侧的空培植箱内，同时在箱盖上贴上了专属的标签和编号。

记忆孢子。

显微镜下，如同豆芽一般的微小粒子正在你推我搡，顶部的褐色绒毛相互触碰交流。我坐在办公桌前凝视着它们，随后郑重地站起身，对它们深深鞠了一躬。

抱歉。

利用你们，是我的不对。

可是，我所做的这一切，都只是为了调查一个人的去向。

那人便是早在一个月前就已经失踪，至今却根本无人发觉的——院长。

“晓博士！你送我的洗发水真的是神了！我洗了几次，明显发现自己的记性变好了！”

“是啊，是啊，整个人都清爽了！”

一大早，活力无限的前台便热情地同我打招呼。

“就是，”保安盖爷也附和道，“我这脑子也好使多了！”

我尴尬地笑了笑，甩了甩脑后的马尾。

“哎，我弟弟最近要高考了，晓博士，这洗发水真的有增强记忆力的功效？我能再跟你买一瓶，给我弟弟用吗？”

我急忙摆手：“那就是普通的弱酸性洗发水而已，市面上很多品牌都是……”

“哎，对，我妈年纪大了记性也不好，晓博士，也能再给我一瓶吗？”

我抚额，摇摇头急忙钻入电梯。这只不过是我滥用记忆孢子后给各位的补偿，却被他们当作了增强记忆力的神奇药水。

算了，或许过些日子他们就不会再念叨了吧。

可谁知，我刚推门走进自己的实验室，接线员三三便慌慌张张冲进来，哭丧着脸说道：“完了，完了，晓博士，咱们的热线已经被打爆了！”

我紧张地站起身：“怎么回事？难道是出现什么大规模惊人事件了？”

三三急忙摇头：“倒不是……只是听他们说，他们是什么学生家长，想要买咱们的什么……什么洗发水……”

我愣在原地，随后苦笑着摇摇头，抬手拔掉了座机电话线。

然而我没有发现，自始至终，一直有个模糊的身影，在我不远处观望。

“呵。”门后躲着的黑影发出一声轻笑，随后取下自己头上的帽子，转身消失在走廊的尽头。

名称：记忆孢子

发现地：× 市灌口中学

简介：肉眼不可见的微小粒子，形如豆芽，顶部有褐色绒毛，类似蒲公英通过空气传播播种，附着在人类的头发上，并通过发根吞食人类的记忆，导致人的记性越来越差。

特点：小、存在感弱、喜碱

如果发现自己近期记忆力衰退，那么很有可能是记忆孢子寄生在你的头发上的原因。只需使用弱酸性洗发水勤洗头便可去除，同时也可通过戴帽子的方式进行预防。

No.004

笑叶

“所以，你到底有多久没有开怀大笑过了？”

“嗯？”我停下手头的工作，把眼睛从显微镜前挪开。

面前是之前的实习生小妹。我叹了口气，拿脚轻轻点地推开自己的办公椅，和侧倚在实验台前的她拉开了距离。

“晓博士，我这儿有几张今晚滑稽戏的门票，有空吗？要不要一起？”实习生小妹咧开嘴，恰到好处地挤出两枚酒窝。

我揉了揉自己有些酸胀的眼角，摇了摇头：“那个……你叫什么来着？”

“我啊，尧尧，前天已经转正，现在是您中心里的一名正式调查员啦。”小姑娘双眼笑得眯成了缝，并从领口掏出挂在脖子上的证件，拿在手里冲我摇了摇。

摇摇，真是要把我摇晕过去才罢休。

我站起身，拎起座位上的帆布包转身走出研究室：“不了，我对那种东西不感兴趣。”

“可是！晓博士……笑一笑可以缓解紧张情绪，还能发泄内心积怨，研究院里的大家都说……从没见过您笑呢。”新任的调查员穷追不舍，我只好加快了脚步。

匆忙之间，在走廊拐角处，我不小心与一熟悉的身影相撞。

“哎哟……晓博士？您有急事吗？”那人正是背着手晃悠的保安盖爷，被我这么一撞，他脑袋上戴得规规矩矩的保安帽便掉落在地。我点点头算是道歉，随后急忙赶上即将关门的电梯。透过电梯门最后的缝隙，我看到盖爷不紧不慢地弯下腰，拾起保安帽掸了掸灰，重新戴在了头上。

他……一直都戴着保安帽吗？

随着电梯抵达一层的提示音，我猛然打了个寒战。

我随着人流快步走向地铁站，同时拉高了脖子上的黑色羊绒围巾，遮挡住自己那被寒风拍打得僵硬的脸。我从帆布包中摸出皮质的笔记本，找到今天早上从接线员三三那里收集的线索。

西大街 61 号，太逗了相声剧场。

我驻足在车站门口，盯着站牌上那些密密麻麻的站名，寻觅最快的换乘路线。

六号线转十号线……然后步行……我拿指尖循着五颜六色的地铁线路，寻找换乘的地点。

“不对哦，从这里直接换乘八号线，下车之后有公交，可以直达这个相声剧场哦。”清甜的声音打断了我的思绪，涂着豆沙色的指甲越过我的手指，给我指了一条更为便捷的路线。

我愣了愣，转身：“尧尧？你跟来干什么？”

那尚未摆脱实习生气息的年轻小姑娘歪头一笑：“我是您的调查员啊，您去调查超级生物，我当然要跟着去呀。”

我无言，掏出地铁卡转身通过了闸机。

“根据接线员小姐姐的说法，我院已经连续三天接到关于这个地方的报告了。这家相声剧场原本没有什么人气，因为没有名角儿，曲艺种类也少，所以观众三三两两，本来都要倒闭了，可是后来也不知道为什么，这相声剧场突然声名大噪，来听相声的人络绎不绝，站在门口就能听见里面传来的一阵阵爆笑声……晓博士，你说，这是怎么回事？”尧尧站在我身旁，也像模像样地从口袋里摸出一个黑皮的线圈本，对着上面的记录念叨着。

我一边摸出耳机戴上，一边摇头：“我不需要助手。”

尧尧突然挺直了腰杆，从包里摸出证件：“我不是您的助手，我是您的调查员，正式的。”

我无奈地叹了口气，一把将她手里的证件塞回包里：“惊人研究院宗旨的第一条是什么？”

尧尧愣了愣，眼珠一转：“嗯……秘密调查……不在公共场合公开身份和调查目的……”

我点头，无言看向她，随后又拿下巴指了指地铁车厢里挤满的人群。

“哦哦。”尧尧迅速收起工作证，知趣地闭了嘴，直到下车都没有再同我说一句话。

说实话，我很疑惑。院长失踪以来，一直都是我在偷偷以院长的名义下发各种通知和审批各类文件。可是，唯独尧尧从实习生转正成为调查员这件事，根本不是我的操作。

院长了解我，他知道我不喜欢和别人相处，习惯独来独往进行走访调查，不可能给我配上这么一个叽叽喳喳的助手。

所以……难道说，还有其他人在冒名顶替院长？而这个尧尧，或许就是对方派来监视我是否与院长私下仍有来往的卧底？

我下意识地攥紧了手，习惯性地拿右手大拇指摩挲着左手无名指根部，却是摸了个空，只有一道浅浅的痕迹。

你到底去了哪里？

顺利换乘公交，我比预期时间要早半个小时抵达这家相声剧场。果然如接线员所说，门口早已排起了长队，寒风中，人们裹着素色的大袄，一脸漠然地簇拥着，等候着。

我有些头痛，正要去售票窗口排队，谁知，尧尧一脸成竹在胸的模样，缓缓从口袋里摸出了两张相声剧场的门票，得意地捏在手里冲我摇了摇。

我没作声，只是挑了挑眉。

她似乎是在等我的夸奖，然而在意识到我并没有这个意思之后，便如泄了气的皮球，撇了撇嘴："昨天我买滑稽戏门票的时候，想到接线员小姐姐给我提起过这里的异常，我就顺手预订了。"

"嗯，挺好的。"我缩了缩脖子，侧身挤过人群，径直往大门走去。

检票口也排起了长队，我取下围巾拿在手里，活动了一下僵硬的颈椎。

"哎，晓博士……"尧尧忽然凑近，传来一股子酸甜的果香，"你有没有发现，这里排队的人，个个哭丧着脸，跟你一个样呢。"

我脸一沉，正要无视她的话，却发现事实正是如此。这里排队的客人，每个人都板着脸，似乎被什么人没收了笑肌，双眸里透出的只有绝望和哀怨，宛如空空荡荡的洞穴，再加上萧瑟的秋风，更是让人觉得浑身起鸡皮疙瘩。

转过身，却见这个小姑娘洋溢着一脸笑意。

"有什么可笑的？"我奇怪地上下打量她。

尧尧耸了耸肩："没……没什么呀，但是，好好的为什么不笑呢？晓博士，您心理负担太重啦，也该试试开怀大笑，放松一下紧张的情绪啊！今晚的滑稽戏……"

我没有回应，迅速转回身跟上队伍的步伐。

为什么要笑？这样沉默而冰冷的世界，有什么是值得我去发笑的？

我们顺利进入相声剧场，找到自己的位置坐下。这里的装潢老旧过时，一排排劣质八仙椅摆在观众席，每两张椅子中间摆了个小方桌，上面放着陈旧的空茶碗，还有一碟看起来不怎么香脆的花生米和一碟开心果。前面是个钢结构舞台，铺着墨绿色的地毯，中央摆着案子和话筒，枣红色的幕布稀稀拉拉挂在两侧，透着一股子霉腐的气息。

我打开订票软件迅速搜索，无法想象就这样破破烂烂的剧场竟然也能座无虚席，票价更是不菲。

究竟是什么，能让这家平平无奇面临倒闭的剧场起死回生？

随着一阵稀稀拉拉的掌声，帷幕拉开，两个穿着长褂的男人缓缓上台。话筒音质不好，再加上他们语速控制不到位，总是让我听不清他们扔下来的包袱；就算听清了，也都是些过时的段子，根本一点都不好笑。

这种水平的相声，怎么会值那样的票价？

然而，前排突然传出了一连串的爆笑声。我正纳闷，就见穿着麻布衫的服务员拎着茶壶依次给客人添水倒茶。因我们位置靠后，所以添茶的人过了很久才走到我们这里。让人惊讶的是，前方已经喝了茶水的那些观众，无一例外地发出了震耳欲聋的笑声，发自肺腑，酣畅淋漓。

原来如此。

我轻轻叩响茶碗，服务员便上前给我斟茶。我指了指身旁的尧尧，让他给她也添上一杯。可是尧尧摆摆手，压低了声音说道："我不爱喝茶，喏，我偷偷带了罐干姜水进来。"说着，她便笑嘻嘻地对服务员摆摆手，随后才将干姜水摸出来，轻轻开罐。

"你也喜欢喝这个？"我侧头看向我俩中间的桌案，一杯香茗飘着若有若无的薄雾，一罐干姜水冒着透明的气泡。

尧尧点头："是呀，我一直都喜欢喝这个的，只可惜研究院的贩售机没有卖，只能去楼下便利店买……哎，晓博士，您也喜欢喝？”

我恍惚摇摇头：“不是我喜欢，是……算了，没事。”

尧尧看我没有说下去的意思，便回过头继续听相声。

我拉开了帆布包，从里面取出滤网和烧杯，将滤网放在杯口，随后，抬手将那杯热茶倒入透明的烧杯之中。

看似清透的茶汤却过滤出了墨绿色的细小渣子，我拿出口袋里的放大镜，凑近了观察。

“天哪！”尧尧也注意到了我的异常，凑过来看了一眼，便惊讶地捂住了嘴。

放大镜里，那些墨绿色的茶叶渣如同一只只小手，正在张牙舞爪地四处摸索。

我点头，随后取出培养皿，将滤网上的渣子全部装了进去，密封好塞回了包里。

我摆摆手示意尧尧出来。我们沿着卫生间的走廊，直接钻进了剧场的后台。

“这是笑叶泡出来的茶，这茶喝进去，人就会莫名发笑，根本不受控制。”我一边挨个房间寻觅，一边对身后的尧尧说道。

“那这么说，这些人如此开心并不是因为相声好笑，而是因为喝下了笑叶泡的茶？”

我点头：“没错。野生笑叶不算稀有，但人工种植比较困难，所以我在想，这家剧场的老板或许有什么门路，能够大规模种植笑叶，所以，去请教一下。”

话音刚落，就见一中年男子推门而出，手里拎着的正是满满一口袋新鲜采摘的笑叶。

笑叶叶身细长，颜色墨绿，底部长满了形如小手的绒毛，经过高温烹煮，这些“小手”便会脱落，融入水中，若被人饮入，则会引人莫名发笑。

“请问……”我径直上前，“您是怎么种植笑叶的？”

那人明显愣了愣，疑惑地转身看向我。

我紧追不舍，上前两步掏出了工作证：“我是惊人研究院的晓博士，想向您请教一下种植笑叶的方法。”

“哇，晓博士你看！”身后的尧尧却发出了轻声的惊叹，我循声望去，只见那男子身后的房间里竟然长满了密密麻麻的笑叶，郁郁葱葱，最高的甚至攀爬到了房间顶部，盘桓在中央的吊灯上。

无法想象，在这样一个密不透风的屋子里，竟然长满了笑叶！

“那个……您说什么？笑靥？”中年男人有些疑惑。

我摇摇头：“就……就是这屋里的茶叶，您是怎么种出来的？”

中年男子脸上忽然浮现出隐约的笑意：“哦，这个啊……这是我母亲种的，我也不知道它叫什么。”

“那，方便见一下您母亲吗？我有些问题想向她请教，我之前在研究院试了很久，都种不出这个。”我恳求道。

谁知，那人面露难色，没有说话，而是转身推开隔壁的房门，抬手指了指。

我抬眼看去，只见这间卧房的尽头，端正地摆着一张遗像。

“我母亲上个月过世了，这家相声剧场就是她留给我的。我也是刚刚接手不久，本来是想着盘出去的，结果没想到生意这么好，所以才一直开到现在。”中年男人忠厚老实，也没有避讳，挠挠头如实说道。

可惜。我叹了口气，点头道谢。

“对了，”尧尧走近遗像，仔细端详着那照片上笑靥如花的老婆婆，“您母亲生前很喜欢笑吗？”

我和中年男人同时愣了愣。

“嗯，对，说起来……母亲乐观慈祥，总是笑眯眯的，之前她还总数落我，说我成天哭丧着脸，没事应该多笑笑。她去世之前给我留下的最后一句话，就是让我多笑笑。”中年男人回忆起母亲，脸上又浮现出若隐若现的笑意。

我恍然大悟。

尧尧点点头，笑着冲我眨了眨眼睛。

我找出纸笔，将我之前研究笑叶的数据和注意事项依次列出，随后交给了中年男人。

“你是说，这不是普通的茶叶，而是……一种能让人发笑的新物种？”男人有些惊讶。

我一边收起纸笔，一边说道：“是，但据我研究，这东西对人体无害，也不会让人成瘾和依赖，如果能大规模种植，算是一种很好的新型麻醉替代品。所以，你可以继续使用它来给剧场盈利。”

谁知，中年男子却决然摇头，将我好心提供给他的数据资料塞回我手里：“这可不行！我母亲生前常说，笑应是发自肺腑才最开心，我要是用这些东西来强制他人发笑，岂不是背离了母亲的初衷？”

我愣了愣，却什么也没说，摆摆手，留下一枚惊人院特制银币，转身离开。

晚上，我跟着尧尧一起去看了滑稽戏。原本以为只有我们俩，可谁知，她竟然买了十几张门票，因此，我们身旁依次坐着研究院的熟人，就连保安盖爷和保洁王某也有份儿。

拙劣的演技、荒诞的表情、夸张的肢体动作，这些我向来不感兴趣的东西，今天却看得入神。

一整场滑稽戏，我从头笑到尾，笑到肚子发酸，笑到眼角泛泪。

“喂，晓博士怎么回事，怎么一直在笑？”

“是啊，这也没什么可笑的啊，蛮无聊的，好尴尬。”

“平时也不见她笑，怎么今天……”

后排传来人们的低声议论，我抬手擦了擦眼角的泪，有些拘谨地压低了身子。

“哈哈哈！”

突然，我身边传来了尧尧洪亮的笑声，昏暗的灯光里，她冲我眨眨眼，我便会意一笑，和着她的笑声继续肆无忌惮地开怀大笑起来。

我想，研究院里种的笑叶，这下能发芽了。

名称：笑叶

发现地：太逗了相声剧场

简介：叶身细长，颜色墨绿，底部长满了形如小手的绒毛，经过高温烹煮，这些“小手”便会脱落，融入水中。若被人饮入，则会引人莫名发笑。无致人成瘾性和依赖性，对身体无害。

特点：不易种植

经研究发现，真诚的笑容是笑叶最好的养分。因此，爱笑的人往往更容易种植出笑叶，通过笑叶的生长传播来传递自己的笑容，与他人分享喜悦，给世人带去欢笑，包含了对亲朋好友的祝福与关爱。

No.005

迁徙丝

“抱歉！我来晚了。”

咖啡馆的双开木门猛然被人推开。我抬眼将目光从电脑屏幕前挪过去，只见盖爷浑身湿透，手上拎着的黑色长款雨衣似乎根本不起任何作用，发丝浸湿贴在耳鬓，雨渍藏匿在耳蜗。

我急忙起身接过他手里递过来的文件袋：“呀，我刚才不是打电话给你了，叫你雨停之后再送过来的吗……这么大的雨，再说，这东西也不急。”

盖爷小心地将包裹在文件袋外面的塑料袋解开，团成一团塞进自己的口袋：“没事儿，没事儿，昨天不是约好了吗，既然约好了，我肯定准时给您送来。”

我有些不好意思，抬手给盖爷叫了杯热拿铁：“你先坐，我这就改好了。”

“哎。”盖爷在我对面的木椅上坐下，拭了拭额头的水滴。

我重新坐在沙发椅中，迅速将文件夹中的资料取出来，在电脑上进行更新修改。

今天周六，原本是不上班的。但我昨天遇见一个之前研究过的超级生物，补充到许多缺失的资料，为了在归档前更新报告，只好打电话恳请值班的盖爷帮我将旧报告送来这家距离研究院不远的咖啡馆。

可谁料到，我刚坐下没多久，天上就下起了瓢泼大雨。

我虽给盖爷打了电话，但也阻止不了他准时冒雨前来。

这么守时的人如今已经不多了。

“你看，不是也有跟我一样的吗？”

盖爷突然笑了笑，没头没尾来了这么一句话，双手捧着温热的咖啡杯看向窗外。

我闻声停下敲打键盘的手，抬眼看去，只见对面街角的屋檐下飞来一只燕子，嘴里也不知衔着什么东西，抖了抖身子，钻进了角落里。我压低身子看过去，才发现那里有个泥筑的鸟窝，另一只乌黑油亮的燕子正等着对方的归来。

两只鸟儿亲昵地蹭了蹭脑袋，如同妻子迎接晚归的丈夫，一并钻入窝中。

“既然约定了要来，哪怕万水千山，也都得来。”盖爷似乎陷入回忆。

我端起手边的咖啡：“这是我国北方常见的楼燕，基本上秋冬季节就要准备迁徙至非洲或中南半岛过冬，这是在做离巢的准备了，估计雨一停，找个好天气就会上路。”

盖爷却笑了笑：“迁徙……冒着生命危险飞越大半个地球，也不知是图什么。”

我无所谓地耸耸肩：“还能为什么，不过是寻个温暖的地方存活罢了。”

盖爷没有否认，却松开了一直紧握咖啡杯的手，揣在怀里看向我：“可是晓博士，既然如此，那第二年开春，它们为何又要飞回来呢？”

我被这话问住了，我不是什么动物学研究专家，自然不了解鸟类迁徙的轨迹和规律，只好摇摇头：“谁知道呢，或许是生物演化的本能，也可能是无法解释的行为生态。”

"那也可能是，这里有什么人在等它们。"

我按着鼠标的手突然停顿。

盖爷笑了笑："这或许是候鸟需要用生命来践行的承诺吧。"

我默然不语，点击保存，将更新的研究报告上传到系统，随后才慢慢合上电脑，把旧文件重新装入文件袋中。

"所以晓博士，你约我来，是有什么事吗？"盖爷似乎终于放弃了关于候鸟迁徙的话题。

总是被看穿，在这个人的面前，我根本没有可以隐藏的余地。

我清了清嗓子，用几乎被窗外雨声掩盖的音量开口："那个……其实，我是想请你帮忙调查一件事情。"

"院长吗？"盖爷随口反问。

我不知道这个神秘的中年保安究竟知道多少事情，更不能理解他这样事不关己的旁观态度。我定了定神，点了点头。

盖爷推开面前的咖啡杯："他具体是什么时间，在什么地方不见的？"

我从随身的包里摸出记事本，翻找着之前记录的线索："一个月前，就在这家咖啡馆。"

盖爷站起身，换了张椅子，随后抬头看向窗外。模糊的雨水在玻璃窗上滑出扭曲的轨迹，可就算如此也毫不耽误人将对街的研究院看得一清二楚。

"他最后见的人，是你？"盖爷问道。

我点点头："是，那天他突然打电话给我，把我从研究院里叫出来，说了些奇怪的话，然后就让我一个人回办公室，之后他人就不见了。"

"什么奇怪的话？"

我没有回答，只是用沉默代替。

盖爷有些好笑地挠挠头："是这样啊晓博士，这人都失踪一个月了你都没有报警，甚至一直想方设法掩盖这件事情，还冒名顶替院长处理公务，光是这一点就已经很可疑了。事到如今，你还保持沉默，我真的有理由怀疑，是你绑架或杀害了院长。”

我点头：“所以你之前一直在跟踪我？”

盖爷随性一笑，摇摇头：“这哪称得上跟踪啊，也就多注意你两眼罢了。要知道，和我退休前办的案相比，你这些拙劣的手法根本不算什么。”

没错。据说盖爷之前是刑警大队的骨干，后来提前退休，也不知怎么想的，就甘心到我们这里当个看大门的。

“可你发现了院长失踪的事情，也注意到了我诡异的行为，为什么不报警？”我反问。

盖爷低头沉思，随后决然抬眼：“院长究竟是什么人？”

我没想到盖爷的敏锐已经达到如此地步，一时间，我仿佛被人揪住了胸腔中震颤的心脏。

“失踪这么久都没有人报警，那么他的亲人、朋友在哪里？况且，我来研究院这么久了，身边都没有人知道院长究竟姓甚名谁、年龄籍贯、电话地址，这些最基本的资料，通通都是空白。晓博士，不是我夸张，有的时候我甚至以为，咱们研究院里根本就没有院长这个人。”

我直冒冷汗。

“要不是他失踪前我还常在监控频道里看到他，我真的……”盖爷笑了笑。

“不好意思……”我站起身将电脑抱在怀里，“这件事我还没有搞清楚，今天贸然跟你说这些，抱歉了。”说着，我转身便要走。

“你别再逃避了，没用的。”盖爷转身冲正要推门的我说道，“还有，记得撑伞。”

我仓皇逃入雨中。

我试图寻求战友，到头来却发现，我的身边只有敌人。

这世上只有我和他才知道这件事，如今他消失不见，便只剩我孤军奋战，这样的压力和孤独总让我万分焦虑。我回到装修好的房子里泡了个热水澡，裹紧了浴袍将头发吹干。

"啧。"一抓，头发掉了一大把。

我清理好浴室地板掉落的发丝，这才无力地躺在了床上。

重新装潢过的房间里没有一丝从前的痕迹。他喜欢的颜色、喜欢的落地窗、喜欢的挂毯，甚至是厨房里他最爱的咖啡机，通通没有了。

就如同他未曾来过这个世界。

我抬起手，轻轻拉开床头的抽屉，从那里摸出一张有些泛黄的照片。

照片上的我和他笑得灿烂，手指上那一对婚戒在金州刺眼的阳光下熠熠生辉。

等我。

这是他给我留下的最后两个字。

既然约定好了，那么哪怕万水千山，也都得来。

可我究竟要等到什么时候？

我不记得自己是怎么睡去的，只听得第二天一早闹铃的响声。新的一天，总算是来了。

热热闹闹的前台小妹仍旧热情地和我打招呼；推开办公室的门，尧尧已经帮我打包了三明治当早餐，还贴心地在微波炉里加热过；保洁王某正在走廊拖地，一脸怨念。

"怎么了？"我把三明治的包装丢进垃圾桶。

王某摇摇头，叹了一口气："真是的，最近是换季还是怎么着，研究院地上到处都是头发，恶心透了。"

我想起昨天洗澡时收拾出来的一大团脱发，点头附和道："是，我最近头发也掉得厉害。”

“啊，晓博士你也该注意保养啦，现在年轻人都迎来了脱发危机，你可要小心你的发际线喽。”尧尧停下手里的工作，探头过来。

我摇摇头：“二十来岁的小姑娘，跟我讲什么养生？”

“可是晓博士你的年纪应该也不大吧？”保洁王某直起身子，放下手中的墩布。

我疑惑地看向他。

“我记得有一次在洗手间捡了你的钥匙包，上面挂着个卡通大头贴框。大头贴这种东西，太暴露年龄了。”保洁王某咧嘴笑了笑。

我怔住。

“啊？让我看看大头贴呗，是不是跟男朋友的合影？”尧尧坏笑着站起身冲我走过来。

保洁王某却故作神秘：“那大头贴确实是张合影，尧尧，你猜那是晓博士和谁？”

我冷汗直冒。

尧尧被吸引过来，作势就要往我白大褂的口袋里看。

我急忙后退一步：“那不是你们院长！”

两人都愣住。

“明明就是……”保洁王某嘀咕道。

“说不是就不是。”我匆匆丢下这句话，转身走进档案室。

我缩在档案室尽头的角落里，无声蹲下，摸出口袋里的钥匙包，将那已经模糊的大头贴取出紧紧攥在手里。

我没有说谎，这上面跟我合影的人，的确不是院长。

这是我的丈夫，不，我的亡夫。

我长舒一口气，随手捋了捋耳鬓的长发，却又带下几根粗细不一的发丝。

我有些烦躁，将这些脱落的头发拿在手里把玩，恶作剧般将它们系成蝴蝶结，然后穿过自己的无名指。要是照这样脱发下去，我迟早得变成秃子不可。

等等！不对！我脱发如此严重，可就算如此，到现在为止我的发量仍旧没有任何的变化，扎起马尾来一直是用同样的皮筋缠三圈。就算是新的头发长出来，生长速度也追不上这样脱发的频率。

我急忙站起身打开档案室头顶的探灯，将这几根头发放在白色长桌上，随后从口袋里拿出随身的放大镜。

几根长发粗细不一，颜色深浅也能很好地区分出来。

颜色深浅……我忽然愣住。

这几根浅色的头发，是我三个月前的头发！

我原本的发色是纯正的黑色，三个月前，我曾尝试将它们染成了浅棕色，后来觉得不太适合，就又染回了黑色，可是为什么现在我的脑袋上仍旧有浅棕色的头发？

染发剂有问题？我急忙拿镊子夹起这几根头发，转身回了实验室。

“尧尧，去珍美丽理发店要点染发剂的样本回来！”

“啊？”尧尧停下手里的实验，疑惑地看向我。

“浅棕色，色号应该是143，你就说是三个月前一个叫晓的人染的。”

我迅速开启仪器吩咐道。

“哦哦，知道了。”尧尧没多问，拎了包就迅速出门。

在等待尧尧的时候，我将发丝进行了DNA检测，最后又和尧尧带回来的染发剂取样进行比对，果真证实了我的推论：这几根浅棕色的长发，不是别人的，正是我三个月前的头发，就连上面残留的染发剂成分也和我当时用的一模一样。

那么问题来了，我三个月前的头发，为什么如今又出现在我的脑袋上，然后又一次被我无意扯下来？

是我染回黑色时着色不彻底，还是其他什么原因？

我将这几根头发装入透明的培养箱，恒温保存，并且开启了监控设备。

“是新的物种吗？”尧尧凑过来上下打量，“这不就是普通的头发吗？啊，说起来，我最近脱发也厉害，睡一觉起来，枕头上都是落发呢。”

我挑眉：“那你掉了这么多头发，发量有什么变化吗？”

尧尧想了想，抬手握了一把胸前的长发，摇摇头：“没有哎，感觉和之前没什么两样。”

“这就对了。”我点头，“脱发如此严重，发量却保持不变，而且，我三个月前的头发如今又回到了我的头上，这说明什么？”

尧尧瞠目结舌：“你是说，我们之前脱落的头发，过段时间还会回到我们头上？”

“有可能，毕竟，健康成年人的头发每天生长 0.3 到 0.4 毫米，那么一个月大约生长 1 厘米，而冬季头发的生长速度会比夏季慢，照这么算，如果不是之前脱落的头发回来了，单凭新生的头发，是不可能维持发量不变的。”

尧尧若有所思地点点头：“可是……晓博士你怎么知道它们是活的物种？”

我脑海里忽然闪出盖爷昨天跟我讲过的话，于是我笑了笑问道：“你知道候鸟为什么迁徙吗？”

“哎？”尧尧一脸茫然。

“那你知道，候鸟周期性规律迁徙，又是为何准时归来吗？”

尧尧更加不解。

我笃定地看向恒温箱：“或许，是这里有谁在等它。”

经过一个星期的监控观察，终于，在某天夜里，恒温箱里的头发移动了。

我和尧尧惊讶地盯着监控屏幕里的画面，那几根浅棕色的头发如同蚯蚓般缓慢蠕动着，试图爬向恒温箱顶部的盖子。我之前在那里留了缝隙，果不其然，它们沿着那条细缝爬出了恒温箱，从桌子角落飘落，最后爬进了地板的砖缝，消失不见。

“它们去……去哪里了？”尧尧问道。

我摇摇头：“不知道，但最终，一定会回来的。”

我之前在那几根发丝上做了标记。从那天起，我每天回家都会在镜子前检查自己的头发，看是否有这些带有标记的头发出现。终于在一周后，我的耳鬓处出现了我熟悉的标记。

我轻轻扯了扯这几根浅棕色头发，牢固而坚韧。

“是新的物种，不是普通的头发。”我站在实验室讲台上说道，“后来我又做了全面的成分分析，发现这些能重新回到头上的头发和普通的发丝有本质上的区别。至于它为什么能检测出我的DNA，我目前给出的解释是，它是靠食用我的皮脂来维持生命的，所以才会有了我的印记。同理，这些新物种一旦寄生在某个人身上，就会复制宿主的基因链，就算因为环境变化甚至染发烫发等原因脱落，在一段时间后，也一定会回到宿主身上，而不会去其他地方。如同迁徙的候鸟，就算是隔着万水千山，也会准时抵达。”

尧尧点头记录：“那，晓博士，这个新的物种该怎么命名呢？”

我低头思忖片刻，答道：“迁徙丝。”

没错，你说你会回来，那么，我就安心等下去。

名称：迁徙丝

发现地：晓博士家的浴室

简介：形如人类头发的一种生物，寄生在人的头皮上，和普通的头发混杂在一起，不易被发现，并以宿主的皮脂为食物来源。会定期脱落前往其他地方繁衍或玩耍，但最终一定会回到宿主的头上，否则便会干枯死亡。

特点：不易被发现，定期回归

如果你最近脱发严重，请不要过于担心，或许是迁徙丝正在进行有规律的迁徙活动。安心等待，总有一天你会发现，这些原本远离你的“头发”，会重新出现在你的眼前。

No.006

清道夫

深冬，雪夜。

一辆黑色商务轿车碾过灰白色的公路，在拐角处坏掉的路灯下停靠。

男人钻出车子跺了跺脚，踩着轻薄的积雪走到路边的垃圾桶旁。闪烁的黄色灯光映着男人的侧脸，只听一道清脆的打火机声响，男人便吐出了也不知是热气还是夹杂着尼古丁的白烟。

“喂，哎。”男人一边吞云吐雾，一边拿出了口袋里嗡嗡振动的手机接电话，“不错，孩子很可爱，这事儿你办得不错。”

电话挂断，男人转身到后备厢，从里面拎出一件还算新的白大褂，毫不犹豫地丢在垃圾桶的边上，接着手指一抬，指尖夹着的烟蒂便掉落在这片看似纯洁的白色上。星火闪烁，一切罪恶与往事，尽数化作灰烬。

“呵。”男人满意地抖了抖身上的灰色羊绒大衣，正要转身上车，却被垃圾桶中突然传来的异响吸引了注意力。

“谁？”男人松开已经拉开的车门，转身狐疑地盯着垃圾桶那黑暗狭长的开口，仿佛里面躲着一双不动声色的眼睛，将一切罪恶尽收眼底。

男人有些不放心，转身用脚上的皮鞋将那件白大褂的灰烬踢了个七零八落，脏兮兮的雪水裹挟着冰凉的碳化纤维，黏稠混沌，一塌糊涂。

路灯忽明忽暗，男人这才放心，转身上车。

啪——

男人的手腕忽然被抓住，只见垃圾桶中探出一条长长的手臂，死死地将惨叫的男人拖入矮小的垃圾桶里，最终只剩无声飘落的雪花，和那辆轿车刺眼的双闪灯……

“晓博士！又接到同样的报告了……”接线员三三愁眉不展，拎着登记簿推开了办公室大门。

我放下手中的鱼食，转身拿眼神问询。

“咦？谁弄的鱼缸？”三三眨眨眼，凑近了那一方小小的水中世界。

我指了指洗手间紧闭的大门：“尧尧。”

“哇，自从尧尧来了之后，晓博士您这里真是越来越有生气了呢。”

三三笑了笑，回过神把登记簿递给我，说道：“对了晓博士，这周已经连续接到好几起关于那个 ABC 幼儿园虐童事件的举报了。”

我拧紧了眉头：“虐童案？让他们报警去啊，找我有什么用？”

“不是！”接线员三三急忙否认，“奇怪的是，虐童事件已经不是一次两次了，但是吧，每次警方的调查结果都不尽如人意，所以……”

我无奈地摇摇头。

“不不不，”三三摇头，“我这边接到的异常报告是，那些坏人并不是逃离了法律的制裁，而是……”

“失踪了。”身后忽然有人接话。

“哎，王某，你怎么知道？”接线员愣了愣。

我不动声色地转过身，上下打量着蹲在鱼缸前安装过滤系统的保洁王某。

这小伙子说来也奇怪，年纪轻轻的也不知为何，率领一众保洁阿姨到我们这研究所来当个扫地的，平日里插科打诨，人狠话多，似乎院里所有的八卦消息都逃不过他的耳目。

“这有什么？”王某一边调整过滤网，一边咂咂嘴，“这事情早就在外面传开了，警方抓不到人，不是他们不想抓，而是因为，那些人通通失踪了。”

我耸了耸肩：“就算是人口失踪，跟咱们也没有关系。”

王某却意味深长地抬起头，挑起嘴角痞笑：“是吗？我还以为……晓博士很擅长处理失踪人口案件呢。”

我愣住。

“哎呀，这些鱼好难搞啊。”尧尧推开洗手间的大门，端着脸盆闯进办公室，“来来来，王某你接一下，差不多可以放进鱼缸了吧？”

王某将手里的滤网丢在桌上，和尧尧一起将鱼倒入鱼缸。

我急忙转身，抓起接线员手里的登记簿塞入帆布包，急匆匆出了门。

“哎，晓博士你去哪儿？”尧尧腾不开手，只能仰着脖子喊我。

我迅速钻入电梯。

“去哪儿？我送你？”

我正在手机上研究打车软件的定位，却被熟悉的声音打断。我抬起头，眯起眼，从初冬正午暖阳的光线中望向面前的男人。

盖爷开了辆面包车，稳稳地停在了我的面前。

这车子很眼熟。我想了想，似乎是之前其他部门申请的运送药品和实验器材的专车，后来出了事故，就一直停在车库里没有使用。当时司机也受了伤，辞职后不知去向……也不知盖爷从哪里搞来的车钥匙。

我定了定神，拉开副驾驶的车门。

“ABC 幼儿园啊……”盖爷一边打方向盘，一边摇摇头，“唉，你说说，这世界到底是怎么了，竟然有人对小孩子动手，真是坏透了。”

我无心回应，抬手拧开了老旧的车载音响，调了个相对安静的频道。

一首肖邦的 Nocturne，降 b 小调 Op.9-1，沙哑的劣质音响根本不影响它的美感，反倒给它披上了一层冬日专属的深邃。

“这些人的失踪……会和院长的失踪有联系吗？”盖爷话锋一转。

我将头转向车窗：“不可能。”

盖爷愣了愣，挑眉点头：“是吗？”

我没说话，而是拿指尖轻敲自己的座椅，试图跟上钢琴曲的节奏。

“哎，大冷天的，这种曲子越听越冷。”盖爷笑笑，缩了缩脖子。

我认同似的点头：“说说看吧，你对这幼儿园的事有什么见解？你一定是发现了什么，才会主动跟过来的吧。”

盖爷轻点刹车，没否认：“你比我想的要聪明得多，却总是在至关重要的事情上犯糊涂。”

幼儿园门口聚集着三三两两的人，不如我想象中那般热闹。我让盖爷继续往前开，直到路口拐角处才停下。那里有个公交站台，一个穿着棉袄的年轻男子正瑟缩在那里等候。我示意盖爷稍等，便自行下车。

“你好，我是晓博士。”出于礼貌，我率先伸出手，却没等他伸手我便迅速缩了回来，摸出口袋里的纸笔自顾自坐在公交站台的座椅上，“您就是那个给研究院打电话的目击者吧？”

男子双目滞涩，点点头重新把双手揣起来：“是我。”

“说说看吧。”

男子犹豫片刻：“那个，我说的都是真的。”

我头也没抬，而是抬腕看看手表上的日期和时间记录在笔记本上：“我当然相信。你之前这么跟警察讲，他们不信，所以你才会找我的，不是吗？”

男子点头回忆：“是这样。那个，失踪的人，是我的老板。我是他的司机，原本……”

“失踪时间和地点。”我打断他。

男子张张嘴，看我并没有想要倾听他故事的样子，便默默接过我手里的笔记本，将时间和地点写在了上面。

“垃圾桶？”我扬起眉头。

男子点头：“对，我最后一次见到我老板，就是在这个垃圾桶附近。夜里他喝了点酒，一个人开车到这里等我，让我来接他进城。你知道的，最近酒驾查得特别严……”

我迅速翻了翻之前的资料。

“这里人烟稀少，我是打车过来的，远远就看见我老板的车子，车门开着，双闪还亮着，可就是不见人。”男子回忆道。

我迅速记录：“所以，你究竟看到什么了？”

“手，黑色的手！”男子笃定地回答。

我没有回应，只是等他继续说下去。

“从垃圾桶里伸出了一只长长的手臂，黑乎乎的，长满了毛！”男子颤巍巍地点了根烟，猛嘬一口，“我当时找不到老板，正在车子旁边给他打电话，就听见手机铃声从垃圾桶里传来。我弯下腰，谁知道从垃圾桶的缝隙里，看到了那只黑色的长手，死死捂住了我老板的嘴巴，把他拖进了黑暗之中……”

我沉默着点头记录，却被男子激烈的情绪打断：“你有没有在认真听？！我！我看到了奇怪的生物，它……它躲在垃圾桶里带走了我的老板！活生生的人！我怎么也忘不了我老板当时那双惊恐的眼睛！我吓得转身就跑，第二天报了警，警察跟过去一看，那垃圾桶里却干干净净的，什么都没有……我老板，就这样消失了！”

我冷笑：“知道了。”

“知道？你根本不知道！”男子激动地站起身，“现在我们身边有这种危险的生物，藏在垃圾桶的黑暗角落里，你们谁也不信，都在敷衍我！”

我合上笔记本，摸出手机打开新闻界面，迅速画了两下找到关于ABC幼儿园虐童案调查的最新进展：“车牌号、年龄、姓名、身份……都对得上，所以，最近虐童案的嫌疑人应该就是你的老板吧。”

男子瞳孔收缩，磕巴了一下：“你……我听不懂你在说什么。”

“垃圾，就应该让他待在垃圾该待的地方。”我收起手机，决然转身。

抵达那男子所说的郊外公路垃圾桶时，已经是深夜了。我戴好医用手套，从帆布包里摸出一瓶喷剂，随后下车，绕着垃圾桶，仔细打量一番。

垃圾桶就是那种最为寻常的垃圾桶，上面还写着“爱护环境，人人有责”，里面几乎没什么垃圾，倒是四周散落了一些烟蒂和衣物焚烧物。

我蹲下，拿镊子将灰烬装入透明封口袋，摇摇头，递给了身后的盖爷。

“白大褂？”盖爷拿过来，先闻后看，“没有酒精味，不是医院的白大褂。难道……和院长有关系？”

我无奈地摇了摇头：“我说了，这件事和院长不可能有关系。你看，这白大褂明显是新的，几乎没怎么穿过，而且是十分常见且廉价的那种。你之前在车上也跟我说了，失踪的嫌疑人没有孩子，却常在多家幼儿园的监控中看到他的车子。既然不是接送自家孩子，那么，他为何要穿着这临时准备的白大褂，频繁地往幼儿园里跑？”

盖爷啐了口唾沫：“呸！这么说，虐童案里那些孩子口中的什么‘叔叔医生’，还真是这孙子装的？！他借体检之由，对那些孩子下手？”

我没有说话，而是打开喷剂瓶，绕着垃圾桶喷出一些透明的液体。

“这里面到底有什么东西？”盖爷好奇地跟了过来，背着手，弯腰朝垃圾桶里看过去，随后拿出巡夜用的手电筒，刚要打开，却被我拦下。

我摆摆手，示意盖爷后退。

不多时，垃圾桶中就传来了微弱的震动。郊外公路荒无人烟，远处偶有路过的车辆。头顶的路灯似乎接触不良，光线闪烁，映着脚下几乎要化掉的积雪，一只黑色的长长手臂从里面缓慢探了出来。

盖爷见状急忙后退，机警地将我挡在身后。

“没关系，它只爱肮脏的东西。”我轻声说道，“不该是黑色的，可能是需要洗个澡了。”我随后上前，将喷剂瓶中的纯净水全部洒在这条黑色手臂上，不多时，就见它褪去黑色的长毛，换上了由三原色组成的彩色毛发。

长臂抖擞清爽，最后又缩回垃圾桶中。我收起喷剂瓶，摆手叫盖爷上车。

“不……不带回研究所吗？”盖爷有些奇怪地发动车子。

我摇下车窗，刺骨的寒风钻入鼻孔：“不用了。人们总祈求有神明来惩罚那些逃脱罪责之人，却根本不知道，那所谓的神，有时就藏在我们身边。”

“被它拖走的人，会去哪里？”

我关上车窗，瞥了一眼身后倒退的路灯，打开电脑放在怀里撰写研究报告：“谁知道呢，可能，下地狱了吧。”

“尧尧，研究报告归档了吗？”我敲了敲鱼缸，看向正忙着摆弄水草的尧尧。

小姑娘一拍脑门：“啊呀，忘记了！这鱼缸太难处理了，没几天就脏兮兮的，又要换水了。”

我取下口罩和手套坐在自己的椅子上：“成天弄这个，自己的工作倒是忘得一干二净。”

尧尧委屈地看向我：“不怨我啊晓博士，这个新物种你一直没有给我明确的学名呀，也没有带回研究院观察，我总不能空着名字归档吧。”

“这东西比较特殊，它喜欢躲在阴暗肮脏的地方，你觉得，咱们研究院有这样的地方吗？”我笑着摇摇头。

“哦……”尧尧若有所思，“正是因为它总躲在肮脏阴暗的地方，所以才会遇到那些阴暗肮脏的人吧。”

我透过厚重的鱼缸，看着缸壁上附着的污秽，暗自点了点头：“清道夫吧。”

“啊？”尧尧一脸疑惑。

“我说，买条清道夫放在鱼缸里吧。”

世上总需要有人来清理肮脏和污秽。

这东西，即所谓“报应”。

名称：清道夫

发现地：B 市郊外某公路垃圾桶

简介：一条长长的手臂，上面长满红、黄、蓝三色毛发，由于常年躲藏在阴暗、肮脏的角落（多为垃圾桶中）吞食垃圾和污秽，因此颜色逐渐变得漆黑。会用自己的方式伸张正义。因暂无研究样本而无法准确命名，借名同样吞食垃圾的清道夫。

特点：无脏不欢

内心肮脏或是臭名昭著的人，最好远离垃圾桶。因为说不定，那里面就藏着你该得的“报应”。

No.007

复影

“喂，你家是第几个胡同往里拐来着？”保洁王某把脖子缩在浮夸的大红色围巾里，哆嗦着拨通了尧尧的电话。

“哦哦，那我应该快到了，你准备下楼吧。”王某踮起脚看了看前方夜色中亮起的杂货铺，一边挂断电话，一边把冻得通红的手塞进棉袄的口袋里，夹紧了胳膊下面的文件袋。

入冬，天黑得越来越早，小巷里异常静谧，远离了闹市的灯火与车流，连自己的鼻息都听得一清二楚。王某加快脚步，想赶在楼下便利店的关东煮售完前送完人员登记档案，好让自己不会空着肚子回家。

“真是的，早不请假晚不请假，偏偏挑登记院内人员信息的日子请假，病得真不是时候。”王某小声地抱怨着。

不过说来也巧，王某的家与尧尧租住的公寓距离很近，这送档案册的任务，自然就落在了他身上。

脚步声回荡在夜色里，偶尔掠过的风让人绷紧了神经。

有人！

王某明显能感觉到，有什么人正不紧不慢地跟在他的身后。说不清是人还是动物，只是感觉到浓黑且庞大的压力。那家伙似乎是在有意识地重复他的脚步，亦步亦趋，而且，距离非常近。

“喀喀。”王某低下头快步走至前面的路灯下，试图借助灯光来看清身后的跟踪者。可是，地上只有他一人的影子。无奈，王某只好壮了壮胆，在下个拐角猛然回头。

空空荡荡，小巷寒酸而萧条，什么都没有。

王某愣住，站在路灯的光芒中四下张望。他正要松一口气，忽然听到自己的耳根传来了熟悉的脚步声，那跟在自己身后的东西，此时此刻就贴在自己的背上！

“啊！”王某倒抽一口凉气，转身撒腿就跑。

档案袋被遗落在阴暗的拐角处，它的存在，似乎根本不会有人注意到。

“尧尧，你的档案呢？”我关上人事传过来的消息通知，转身看了看正在喂鱼的年轻人。

“啊，不怪我啊，晓博士！”尧尧有些委屈，擦擦手回到自己的电脑前，“昨天我不是请病假了吗，就拜托王某下了班帮我把空白档案送过来，我填完了让他今天上班带来。结果……我昨晚接了他的电话下楼，等了半个小时都不见他的影子，打电话也不接，真是的，我只能今天自己来研究院填咯，马上就好！”

我有些奇怪地打开院内通信系统，却只看到王某黑灰色的头像。

“他今天没上班，”我咂咂嘴，“会不会出什么事了？”

尧尧愣了愣，随后急忙摸出手机拨打王某的电话，依然是无人接听。

“不会吧，一个大男人能出什么事？”尧尧虽这么说，却还是站起身往仓库方向走去。

我摆摆手，刚要准备洗手去吃午餐，却被办公室的敲门声打断。只见盖爷倚在门边，还保持着敲门的动作，冲我招了招手。

我硬着头皮挪了过去。

“什么事？”我盯着盖爷腰间的手电筒问道。

盖爷笑笑：“没什么，就是想问问，你之前夜里私自搜寻研究院时偷偷复制的钥匙，后来销毁了没有？”

我挑眉，知道谎言根本逃不过他的眼睛，只好承认并坦白：“当然，已经全部溶解了。”

盖爷的眉头却没有舒展，只是摸了摸手边的手电筒。

“怎么了？”我追问。

“这可麻烦了……”盖爷连连摇头，“前些天一直有人反映，院长办公室里总传来异响，我去查看了监控和钥匙取用记录，却什么都没有发现。昨天晚上，我巡夜的时候听到院长办公室有动静，推门进去，就看到一个黑影迅速闪过，但门窗紧锁，没有任何足迹，我还想着难不成又是你搞来了什么奇怪的物种，所以想来问问你。”

我摆手：“我后来就没有再去过院长办公室了……对了，你说的黑影大概什么样子？”

盖爷欲言又止，压了压帽檐低声道：“怎么，难不成，是院长回来了？”

“不可能。”我斩钉截铁地打断，把双手插进口袋里转身去了饭堂。

他若是回来了，一定会告诉我。

可谁知盖爷却快步跟上来，腰里的手电筒和钥匙碰撞出激烈的声响：“关于院长的身份，你还是打算对我保持沉默？你就不怕这么拖下去……真的会出大问题？”

“你什么意思？”我头皮发麻。

盖爷似笑非笑：“我大概知道院长是谁了，或者该说，是什么东西……”

“完了完了！晓博士，王某真的不见了！”尧尧风风火火飞奔至食堂，一下打翻我面前的餐盘，没有说抱歉，却说了这些话。

“这可怎么办啊！他……他不会也失踪了吧？那……那他的失踪，岂不是和我脱不了干系？！电话不接，地址……我只知道他家离我住的地方很近，其他的一概不知……万一他出了什么事，楼下那些保洁阿姨不得剥了我的皮？”尧尧一脸绝望，趴在我对面的桌子上呼天抢地，吸引来不少人的目光。

我叹了口气，默默收拾一桌残局：“你去问人事，让人事翻翻王某的档案册，昨天不是刚统计过吗？你可以把他家的地址给找出来。”

“对哦！”尧尧一个鲤鱼打挺，站起身给了我一个大大的拥抱，“晓博士你太棒了，我就知道你有办法！”

我无可奈何地笑了笑。

果然有问题。我就知道，向来独行的我为何会莫名多出一个助手。

这样一个看似没心没肺的小姑娘，的确很容易让人掉以轻心。

但是我相信，只要是野兽，总会有露出獠牙的瞬间。

就比如刚才的那句话。

我和尧尧乘车抵达王某的住处时已经是傍晚时分，低垂的落日坠在屋檐下，让这本就昏暗的小胡同显得更加阴沉。

“应该就是这个院子。”尧尧确定了门牌号，冲我点点头。

我径直推门而入。

这是典型的旧式四合院，院子不大，杂草丛生，虽破败，但角落里总有年轻又有活力的东西，比如挂在檐牙上的手绘风铃，还有院子中央石凳上晾晒的两双篮球鞋和窗台上呼呼作响的加湿净化器。

王某正裹着被子，抱着暖气管子瑟瑟发抖。

我叹了口气，捡起掉在地上的手机，上面一连串的未接来电提示正在闪烁。

“啊呀，王某你在啊，真是吓死我了。”尧尧松了口气，上前一拳捶在对方裹紧的被子上。

我眼睛有些酸涩，这才发现，屋子里大灯全开，就连床头灯和小夜灯都被打开，亮堂堂的。我一边调整光源，一边转头对王某说道：“怎么，遇到什么了？”

王某探出半个脑袋，有些幽怨地看了看尧尧：“都怪你，让我去给你送档案，结果，让我冲撞了什么不干不净的邪祟。”

“哦哟，你这脏水泼得可够远的。”尧尧撇撇嘴，“亏我还好心来看你。喊，真是狼心狗肺。”

我没理会两人的拌嘴，而是搬了张椅子坐在王某床头，跷起腿将笔记本放在眼前：“说说吧，是什么东西？”

王某抓耳挠腮了半天也没说出个所以然：“嗯……就是有东西一直跟着我，但是吧，我回头却啥也看不见。我一跑，它就跟着我跑，我跑得再快都甩不掉它。这种感觉，在越黑的地方越明显。”

“噗，王某，你这是纯粹的怕黑吧？”尧尧使坏，顺手拿过桌子上的手电筒，朝着自己的下巴打开，“是怕我来索命吗……”

“去你的。”王某没理会，而是转头看向我，“晓博士，你看看，我身后到底有东西吗？”

我思考片刻，站起身，先是把灯关上，片刻之后又重新打开，这才又回到座位上点点头：“有啊。”

此话一出，王某和尧尧同时愣住。

“影子。”我耸耸肩，指了指王某映在墙壁上的身影。

尧尧松了口气：“吓死我了，晓博士……”

“但，不是普通的影子。”我接过尧尧的手电筒，啪嗒一声打开，直直照射在王某身后的墙壁上。

那米黄色的墙壁上贴着电影海报，旁边是年历，顶上还有一张孔雀绿的捕梦网。王某的影子映在墙壁上，直观而清晰。

“来，你过来。”我招招手，示意王某。

王某拖着被子，小心挪到了我这边。

“呀！”尧尧轻声惊呼，“影子！影子没动！”

“啊……”王某两眼一翻，直愣愣倒了下去。

尧尧拿凉毛巾搭在王某的额头上，想把昏倒的他挪回到床上，却无奈力气太小，只好作罢。我则坐在椅子上，支起手电筒，观看那仍旧贴在墙壁上的影子。

“怎么回事？”尧尧低头看了看躺在地上的王某，还有他身侧的阴影，“他的影子不是在这儿吗？那墙上留下的又是什么？”

我压低了声音：“是复影，特别有趣的小东西。来，你过来看。”

尧尧丢下王某，搬了个小板凳坐在我的身旁。

只见那黑色的影子竟然自行移动了起来，清晰的人形倒映在墙壁上。它先是来回踱步，显得有些焦虑，随后又坐下拿起了什么东西，低头玩弄了一会儿便躺了下来，之后又神经质地跳起来，手舞足蹈不知在做些什么。

“这是在干什么啊？”尧尧不解。

我笑笑，指了指地上的王某：“复影这个东西，胆子非常小，尤其怕黑，平时偷偷藏在人的影子里，根本发现不了。除非遇到强光直射，它才敢脱离人的影子自行移动。可它又比较愚笨，行为单一，只会不停重复宿主的一些简单动作。比如刚才，它就是在模仿王某玩手机游戏的动作，而现在这样，估计是在模仿王某昨晚受到惊吓之后的表现。”

尧尧恍然大悟：“哦，就像是个内存很小的实时录像机！”

我点头：“差不多吧，而且是无法被销毁的证据录像。所以，这东西会被应用到刑侦手段里，捕捉藏在嫌疑人身上的复影，用来查看他是否有作案的可能，或者查看被害人的复影，从他的受害过程动作来推断凶手行凶的手法……”

等等！我忽然冒出冷汗。

如果是这样的话，那作为退休刑警的他，一定知道复影的存在！

我忽然想起盖爷今日腰间多出来的手电筒，还有电梯前那莫名其妙的话……我迅速抓起手电筒，转身跑出大院，朝研究院的方向飞奔而去。

“哎！晓博士你去哪儿啊……”尧尧在我身后喊道。

夜色浓稠，惊人院早已人去楼空。我迅速刷门禁卡飞奔至电梯，径直抵达院长办公室所在的楼层。

不要，千万不要。

我一边祈祷，一边加快脚步，空旷的白色走廊中回荡着我仓皇的脚步声。我最终停靠在院长办公室门口，轻轻触摸冰凉的把手。

咔嗒。

门果然没有锁。我推门而入，却只见屋里漆黑一片，只有院长的电脑开启着，显示器闪着微弱的荧光。我急忙打开屋内大灯，同时将手电筒打开，四下照射寻觅。

果然，在院长座位后面的墙壁上出现了曾经躲藏在院长影子里的复影。

那复影的身形轮廓和院长一模一样，正在电脑前阅读着什么，随即忽然痛苦地站起身，捂住胸口跪倒在地。

不……我强忍泪水。

接下来，那人形的复影渐渐融化、扩散，像一团没有具体形状的泥巴，挣扎着，显得那样痛苦不堪。

最终，影子逐渐稳定，回到了人形院长的模样，虚弱地趴在桌案上。

紧接着，它又重复起最开始的动作。

他的痛苦，我都知道。

原来，宿主的形态变化，复影也会如实记录。

我颓然关上手电筒，死死咬住了自己的嘴唇。我走到院长办公桌前，抬手正要关掉电脑，却在电脑屏幕上看到了正在闪烁的播放器。

那里面正在播放的歌曲——*Monsters*，或许这就是盖爷所找到的答案。

他才不是怪物。

他是我人生中唯一的光。

名称：复影
发现地：B 市某胡同

简介：黑色的影子，看起来和普通的影子差别不大，平时偷偷藏在宿主的影子里，一般不会被发现。因为怕黑，所以宿主到越黑的地方，它便会离宿主更近。除非遇到强光直射，它才敢脱离人的影子自行移动。然而它愚笨，行为单一，只会模仿宿主的一些简单动作，因此特性而被用作刑侦手段。

特点：胆小怕黑，不停地重复模仿宿主的动作
如果走夜路的时候感觉身后有东西，千万别盲目逃跑，跑得越快，它就跟得越紧——毕竟，它比你还要怕黑，只是想和你结个伴而已。

No.008

爱菌

我屏气凝神，用实验室里最细的镊子，小心将培养皿中已经冒尖的卵移植到新鲜的桑叶上，在保证不让它表膜受损的前提下，完成模拟孵化的过程。

一颗、两颗、三颗……我睫毛颤动，努力控制手指移动的幅度，生怕一个不小心便前功尽弃。尧尧紧张地守在一旁，拿着滴管帮我润湿桑叶表面。

最后一颗……我调整呼吸，这迁徙丝与蚕人工杂交而成的虫卵究竟能否顺利孵化，就看这最后一步了。

啪——

突然，只听丁零当啷一阵巨响，一道灰黑色的身影从操作台上呼啸而过，还未等我看清对方是个什么，面前的桑叶便已经被打翻的蒸馏水淹没，上面由我精心布排的虫卵瞬间被水冲散，一塌糊涂。

整整两个星期的实验，就此终结。

“王某！”我深吸一口气怒摔手中的镊子，随后拉开抽屉摸出锋利的解剖刀和直角钳，起身就朝那灰黑色的罪魁祸首走去，“今天谁也别拦着，这只猫我解剖定了！”

“啊呀！晓博士！”尧尧手里攥着滴管，还没闹明白刚才一瞬间发生了什么，一看我要去抓那只正在无辜舔毛的小家伙，便立即起身拦下我："小猫多可爱，它又不是故意的！"

我冷冷地整了整衣领："那你一缸子的金鱼不可爱吗？"

尧尧嘴角轻微抽搐，有些尴尬地笑笑："哎呀，那……那不是因为这小猫饿了吗，要是早早给它喂了东西，它也不至于去捞我的金鱼啊。"

走廊尽头正在拖地的王某似乎注意到了实验室的动静，拎着拖把就冲了进来："哎哎，晓博士手下留情！"

那只猫似乎听得出王某的声音，立即起身跳上一旁的架子，再借势一跃，稳稳落在王某怀里。

"我说了多少次，超级生物普遍脆弱，一点要命的细菌就会让它们倾数灭绝。所以，实验室要保持整洁，平时你们进来都得消毒换鞋套……"我不满地指了指桌上被猫打翻的仪器，"现在倒好，整来一只猫在这里晃来晃去，阻碍实验进度，孰轻孰重，你搞不明白吗？"

王某见我脸色不好，只好嬉笑着把那灰黑色的胖猫举到我面前："晓博士，心情不好，吸一口猫就好了。"

我扬起手里的解剖刀，王某吓得脖子一缩，抱着猫迅速逃离了实验室。

那只猫是在院长办公室发现的。

前一阵，院长办公室夜里总有异响传来，可查监控并没有什么发现，再加上院长长期不现身，一时间搞得人心惶惶。后来，盖爷也不知道从哪里拎来这么一只胖猫，冠冕堂皇地公布，说那是猫钻进了院长办公室发出的声响，以此来掩盖他在屋内发现院长复影的事情。

我没戳穿，就跟着盖爷演下去，勉为其难地让这猫留下了，并让王某平日里负责照看。

可我也明确说了，这猫绝对不可以进入实验室。

然而，事情并不如我所期望的那般顺利，这只猫入住的第一天，就把尧尧养的一缸金鱼尽数吞进了肚子里；后来，它还抓破了盖爷的裤腿，大冷天的，盖爷蹲在保安室瑟瑟发抖，寒风直往裤管里灌；一大早，王某洗干净的抹布就全部被它丢到了污水桶里，还撒了一地猫砂，让王某脚下一滑，生生摔在仓库里半天没爬起来……

可奇怪的是，这些人竟然一点儿也不生气，还总是趁着没人的时候一把抱起这只猫，揉揉搓搓，弄得自己一身猫毛才肯撒手。

这惊人院上上下下，恐怕都是猫奴吧？

它似乎也知道自己的优势，因此更加肆无忌惮。

当然，除了我。

可这只猫说来也挺争气，除了我，不管是谁都可以摸。不管你长得好看不好看，也不管你职位高低，它永远都是一副瞧不起你的模样。有时我坐在电脑前写研究报告，它就远远蹲着，眯起眼睛打量我，我瞪回去，它也不着急上火，而是慢慢悠悠晃到我脚边，趁我不注意，一把将电源线给拽掉。

这猫绝对和我犯冲。

“哎呀，根本不是新物种，白跑一趟。”尧尧刚出外勤回来，一脸怨念地坐在座位上，在笔记本上画了个大大的叉。

我回过神，接过这周接线员那边递过来的报告，迅速浏览。

都是些看似平常的报告，这几天我在忙着做杂交实验，所以让尧尧替我去调查。

果不其然，什么线索都没有带回来。

“喵——”

忽然，脚下传来一声细软的猫叫，我下意识躲了躲，却发现那只之前对我有敌意的猫正在蹭我的脚踝。

尧尧眼睛一亮："哎嘿，晓博士，你俩和好了？"

我黑着脸摇摇头："它只是来道歉而已，我可不会轻易原谅它。"

尧尧笑了笑，弯下腰用手挠了挠那猫的下巴，它便立即没出息地躺在那里亮出了肚皮，还发出呼噜呼噜的声音。

"哈哈哈，这猫怎么谁都让摸，一点戒备心都没有。"尧尧逗弄着，笑着问我。

我没心思理会，从抽屉里拿出之前打包好的午饭，准备远离吸猫现场，整理一下思路。

惊人院楼下的长椅是我经常用来思考的位置。可最近天气转冷，寒风刺骨，我只好转移了阵地，另寻一处安静的地方。

这研究院上上下下，唯一没有人的地方，恐怕就是院长办公室了。

我用手机给盖爷发了条信息，没多久，就听见叮当的钥匙声传来。

盖爷裹着黑色的长款棉服，扣下耳暖子，冲我扬扬下巴，算是打了个招呼。

"这平时啊，院长办公室根本没人，最多是王某安排人来打扫一下。也难得你想着用，反正空着也是空着嘛。"盖爷一边给我开门，一边自顾自嘀咕着。

熟悉的房间、熟悉的陈设、熟悉的气息，我绕着宽大的办公桌来到窗前的书架边，按照我所熟悉的检索方式迅速找到了我想要的资料和参考书。盖爷进屋后先是来到我的身旁开窗通风，然后又给干净的茶杯倒上开水，泡了一壶菊花普洱，自己却不喝，而是倒了一点在院长的杯子里。随后，他也没闲着，转身把办公桌上的文件随手翻乱，还把一支签字笔的笔盖拔掉，丢在台历的缝隙里。

我合上书，抬眼看向盖爷："你为了掩饰院长失踪的事情，倒是费了不少功夫。"

盖爷耸耸肩，径自坐在院长的椅子上："没办法，你知道的，保洁阿姨总喜欢八卦，消息又传得快，万一院长失踪这件事被来打扫卫生的阿姨知道，那全院上下不得闹翻了天。"

我尴尬地点点头："那……那你呢，院长失踪的事情，你为什么不戳穿？"

盖爷忽然收起了笑脸，两只手揣在棉服的袖子里："我之前以为是你有问题，本想搜集证据把你送进监狱——你知道的，原则上找不到尸体就没法给凶手定罪。可后来我才发现，有问题的不是你，而是院长。"

我苦笑："所以你是准备把院长给送进监狱吗？"

盖爷摆摆手："院长又没有作奸犯科，我跟他过不去干啥？况且，监狱里关的都是人类，但院长不是——或者说，不仅仅是？"

我没接着说下去，而是靠在沙发上一边翻看物种杂交资料，一边享用午餐。

盖爷的试探总是很小心，他不知道我的底线在哪里，只能一次次浅尝辄止。我乐得他不是个激进派，于是就总这样跟他迂回。

毕竟，他知道的已经太多了。

"哎，说起来，你为什么要研究超级生物？"盖爷似乎是在转移话题，但核心丝毫没有偏离。

我歪歪头："上学的时候偶然接触到的，有了兴趣，就跟着导师做这方面的研究了。"

"你大学是在国外读的吧？"盖爷似乎是看了我的人事档案。

我点点头："嗯，M 国，金州。"

"所以你和你丈夫应该是同一个专业的吧。"盖爷此话一出，我便身子凉了半截。

我定了定神："果然是老刑警，查得可真够仔细啊。"

盖爷摇头，站起身到我对面坐下：“晓博士，我本不想干涉你的个人隐私，但是有件事情我很在意，毕竟，它关乎我职业生涯的最后一个案子……”

我突然也好奇了起来。之前听消息灵通的王某说过，盖爷是刑警大队的骨干，但是因为一次意外提前退休了。早些日子，护工给收容的病人打针时不小心被对方抓破了手，盖爷帮忙制止了发狂的病人，但他一个转身，看见护工血淋淋的手后，两眼一黑晕了过去。一个经验丰富的老刑警居然晕血，这本就是件可疑的事情，再联想到他的提前退休，更是让人生疑。

可是现在，他突然将自己的最后一个案子和我的丈夫联系在一起，让我更加好奇他究竟发现了什么。

“什么案子？”我思索片刻，开口发问。

盖爷没有直接回答，而是自顾自说道：“胡烁，就读于金州理工大学生物科学学院，唯一一位全额奖学金的获得者，因此被推举为新物种研究项目的成员之一。而这个新物种研究项目……”盖爷眼神扫过我手里的资料，“应该就是你现在在做的超级生物研究吧？”

我没作声，等盖爷继续向我投出更多的诱饵。

“这个项目并没有获得当地政府的批准和支持，所以，他带着自己的学妹，也是新婚的妻子毅然归国，成立工作室进行研究。可是，项目刚有了投资和眉目，就发生了一场意外……”

“够了。”我重重地合上书。

盖爷知趣地闭了嘴。

“你到底想说什么？”我下意识攥紧了手。

盖爷见我退让，这才缓缓从口袋里摸出了一个我熟悉的钥匙扣，上面挂着老旧而模糊的大头贴：“这个站在你身边和院长长得几乎一模一样的人，就是你的丈夫，胡烁吧？”

我脑袋轰的一声，急忙低头在自己的口袋里摸索。果然，刚才他靠近我，并不只是为了打开窗子，而是为了偷我的钥匙。

“不……那不是，那……那是院长。”我试图掩盖自己的仓皇。

盖爷摇头：“这不是院长，看这大头贴的磨损程度，显然是很多年前的东西。可据我所知，惊人院成立也不到五年的时间……那么，你怎会和院长亲昵合影？”

我将头转向一旁：“我和院长之前就认识……”

“好，那你告诉我，院长的名字叫什么，多大年纪，是哪里人，成立惊人院之前他又是做什么的？”盖爷步步紧逼。

我咬咬牙，站起身去抢盖爷手里的钥匙扣。

“我说的没错吧？胡烁是孤儿，五年前，他死在那场意外里，你作为他的妻子却没有报警，也没有销户。”盖爷没有阻止，只是把钥匙顺手丢给我，“所以说，这些年，院长其实一直都在用你亡夫胡烁的身份活着，对吧？”

我没有回应，只是迅速收拾手里的东西，试图结束这场对话。

“你别再逃避了。”盖爷从我身后追上来，“我真的有非常重要的事情对你说！”

我头也没回，迅速钻进安全步梯，回到我的办公室里。

我将门死死抵住，惊魂未定，缓缓坐在了地板上。

我不敢承认，盖爷说的每一个字都是对的。

当年，是我隐瞒了丈夫死亡的事实，并让另一个没有身份的人替他活在这个世界上，替他去完成他没有完成的愿望。

“喵——”

忽然传来的猫叫声吓得我一个哆嗦，那只胖猫不知何时钻到了我的脚边，正在拿它松软的脑袋蹭着我的脚踝。这是典型的猫科动物祈求爱抚的表现。我犹豫着伸出手，轻轻放在了它的毛发上。

"呼噜呼噜……"

猫咪发出舒服的声响，我缓缓摩挲着它的皮毛。它像个撒娇的孩子，用自己的身子摩擦我的手掌，恨不得躺进我的怀里。

这猫……一直都是这么亲近人的吗？

这团小小的松软，如同一剂良药，瞬间将我从崩溃的边缘拉了回来。

我把头埋在双膝之间，试图轻轻抱起这只小家伙。

"嗷呜——"

不知为何，这猫突然低沉地吼叫一声，转身远离了我，一副刚刚睡醒的模样。我正疑惑，伸出手试图再去挠它的下巴，可它又恢复了之前蔑视一切的姿态，狠狠打了我一爪子，屁股一撅，转身跑了。

这世上最善变的，恐怕就是猫了吧。我摇头苦笑。

"晓博士……哎哟！"只听身后一声巨响，门被人大力推开，咣当撞在我的脊背上。尧尧惊魂未定，手里捏着试管站在门口，进也不是，退也不是。

我忍痛站起身："你最好是有重要的事情告诉我。"

尧尧用棉片擦了擦试管壁，放到显微镜下调试，半晌才满意地将显微镜推给我："喏，你看看我发现什么了。"

我一脸狐疑，定睛从显微镜中看去，白色棉片上竟然爬满了密密麻麻的红色心形细菌。

"爱菌！"我恍然大悟，转头看向那只高傲的猫，"你在它身上找到的？"

尧尧有些骄傲地点点头："是呀，我就觉着不对劲，这猫怎么会突然跟你亲近了呢，所以趁着午饭的时间随手查了查，果然是感染了爱菌。"

拎着猫粮来喂食的王某正巧路过，听了尧尧的话大惊失色："什么？小爱感染病菌了？！”

我和尧尧同时一脸鄙夷地转身：“小爱是谁？”

王某指了指正在舔毛的猫。

我懒得搭理“起名废”王某，摆摆手让尧尧解决。

“哎呀，不是啦，说是菌，但其实是一种有益菌。它寄生在人或动物的身上，让宿主产生对爱的渴求。”尧尧解释道，“这种细菌非常渴求爱与关怀，所以才会让宿主产生与平时不太一样的举动，比如主动向他人示好，或者孤僻的人突然变得开朗，喜欢和别人黏在一起，就像这只猫。”

“这不是猫，这是小爱。”王某嘴巴一撇。

“行行行，你说了算。”尧尧也懒得辩解。

王某想了想，还是蹲下身子抱起那只猫：“什么爱菌，这根本就是爱神丘比特呗。”

我将透明的试管拿在手里，玻璃反射着头顶的白炽灯光，刺眼而闪耀，正如同那年金州的阳光，夹杂着他的笑容，一并照进我的生命中。

……

“那个，学长你好……我是生物科学专业的晓，低你两届，我专业英文不太好，所以有一些文献看不太懂，能不能请教一下你？”我红着脸，胸前抱着厚厚一摞书，拦下了正准备往图书馆去的胡烁。

毕业之后，胡烁指着试管里的爱菌给我讲解它习性的时候，不小心说漏了嘴，说它是我们的爱神丘比特，我这才明白过来，一直以来独来独往不爱与人打交道的我，当时为什么会主动上前跟他搭讪。

名称：爱菌
发现地：猫咪小爱的身上

简介：红色心形细菌，对人体无害。寄生在人或动物的身上，让宿主产生对爱的渴求。爱菌非常渴求爱与关怀，所以会驱使宿主做出与平时不太一样的举动，比如主动向他人示好，或让孤僻的人突然变得开朗，喜欢和别人黏在一起等。

特点：需要非常非常多的爱
没人知道，这世上有多少一见钟情，都是它搞的鬼。

No.009

尾火

嘈杂、躁动、热烈而疯狂，目之所及尽是赤红色的火焰，跳跃舔舐着天花板早已坏死的烟雾报警器。滚滚浓烟推搡着从破碎的玻璃窗挤出去，冲向头顶灰暗的天空。

燃烧的大楼宛如一片死寂的废墟，早前的尖叫声和脚步声已经越来越远，只剩下偶尔炸裂的碎响。一个个接连倒下去的身影阻塞了逃生步梯的通道，让跌跌撞撞的我不得不转身，重新回到顶层窗前，寻觅其他逃生的路线。

红色的火，黑色的浓烟。

我将挂在衣架上的外罩丢入鱼缸，浸湿后堵在门缝，随后扯下窗帘，迅速而熟练地撕扯打结，即便被痛彻胸腔的咳嗽打断，也没有一丝一毫的犹豫。

“胡烁！”我将逃生的绳结系好，转身朝里屋喊道。

没有回应。

他只是被掉落的横梁砸到了脚踝，虽行动不便，但应该还能站得起来才对。

研究才刚刚有了新的突破，我们不能就这样消失在这片火海中。我丢下手中用窗帘系成的绳索，弯腰朝办公室里间挪去。

“别过来！”

砰！一声巨响，随即，震耳欲聋的爆炸声从不远处传来。我头痛欲裂，被一股突然袭来的热浪掀翻在地，背脊撞击在身后的柜子上，剧痛使我无法喘息，并伴随着长久的耳鸣。

除了刺鼻的浓烟，我清晰地闻到了硝烟的味道……

“你还好吗？站得起来吗？”

我努力睁开双眼，却只感到头晕目眩，吸入的浓烟让我呼吸越发急促，陌生的声音在耳畔响起，让我根本无法准确判断眼下的情形。

只闻到了血的味道。

我被对方搀扶起来，房间里浓重的焦煳味根本无法掩盖这人身上的血腥气，我试图推开他，却在看清了对方染血的警服后，突然松了口气。

太好了。

“胡……胡烁……”我被警察搀扶着迅速朝窗口移动，我努力转身，试图寻找爆炸后胡烁的身影。

然而我的视线并没有找到那熟悉的笑容，只有一个被烈焰吞噬的身影在我的眼前倒下。

不要……不要！

我猛然睁开双眼。

浓烟、警笛、爆炸、烈火……一切全然消失不见，只剩下研究院惨白的屋顶。

又是那个梦。我揉了揉紧绷的太阳穴，直起身子，才发现自己不知何时趴在电脑前沉沉睡去，胳膊压到了键盘，在文档中留下了长长的一串字母。

“喂，你还好吗？”

熟悉的声音将我拉回到清醒的现实，我猛然回头，这才发现盖爷站在我的身后，弯腰关切地看向我。

我抹了把额头的冷汗：“没……没事，做了个噩梦而已。”

盖爷轻轻拍了拍我的肩膀：“你最近黑眼圈很严重，睡眠质量不好吗？”

我烦躁地抬手关上电脑，拉开抽屉，拿了条一次性毛巾，起身走向洗手间：“没事，最近报告有些多，熬夜写了点东西。”

哗啦——冰凉的流水将我所有的仓皇与恐惧一并冲刷，我急促喘息，试图让自己冷静下来，却在面对眼前洗手台刺眼的镜子时，忍不住转身呕吐。

为什么……为什么要我再次看到那一幕。

我跪在隔间的马桶前，狼狈地按下冲水键，随后抬手抽纸，却扑了个空。

真是个糟糕的日子。

我苦笑摇头，正要站起身，有人从隔间底部伸过手，递了几张纸巾给我。

“谢了。”我擦了擦嘴角的污渍，起身打开水龙头漱口。

等等！今天是周日，惊人院除了看门的盖爷，怎么还会有其他人在？！

“谁？”

我急忙转身，却看到旁边隔间里正在弯腰拖地的保洁王某。听我发问，他便取下手上的橡胶手套，拉掉口罩一边，冲我笑着摆摆手：“周末还加班呀，晓博士？”

我松了口气，摆摆手重新转身洗脸：“你不也是吗？大周末的不去约会，怎么在女厕所打扫卫生？”

王某没有直接回答我的问题，而是拎着拖把退出隔间，手腕一转，拖把灵活翻转，像一把利剑被他利索地插入污水桶中：“你还是回家休息休息吧，尤其是现在这样的特殊时段，你要是倒下了，惊人研究院可怎么办？”

我愣了愣。

“唉，真是愁死了……”王某自说自话摇摇头，叹了口气，拎起拖把朝隔壁的男厕走去。

说得也是。我盯着镜子里略显憔悴的自己，索性拎了笔记本电脑，锁了门，裹紧黑色大衣下了楼。

“回家吗？”盖爷从大厅保安室探出头。

我点头不语。

“有时间吗？我有事情想跟你聊聊……”

我摆手拒绝：“下次吧，我有些不舒服。”

盖爷欲言又止，但看我态度决绝，便也没有强求。

我从来不知道，冬天竟然是这么冷的。干涩的寒风刮着我皲裂的皮肤，钻进我的衣领和袖口，让我的身子越发僵硬。直到我乘上拥挤的地铁，才感受到些许的暖意。

地铁车厢是很适合思考的地方，我寻了个角落站定，盯着眼前花花绿绿的广告陷入沉思。

果然有问题。

人类是情感驱动的生物，习惯将痛苦的记忆掩盖在最底层，不愿触碰，甚至不敢靠近，怕太过鲜明的痛感完全吞噬自己，却忘记了这里或许恰巧包含着最要命的信息。

若不是刚才的噩梦让我回忆起当年的细节，我或许永远不会注意到这背后的问题。

如果当年大楼的火灾真的只是一场意外，那么除了消防员，为什么会有刑警出现在那里？

我低头打开手机浏览器，搜索各类警服样式，最终将目光停留在刑事警察的制服上。

没错，就是这样的制服，一样的帽徽、一样的肩章、一样的臂章……

我目光缓移，最终死死钉在胸部的编号上。

是多少来着……我眉头拧成一团，仔细回忆，可除了那警服上通红的血渍外，什么都想不起来。

我正要关闭图片预览，却猛然瞥见了那警服配套的黑色皮鞋，莫名觉得有些眼熟。

难道……我身子一紧，攥紧了手机。

走出地铁已经是傍晚，肚子发出了低沉的声响。之前吐了个一干二净，现在倒是有些饥饿。我四下张望，挑了家便利店准备买些便当和热饮，结账时手机却耗尽电量，无奈身上又没有现金，我只得将东西放下，去马路对面的银行取点现金。

自动取款机前排了长队，我转身看向柜台，好在人不多，于是我拿了个号码便耐心等待着。

这个时间点，办理银行业务的人并不多。没多久，我的号码便显示在头顶的屏幕上。

然而刚坐下，我还没来得及将帆布包里的银行卡掏出来，身后便传来了尖叫声。

啪嗒——

银行窗口玻璃对面的柜员似乎看到了什么令人恐惧的东西，瞬间清醒，立即按下了手旁的报警器，拉死了安全门。

不好！今天还真是格外倒霉。

“都给我蹲下！”伴随着尖叫声和玻璃破碎的声音，所有人都齐刷刷原地蹲下。我无奈收起背包，缓缓蹲在了柜台下面，双手抱头。

连抢银行这种只存在于电影里的情节都能被我遇上。

这种时候，只要你安静听话，按照劫匪说的做就好。毕竟，对方不过是为了谋财。可麻烦就麻烦在，我对面的那个银行柜员反应太快。

报警铃已经响起，四名劫匪破口大骂，泄愤般将大堂经理推倒在地。

经理的额头撞在大理石台阶上，顿时血流满面。

银行顾客不多，劫匪并没有浪费时间，径直抓起手边一名看似是实习生的小姑娘，一边将手里的东西抵着对方太阳穴，一边狠狠地敲击柜台玻璃，凶神恶煞地朝里面怒吼威胁。那小姑娘面色发白，领口被扯得歪斜，双腿一软，眼泪瞬间便落了下来。

距离较远，我看不清劫匪手里拿着的究竟是什么。

“不要……求求你不要杀我……”小姑娘的制服领花被扯散，掉落在地，人也被死死按在窗口玻璃上。我看不清柜台里面的人在做什么，究竟是选择在安全门后等待警察，还是选择满足劫匪的诉求。

我咬紧牙关，闭上了双眼。

警笛嘶鸣，四名劫匪看安全门后的柜员没有动作，于是只好四下搜罗顾客的口袋。我将重要资料备份的 U 盘藏在短靴里，随后才将帆布包里的东西全部倒在地上，然后重新双手抱头，等待对方的洗劫。

头顶传来一声恶骂，对方拿走了我的手机和笔记本电脑，随后一脚将空荡荡的钱包踢飞。我咬咬牙，盯死了面前安然无恙的钥匙包。

把这个留给我就好。

劫匪走远，我这才松了口气。

大约过去了五分钟，应该到了极限，劫匪若还不走，恐怕会和赶来的警察正面撞上。我寻了个死角，安静蹲好。

然而，事情并没有按照我所预料的那样发展，只听一声熟悉而可怕的巨响，一股浓重的硝烟味充斥了我的鼻腔。

砰——

这声音……是枪！

我惊恐地抬起头，只见其他三名劫匪也愣住了，只有握枪的那个微胖男子瘫坐在地。

“你疯了？！不想活了？！”其中个子稍微高一些的劫匪冲上去，一把夺过了那人手中的枪，同时狠狠给了对方一脚。

“不是……我……我不是故意的……我就是想吓唬……”那人似乎是第一次开枪，余惊过后才跌跌撞撞站起身。

“赶紧撤！”

我抬头看去，好在子弹没有打到人，而是透过大门击中了停靠在门口的一辆电动车。

然而轰隆一声，电动车突然爆炸，火光瞬间充盈我的眼眶。

这是……什么味道？

糟了！那不是电动车，而是违规改造的摩托车！

泄漏的机油在烈火的撺掇下瞬间燃烧，红色的火光将这狼藉的银行大厅染成一片炼狱。熟悉的声音、熟悉的气味、熟悉的场景，人们的惨叫声唤起了我的记忆，胸口顿时传来滞涩的疼痛，我仿佛又回到了那个噩梦之中。

“灭火器！”头破血流的大堂经理捂着伤口，朝愣在不远处的保安喊道。

劫匪离去，顾客顿时慌乱起来，再没了之前的胆怯，求生的本能让他们四散寻觅任何可以离开的通道，本就拥挤的大堂变得更加杂乱，站在消防器旁的柜员被人群堵在角落，根本无法靠近大门。

火势渐大，马路上的人见状纷纷远离，或是一脸惊恐，或是低头拨打火警电话。远处的警笛声刺耳喧嚣，我蹲下身子，一把抓起挂着大头贴的钥匙包，弯腰朝背风的方向挪去。

等一下……这火，有些不对劲。

亲身经历过重大火灾的我自然发觉到门口大火的异常。我冷静地站起身仔细嗅了嗅，然而除了机油的味道，根本没有任何焦煳味。

难道……我推开挡在面前的人群，缓缓靠近门口的火源。

没有热气，没有浓烟，这团大火如同虚假的幻影，除了疯狂燃烧的景象外，并没有任何的威胁，虚张声势而已。

我松了口气，拿手遮住刺目的火光，端起旁边的一次性纸杯，将不知哪个顾客喝剩下的半杯茶水泼在了摩托车上。

扑哧一声，那团张扬可怕的烈火迅速熄灭，仿佛被人掐了焰芯，根本无力挣扎。

“昨日傍晚，我市招商银行，四名蒙面男子持枪挟持一名银行工作人员企图索要现金无果，在柜员报警后迅速逃离，并开枪造成一辆摩托车爆炸。事发七分钟后，公安人员迅速抵达现场，封锁路段，成功捕获该犯罪团伙……”

电视新闻无一例外在播报昨天的意外，我端着泡面坐在研究院食堂，毫无胃口。

“天哪，那个银行离晓博士家很近吧？太可怕了。”尧尧放下筷子，抬头盯着电视。

我没有搭理她的意思，只是把冰冷的手覆在温热的泡面上。

所幸，昨天的大火并不是真正意义上的大火，而是惊醒了某个正在沉睡的物种。除了银行经理伤了脑袋，并没有其他人员伤亡。

我也十分庆幸，昨天那声枪响，印证了我的猜疑。

当年，我和胡烁回国后，在富新大厦顶层租用办公室用作超级生物的研究，然而大楼突发火灾，胡烁被吊顶砸伤脚踝，我去四下寻找逃生出路，却没想到胡烁的办公室突然发生爆炸。至于爆炸前我听到的那一声巨响，和昨天银行抢劫现场的声音比对起来，的的确确是枪声无疑。

胡烁的办公室里为什么会出现枪声？在我用窗帘打绳结的时候，他的办公室里究竟发生了什么？当时会不会还有其他人存在？之后的爆炸，和那声枪响究竟有没有关系？

我眉头紧蹙，拿指尖轻轻敲击桌面。

富新大厦的大火，或许并不是一场意外。

“泡面都坨了，还在等什么呢？”

我回过神，就见盖爷端着一碗馄饨，自然而然地坐在我的对面。

我低头看去，果然，盖爷的脚上正穿着那双熟悉而款式老旧的皮鞋，擦得锃光瓦亮，上面磨损的印子无一不在证明着这位退休老刑警身上背负的荣耀。

“尧尧，”我将眼前的泡面推开，“你去把我U盘里的资料拷贝到新的电脑里。”

正在低头扒饭的尧尧嘴里叼着一根花椰菜，一脸不情愿地看向我：“啊？现在吗？”

“没错，现在。”

尧尧撇撇嘴，端起自己吃了一半的午饭，转身离开了食堂。

“我猜，这下子……你应该会想要听听我到底想说什么吧？”盖爷笑了笑，转身看向食堂电视机里播放着的新闻，画面中，穿着黑色大衣的我正从现场记者的身后仓皇路过。

我双手交叉放在面前：“也是，作为刑警大队的骨干，你提前退休，甘愿在这样偏僻的研究院里当个保安，一定是有什么目的吧。”

盖爷没说话，喝了口热腾腾的馄饨汤。

“所以，其实你一开始就是为了这个……你进行调查，并不是因为院长的失踪，而是因为你发现那个本该死在那场大火中的人，现在却成了惊人院的院长！”我抑制住自己颤抖的声音，“你见过胡烁……所以当年那场大火，你也在场。”

盖爷点头，放下筷子：“是，我来惊人院第一次见到院长也吃了一惊，还以为是胡烁当年假死，可后来我调查发现，院长并不是胡烁，至于他是什么怪物，或许只有你自己知道。我想说的是，就算他顶着胡烁的身份，用那张和胡烁一模一样的脸活着，其实也都跟我没有任何关系，至于他失踪去了哪里，我更不关心。”

“那你究竟想知道什么？”

盖爷双目一沉：“我只是想知道，当年杀害胡烁的凶手，到底是谁。”

凶手……凶手！

我的耳蜗突然传来尖锐的蜂鸣，一层层回响，将我包裹在黑暗之中，透不过气来。

名称：尾火

发现地：招商银行青年路支行

简介：黑色蝌蚪状，会点燃自己的尾巴形成没有温度的火焰，看似与普通火苗无异，然而不会造成任何伤害。

特点：怕水、无伤害性

由于其形似火焰又安全的特性，多被用于特效表演之中。平时是黑色蝌蚪状，大多数时间都在沉睡。容易被巨响惊醒，感受到危险便会像壁虎丢弃尾巴一样引燃自己的尾巴，虚张声势，吓退敌人。此时只需用水扑灭即可让它恢复沉睡。

No.010

X

丁零零——

正盯着培植箱发呆的我突然被隔壁办公室的电话声惊醒。

“尧尧！”我头也没回地喊了一声。

然而电话清脆的铃响并没有就此打住，反而越发急促起来。我不得不起身走出实验室，取下乳胶手套和口罩，来到自己的办公桌前拿起电话听筒。

“喂，请问这是惊人研究院的热线电话吗？”

三三这小姑娘怎么搞的……对方是个嗓音沙哑的中年男人，语气和缓，似乎在小心翼翼地试探。我无奈叹了口气，一边回应一边抬手去按座机的转接键：“这是办公室，你等下，我帮你转到接线员那里去……”

“等一下！”对方的语调陡然转变，在我按下 # 号键的前一秒制止了我的动作，“那个……请问您是晓博士吗？”

我愣了愣，下意识去看来电显示，却只是一串从未见过的号码。

“你是？”

“啊，我姓宋，我们之前在相声剧场见过的。”

哦，是他，那个种了一屋子笑叶的男人。

“您找我什么事？”我抽出座椅坐下，端起手旁的干姜水抿了一口。

对方似乎在犹豫，停顿片刻后才开口："那个，之前您不是给了我一枚纪念币吗，说是……如果遇到了异于寻常的麻烦，可以用它来求助？"

我饶有兴趣地挑了挑眉毛。

走访调查这么久，发出去的特制纪念币不少，可真拿着它来找我们的，这位宋先生倒是头一个。

"当然，您详细说说看，只要研究院能帮得上忙，我们肯定尽力。"

我用肩膀夹起听筒，打开桌上的记事本，迅速记录起来。

对方却没有开口，而是陷入了长久的沉默，除了信号不稳定的电流声外，什么声音都没有。要不是对方适时重重叹口气，我甚至以为电话早就被他挂断了。

"那个，晓博士，我丢了一件对我而言非常重要的东西。"

惊人院不设接待处，平日里也几乎没有客人来访，无奈，我让王某帮我开了一间顶层不怎么常用的会议室，冲了壶从盖爷那里要来的枸杞菊花茶，也算是有了正经谈话的感觉。

前台小妹招呼宋先生乘电梯抵达会议室，我正在开窗通风，转身看见他，便指了指椅子："坐。"

他穿着朴素的蓝灰色羽绒服，裹了一条黑色围巾。进屋后，他拘谨地点头朝我打了招呼，这才环顾四周，小心翼翼地坐在了我随手指的位置。

"这里还真不好找呢，我跟着导航转了三圈才找到。"宋先生寒暄道。

我点头，打开录音笔，拿着记事本坐在他对面的位置："一般人是不会来这里的。当然，如果不是手上有这枚纪念币，你也进不来。"

说着，我摊开掌心。

宋先生愣了愣，随即反应过来，从口袋里摸出带着他体温的纪念币递给我。

“好了，详细说说吧。”

他点点头：“因为丢的不是什么贵重的东西，报警的话根本无人受理，可我自己已经找遍了所有可能的角落都寻不到一丝线索，无奈之下这才想起你。”

我点头，示意他继续。

“家里没有进小偷的痕迹，所以应该不是被人偷走了。但是我一直都把它放在显眼的地方，从来没有挪过位置，所以也不可能是我随手换了地方忘记了。”

我停下手中的笔，合上笔帽：“宋先生，你能不能先说说，你究竟丢了什么东西？”

“啊，抱歉。”对方尴尬地笑笑，“忘了说，是一块旧怀表，不是什么古董，也不是什么名牌，那是我母亲的遗物。”

“之前一直放在哪里？”我这才重新低头记录。

“和我母亲的遗像摆在一起，如果您还有印象的话，应该是见到过的。”

我眯起眼睛回忆之前在相声剧场的情景，尧尧站在遗像旁凝视那位老人的笑容，桌案上似乎是摆放着一些供品和鲜花，至于那里究竟有没有怀表，我倒是一点印象也没有。

“那个房间平日不会有人，毕竟没有什么值钱的东西，还长满了一屋子的茶……哦，笑叶。我一直将怀表和母亲遗像摆在一起，从来没有碰过，直到前些天我打扫房间才发现它不见了。我几乎把整个房间都翻了一遍，可它就像凭空消失了一样。”

我思索了片刻，想起那破旧的相声剧场，这才从口袋里摸出一枚亮晶晶的纽扣递给宋先生。那是昨天尧尧大衣上掉落的，我在弯腰捡瓶盖的时候发现，顺手捡起来，本想着今天还给她，可她一大早就不见了踪影，说是出外勤，然而从记录上看也没有什么可疑的报告需要外出。

“你用渔线将这个纽扣穿起来，然后把它丢在那个房间的角落，另一头系上铃铛挂在门把手上，试试看，或许能钓出地口。你的怀表，说不定就是不小心掉在地上，被它给吞了。”我解释道。

宋先生半信半疑地接过来，道谢后便驱车离开了。我伸了个懒腰，站起身走到窗前。窗外雾气很浓，看不清远方建筑的轮廓，似乎只有脚下的研究院矗立在这荒凉之地，隐藏在冬日的风雪中。

“你没听说过吗，晓博士？旧物件如果长时间没人触碰或移动，是会生出灵体的哦。”

我愣了愣，转身看到倚在门口的王某。

“你灵异小说看多了吧。”我笑了笑，“让保洁阿姨把屋子收拾了吧，应该就是地口搞的鬼，近期估计不会再有人拜访惊人院了。”

王某却眨眨眼睛，说道：“不信就算啦，到时候可别被吓到。”

我没理会王某的玩笑，拿起记事本摆摆手回到了自己的办公室。

尧尧还没回来。办公室里没有人，只有那只灰黑色的胖猫卧在文件柜上小憩。我将回收的纪念币塞进抽屉，随后回到座位上，打开电脑，迅速搜索浏览起来。

不速之客的造访根本没有影响我的思绪。我的心不在焉并不是对来客的不重视，而是我真的在思考更要紧的事情。

五年前，富新大厦火灾。

那年，我修完学分提前一年毕业，跟着胡烁回了国，在富新大厦顶层租了办公室，独立进行超级生物的研究。

那是个寻常到不能再寻常的下午。我趴在电脑前午睡，胡烁带着研究报告在一楼的咖啡厅与投资方会谈。我是被胡烁开门的声音吵醒的，也不知自己究竟睡了多久。

“在睡觉吗？告诉你一个好消息，资方对这个项目很感兴趣，愿意给我们赞助和支持！”

那是我所熟悉的笑容，温暖而灿烂，笃定而坚持，仿佛能穿透所有极地的浮冰与风雪，翻山越岭，倾其所有，奋不顾身抵达我的面前。

失去那样的笑容，则让我如坠深渊。

“是吗？不过是第一次见面而已，就已经这么有把握了？”我笑着站起身，跟着他的步伐走进里间的办公室，顺手打开了咖啡机。

富新大厦共十二层，是常见的老式办公楼格局。我们租用的办公场地并不大，一条长走廊将顶层一分为二，东边面积小的部分是我和胡烁的研究室，西边是一家杂志社的编辑部。杂志社规模较大，占据了八层到十二层，我和胡烁被挤在角落，显得有些可怜。

但好在十二层的编辑部大都是进行校对和排版的工作，没有乱哄哄的记者，因此也格外安静，并不会对我们的研究造成什么影响。反倒是有一对和蔼的中年夫妇，夫妻俩都是编辑，我和胡烁刚回国，不熟悉这边的商用房手续和物业规定，很多琐事都是他们好心帮忙我们才搞定的。

“是啊。”胡烁点头取下鼻梁上的眼镜，接过我递来的热咖啡，“对方是个非常年轻时尚的小伙子呢，穿着打扮也很浮夸，我还以为是哪里跑来恶作剧的学生。可跟他聊了几句，我就发现他谈吐不凡，倒是个青年才俊。”

我笑着摇摇头：“说不定是哪里来的富二代，看你人傻傻的好骗，逗你玩呢。”

胡烁没说话，却是满脸自信，坐下打开电脑，全神贯注。

我顺手拉开窗帘回到了外面的房间。办公室被我们一分为二，胡烁在里间，我在外间，中间有一道门连通。我俩的房间都各自还有一扇门通往外面的走廊，他那间挨着步梯，我这间靠着电梯厅。

火是从六层烧起来的。秋风一吹，火势迅猛，没几分钟便烧到了九层。大量的浓烟涌了上来，楼下的人也因火势凶猛而不得不往楼上跑，年久失修的烟雾报警器根本没有一丝声响，直到楼下传来玻璃碎掉的声响，我这才意识到事情的可怕。

“你别急，咱们楼层高，你在这里等着，我去看看情况。”胡烁将毛巾浸湿，一条递给我，一条自己捂住鼻口，弯腰贴边从走廊往安全步梯方向走去。

也不知等了多久，胡烁才狼狈回来，身上夹杂着烧焦的衣物，脚踝受了伤。我急忙把他扶回里间的办公室，拿绷带简单帮他包扎。可他咬紧牙关，也不知究竟看到了什么，只是双手迅速在电脑上操作着。

“怎么了……”我不知他在做什么，只能小心发问。外面走廊上传来人群的尖叫和杂乱的脚步声，屋内迅速升高的温度让我也逐渐感受到了危机。

“晓，你听着。”胡烁盯着电脑屏幕，随后将一直插在上面的U盘果断拔下塞进我的手里，同时转身，从已经稍显接触不良的培植箱里取出一个透明的试管，拿保温布包裹好了装进我的口袋里，“不管发生什么，一定要活着出去。”

我的心猛然一震。

“咳、咳咳……”胡烁不顾我的疑问，自顾自转身将书架上的文件尽数打落在地，随后从怀里摸出一只打火机，毫不犹豫地点燃。

“你干什么！”我大惊失色。

然而胡烁根本没有理会我，继续手中的动作。

管不了了。我决然转身，决定亲自去外面看看究竟发生了什么，同时寻找可能逃生的出口……

“有想起什么疑点吗？”

盖爷的声音打断我的思绪，我回过神，才发现自己竟然盯着当年火灾的报道泪流满面。我尴尬地擦了擦眼角的泪痕，耸耸肩站起来。

“原本我一直没有想清楚，现在看来，奇怪的地方太多了。”我定了定神答道。

“比如？”

我眉头微紧：“胡烁从来不吸烟，他怎么会有打火机？”

盖爷也陷入沉思：“你是说，他出去的那段时间见到了某个人，并且从他那里拿到了一个打火机，用来烧毁你们所有的研究数据？”

我点头：“不错。”

“那么……给他打火机的那个人，会不会就是那个冲我开枪的人？”

盖爷思索片刻，终于大胆发问。

我咽了口唾沫。一直以来，我总以为胡烁是被那场无情的大火吞噬的，却不曾想到，盖爷竟然会告知我一个出人意料的可能。

盖爷告诉我，那天他们支队接到报案，说一直以来他们追踪的涉黑团伙出现在富新大厦。

盖爷带着人赶来，在整座大厦布控，才在六层发现了可疑的踪迹。

盖爷刚巧埋伏在顶层天台，见大楼失火无法控制，无奈让人撤退，自己端着枪迂回到十二层，看到胡烁办公室的门打开，便收了枪从走廊朝胡烁走去。

“喂！你！赶快逃生……”

“让开！”

“砰”的一声枪响，盖爷没有注意到身后走廊对面编辑部的人影，被对方偷袭。

然而子弹并没有射中盖爷，那是因为胡烁猛然上前扑倒，将盖爷压在了身下。

子弹正巧打中办公室里的高温培植箱，“轰隆”一声爆炸，此时正在外间用窗帘制作逃生绳索的我，被爆炸的热浪推倒。

据盖爷描述，胡烁胸口中弹，又在爆炸中处于危险范围内，早已血肉模糊。幸而盖爷被胡烁挡在身下，没有受伤。

然而，胡烁的鲜血染红了盖爷的警服，从此之后，盖爷便再也见不得血了。

可疑的人在爆炸的混乱中逃离，盖爷无奈，只好搀起意识模糊的我，迅速从防火步梯撤离。

“我这条命，就是胡烁给的。所以我接近你，应聘惊人院的保安，就是为了找到那个开枪的男人。”盖爷盯着我的眼睛，一字一句地说道。

我不知该如何回答，只能死死地咬紧了牙关。

我的他，给予我这一生所有温暖和光明的他。

“他毫不犹豫冲向枪口，救下我，恐怕就是为了让我把你救出去吧。”盖爷缓缓叹了口气，“晓博士，事到如今，所有的细节都有可能关系真相的揭露，所以，现在院长的身份究竟是什么，你到底还要隐瞒到什么时候？”

“X。”我攥紧了拳头，声音颤抖地回答。

盖爷愣了愣：“什么？”

“你还记得我说过，胡烁最后递给了我一支试管吗？那个就是院长。他是一种未知的超级生物，我不知道他的名称，也不知道他的习性，他对我而言一切都是未知，所以……”

“所以，设未知数为 X 吗……”盖爷陷入沉思。

我点头认同：“他具有极强的不稳定性和适应性，可以物化成一切生物的模样，在蚁群中就变成一只蚂蚁，在枝头就变成一只飞鸟，在牧场就变成一头奶牛……可唯独无法变成人类。我和胡烁之前一直都在研究他，却始终没有突破口，直到那场大火之后……”

“X 变成了胡烁的模样？”

我闭上双眼：“是的。我一度以为，是他回来了。”

“那么……”

“不一样的。”我决然摇头，“X 是 X，胡烁是胡烁，虽然 X 变成了胡烁的样子，但他……根本不是胡烁……”

盖爷这才明白：“所以……你将错就错，隐瞒了胡烁死亡的事实，让这个 X 用胡烁的身份活了下来，拿到了赞助资金，成立了惊人院？”

我没有否认：“是的，X 拥有人类的思维和意识，你说的这些……都是他自己的判断。我想，既然胡烁临死前不顾一切将 X 的试管交给我，那么一定是想要我继续研究下去，所以我并没有拒绝 X 的提议。”

“对了，资助惊人院的那个年轻投资人，你见过吗？”盖爷突然话锋一转。

我茫然摇头：“胡烁死后，我一度陷在 PTSD（创伤后压力心理障碍症）中，因此一直都是 X 在和他交涉，选址、建院……并且，正是因为 X 的存在，在他的陪伴和帮助下，我才能一步步从那绝望的黑暗中走出来。”

“那么……院长的失踪，会不会是因为他人类形态的不稳定性？”

盖爷猜测道。

我无法回答盖爷的疑问：“说真的，我对他，真的一无所知。”

“那 U 盘呢？”盖爷问道，“胡烁不是还给了你一个 U 盘？”

我耸耸肩：“可能是那场爆炸的缘故，U 盘已经损坏了，我不知道那里面究竟有什么东西。”

盖爷眉头紧锁，连连叹气。

胡烁死后，在我最无助而绝望的时候，你偏偏出现了。

可在我终于鼓起勇气决定走出黑暗的时候，你又去了哪里？

我躺在毫无温度的被褥上，打开了床头的灯，同时伸出手将柜子的暗格打开，那枚破旧的 U 盘正安安静静地躺在那里。

虽然盖爷当年在大火中救了我，但我也并没有对他和盘托出。因为，如果据他所说，那声枪响打中了胡烁的胸口，那么子弹理应停留在胡烁的身体里，而不是打中身后的培植箱才对。

那时候我清清楚楚地只听到了一声枪响。

盖爷在说谎。

丁零！手机的短信提示音让我打了个寒战。我急忙翻身起来，看到了宋先生的短信：晓博士您好！照您所说，我的确钓到了奇怪的东西，可它吐出来了一些乱七八糟的物件，并没有那个怀表。

后面还附了一张有些模糊的照片，我双指滑动，放大照片仔细辨认，都是一些地口喜爱的小东西。直到我看清了照片左上角那枚亮晶晶的东西，顿时一身冷汗。

难道说……

我立即起身穿衣，一边锁门一边回复道：在剧场等我。

名称：X

发现地：未知

简介：未知

特点：未知

No.011

寄居兽

“东西呢？”我喘着粗气推门而入，丝毫没有顾及什么应有的礼节。

深夜，相声剧院早已关门，只有宋先生的房间还亮着灯。我取下脖子上的围巾，朝蹲在角落里的宋先生走去。他听我这么问，便侧了侧身子指给我看：“你说的应该是这个东西吧？”

我一边上前一边摸出在路上顺手拾来的瓷砖，接过宋先生手中的渔线，轻轻一提，一只巴掌大的地口便被我从桌子底下扯了出来。我急忙拿瓷砖接住，随后伸出手指，将卡在它嘴巴里连着渔线的纽扣取了出来。

宋先生后退一步，指了指桌子上的浅口盘：“它肚子里的东西全在这里了，可是，如你所见，并没有我母亲的怀表。”

我摆摆手没理会他，而是上前精准地捏起混杂在其中的一枚戒指。

是它！

我双手颤抖，轻轻将那枚带有时光刻印的戒指戴在了我的无名指上。

刚刚好。

宋先生有些奇怪：“说来也是，这些乱七八糟的小东西都是我之前不小心弄丢的，可唯独这枚戒指，我可从没见过。”

我攥紧了拳头，定了定神回答："这戒指是我早些时候弄丢的，之后就再也找不见它的踪迹……"

宋先生疑惑地看着我："是您上次来调查笑叶的时候，在我这里弄丢的？"

我摇摇头。

"那就奇怪了，您的戒指怎么会在我家？"宋先生好奇地蹲下，盯着那只地口所在的瓷砖。

这同样是我想问的问题。从照片上看，这戒指的确与我之前在家里弄丢的婚戒一模一样。我本以为这只是巧合，可宋先生表明了这戒指不是他的东西，况且看起来这戒指尺寸与磨损程度也都与我的婚戒别无二致，那么只能说明，宋先生家里的这只地口，就是之前从我家中消失的那只。

研究表明，地口是无法自行移动的，只会随着房子的重新装潢而逐渐消失。所以，是谁偷偷潜入我的家擅自将这只地口带离，之后又把它落在宋先生的家里？

我忽然打了个寒战。

"哎，对了，这个还你。"宋先生似乎是想起了什么，从口袋里摸出了一枚纽扣递给我。

我愣住了，随后低头看了看自己手中拎着的渔线，那上面系着的用来钓地口的纽扣与宋先生手中的那枚一模一样："这……怎么回事？"

宋先生解释道："这是我把这东西钓出来之后它吐出来的，我看和您给我的纽扣一模一样，就想着，这应该是您之前钓它用的诱饵吧。"

我盯着手中这两枚毫无差别的纽扣，深吸一口气。

是她。

这世上，熟悉超级生物习性的，眼下除了我和失踪的院长，就应该是跟在我身边做调查员的尧尧了，那么她自然知晓钓取地口的方法。我仔细回忆那天尧尧与我一起来相声剧场时，她只顾观察满屋子笑叶而把自己随身的背包放在地上的情景，这才确定了自己心中所想。

是她之前偷偷潜入我家，用自己大衣的纽扣将这只地口钓走，没有放入研究院圈养，而是随身携带，直到与我一起前往剧场调查笑叶，一时疏忽，才会让这只地口逃脱，藏在了宋先生的桌子下面。

“您……还好吧？”宋先生见我表情凝重，于是轻声问询。

我收起这来自同一件大衣的两枚相同的纽扣，摇摇头，又从自己的帆布包里摸索出一大包白色粉末：“没事，看来你的怀表不在地口嘴里，我再帮你想想办法。”说着，我将那包粉末打开，小心地撒在桌子四周。

宋先生为了不妨碍我，后退了几步：“这又是什么？”

我蹲下身子仔细将粉末铺撒开，如同初雪覆盖大地：“普通的面粉而已，不过掺了些糖粉。”

宋先生跟着我的步伐缓缓朝门口退去，铺好白色粉末后，我这才直起身子，示意宋先生关门。

“把这间屋子上锁，二十四小时不要进入。我明天这个时候再来。”我叮嘱道。

告别宋先生，我这才从口袋里掏出手机，迅速给盖爷发了一条信息——

帮我查一查尧尧的身份。

虽然盖爷对当年胡烁的死于我有所隐瞒，可毕竟我俩眼下目的相同，而这种事情除了盖爷，其他人也帮不上什么忙，因此，我只能求助于他。

回到家已经是后半夜，空荡的房间里，只有床头灯在竭力闪耀，似乎想要凭借一己之力将我带离这无边际的黑暗。我蜷缩在床边，盯着墙壁上闪烁的电子挂钟，这才意识到，已经一月一日了。

零点的钟声敲响时，我还在出租车上。

人年纪越大，就越容易忽视时光的无情。青春年少时，总会掐着指头计算各种各样的节日，到了什么日子就做什么日子该做的事。即便不喜欢吃饺子或者粽子，也会去买一个，仿佛这种仪式不是为了庆祝什么，而是为了给平淡的日子添加一些标记，使得它更有层次感而已。

我轻轻拉开床头的抽屉，将那枚破旧的 U 盘放在手心。

他的出现，也是在跨年的零点，仿佛带着我所有的祈愿。

U 盘的事情，我对盖爷撒了谎。

当年，U盘和试管全部完好无损地被我从大火中带了出来。试管里，是性状不稳的X，而U盘里则是胡烁记录的关于X的全部研究资料。

是我，在大火过后躲在家里，足足用了两个月的时间，闭门不出，潜心研究，利用胡烁留给我的资料，终于在五年前的最后一天，顺利地将一直无法变成人类的 X，变成了胡烁的模样。

“啊——”

“嘘，新年快乐。”

X 琥珀色的双眸狡黠而璀璨，竖起的食指轻轻贴在唇角，再熟悉不过的笑容，但他于我而言却是完完全全的陌生人。

“胡……胡烁？”我停下自己的惊呼，却不小心被一旁碎裂的试管割破了手心，无助地瘫坐在昏暗的出租屋，看着面前耀眼的男人，模糊了眼眶。

“不是哦。”刚刚睁开眼的男人轻松跃下简陋的实验台，似乎非常适应人类的形体，蹲下身子凑近我的耳畔，“但如果你偏要叫我那个人的名字，我也是可以答应的。”说着，他捧起我血流如注的手掌，驾轻就熟地拿起抽屉里的酒精棉，轻柔地擦拭着。

我愣在原地，眼泪倾泻而下。

“好啦，是我来得有点晚了，抱歉。”对方说着，便将我紧紧拥入怀中。

这时我才真的清醒，眼前这个人，的确不是胡烁。

胡烁是典型的理科男，不善言辞，拘谨腼腆，是从来不会这些花言巧语的。即便是与我结了婚，他与我也总是相敬如宾，应有的礼貌和约束丝毫没有放下。没得到我的应允，他是绝不会主动触碰我的。

可眼前这个，第一次见面就熟练地读懂我、对我施以最需要的体贴和温暖的男人，根本就是为了生存而迅速改变自身形态来适应外界变化的某个新型超级生物罢了。

……

我收起回忆，将U盘放回抽屉的夹层，压在那张写着"等我"二字的合影上。

那照片上的笑容和金州的阳光，仍旧闪亮。

"早啊晓博士！新年快乐！"前台小妹兴奋地朝我招了招手，递给我一盒精致的新年糖果。

"谢谢，新年快乐。"我接过随手塞进口袋，揉了揉自己因睡眠不足而胀痛的太阳穴，勉强应付她的招呼。

电梯间，盖爷似乎正在等我。

"早。"我摆摆手。

盖爷神色仓皇，黑眼圈十分严重，似乎有什么重要的话要对我说。

我俩交换眼神，然后迅速走入电梯，朝顶层的院长办公室走去。

"你这么快就查到了？尧尧她……"还没进门，我便迫不及待地开口发问。

"嘘。"盖爷推门，却发现院长办公室门没有上锁，于是示意我噤声。

门被盖爷缓缓推开，只见王某正站在院长办公室的书架前，拿抹布有一下没一下地擦拭着。

我松了口气，可盖爷却警惕地看向他："怎么，你还有心亲自来打扫？"

王某愣了愣，回头看是我和盖爷，于是耸耸肩，拎起了一旁的水桶："这不是新的一年新气象嘛，这屋里长时间没有人，保洁阿姨收拾得不到位，我才想着来整理一下的。"说着，王某便撩了撩自己卷曲的发丝，哼着小曲儿退了出去。

盖爷关上门，将脸贴在门扇上，直到听不见王某的脚步声，这才放心锁了门。

"怎么回事？"从盖爷的举动中我不难猜出，恐怕他是觉得王某有些可疑。

盖爷摆摆手示意我过去，一边打开院长的电脑，一边让我输入密码："我之前竟然一直疏忽了，要不是你昨天发短信让我查尧尧，我也不会想到这个。"说着，盖爷指引我操作，打开了加密文件，这里都是关于惊人院的合同文件扫描副本，之前都是 X 在管理，我从没过问。

"你找一下惊人研究院当年的资助协议。"盖爷似乎非常肯定。

我疑惑不解，一边搜索一边问道："怎么了？"

电脑屏幕的荧光扫在盖爷的脸上，显得深邃而凛冽："记得你说过，富新大厦火灾那天，胡烁在一层的咖啡馆约见了一名年轻的投资人吗？"

我点头："嗯，是他，后来和 X 签订资助协议的，也是他。"

盖爷有些无奈地摇摇头："你还真是信任 X 啊，连这么重要的事情也不过问？对方是谁，属于哪个投资机构，资助款是多少……这些问题，你都丝毫不关心吗？"

我被盖爷说得有些不满："X 说了，我只管做好我的研究，这些小事他来负责就够……"

我到嘴边的话，硬生生被眼前打开的扫描文件截断。

盖爷敲了敲桌面：“果然。”

仿佛有人突然堵住了我的喉咙，让我无法顺利喘息，屋子里蒸腾的暖气也丝毫无法带走我身上的寒意。

在对惊人院的资助协议上，甲方落款处分明签着王某的大名。

研究院背后的最大金主，竟然是平日里插科打诨的保洁头头？！

我惊得合不拢嘴，一脸疑惑地看向盖爷：“什么意思？你怎么知道的？”

盖爷取出自己的手机，迅速打开了邮箱里的附件递给我：“你昨晚不是让我查尧尧吗，我托局里的后辈帮我查了一下，你猜怎么着，这个尧尧递交的人事档案，全部都是假的。”

我自是知晓尧尧身份有假，可看盖爷惊愕的模样，尧尧的真实身份或许比我想象中还要可怕。

我接过盖爷的手机，迅速浏览。

姓名、年龄、学校、家庭住址……果然全部都和院内人事档案不同，可即便如此，怎么看也都是普通人的履历，没有什么特别让人注意的地方。

盖爷似乎发现我没有捕捉到重点，于是拿手指划了几下，放大给我看。

那是尧尧双亲的资料。熟悉的名字、熟悉的工作单位，仿佛破冰的钢锤，猛然击碎挡在我面前的阻碍。

尧尧……竟然是当年富新大厦编辑部那对和蔼的中年夫妇的女儿！

如果我没记错，富新大厦火灾伤亡严重，成功逃脱的不过十几人而已，那对中年夫妇为了保护孩子不幸葬身火海。那这么说，尧尧进入惊人院，接近我，或许……也是因为当年的那场大火？

盖爷接过手机，又打开了一个附件递给我。

这次，我显然知道该去看什么。

这是富新大厦的地产登记备案信息，我径直拉到底部，果然，这个楼盘的所属公司和资助惊人院的是同一个公司，而那下面也一样有王某的签名。

所以，火灾那天，在一层咖啡馆和胡烁商议投资事宜的年轻人，就是王某。

我记得，就在那个下午，一个背着书包的小姑娘敲开了我办公室的门，说是提前放学来父母单位写作业，问我借一支黑色的签字笔——

那咧着酒窝的笑脸，的确和尧尧十分相似。

“所以说……”盖爷表情凝重地收起自己的手机，“在这所惊人院里，所有和你有关的人，包括我在内，都和当年富新大厦的大火脱不了干系。”

我一时无言，冷汗直下。

“晓博士，这是你上次让我整理的物种分裂报告。”尧尧将文稿放在我的桌子上。

我猛然回过神：“哎，等等。”我从口袋里摸出其中一枚纽扣递给她，“上次在我桌子下面找到的，是你的吧？”

尧尧愣了愣，随后立即反应过来：“啊，是的呢！我说怎么一直找不到，原来是人美心善又聪明的晓博士帮我找到啦。”

面对她此时的笑容，我却无法回应，只是暗暗攥紧了口袋里另一枚纽扣。

“晚上要出外勤吗？”尧尧见我没反应，于是指了指我桌上摊开的笔记本。

我摇了摇头，却又点点头：“是的，你要是有空就跟我一起去吧。是之前相声剧场的宋先生。”

尧尧自然是满口答应。

冬夜降临得越来越早，我裹紧黑色棉服，带着尧尧拦了辆出租车。

“晓博士，你怎么一年四季都穿黑色的衣服呀，前台小姐姐说，从没见过你穿显眼的颜色呢。”尧尧一边刷手机一边跟我闲聊。

我顿了顿：“这……是丧服。”

“啊？”尧尧愣了愣，随后急忙道歉，“不好意思晓博士……我不是故意的。”

我轻轻叹了口气：“没事，你不也一样吗？”

尧尧愣了愣，没有回应我，只是低头理了理自己灰黑色毛呢大衣的衣摆。

相声剧场今日没有营业，宋先生如约守在房门口等待我。

“啊，您来了。门一直锁着，我也一直在门口听着，里面没有什么动静。”宋先生站起身，活动了一下自己僵直的脖子，摸出钥匙准备开门。

我示意尧尧取出之前准备的特制鞋套，我们三人依次穿好，这才让宋先生开门。

“这？！”宋先生愣住，身子一歪，差点坐在地上。

只见这撒满了白色面粉的房间里，竟到处都是细密而可疑的脚印。

只不过这脚印精致小巧，大约只有绿豆那么大，侧边还有一条长长的拖痕。

“这屋子，难道闹鬼了不成？”宋先生脸色发白。

我拍了拍他的肩膀，安慰道：“不是闹鬼，是个机警的小家伙而已。”

说着，我便踏入房间，仔细辨认脚印的去向。

特制的鞋套不会沾染面粉，我和尧尧追踪这些奇特的脚印，最终停在书架的前方。

“应该就在这下面了。”我摆手示意尧尧去另一侧，左右包抄。

我俩一人拿了一个捞鱼用的小网，一人守在一侧，同时把网探了进去。

“唰——”

只见一个小小的黑影迅速从书架底部蹿了出来，我和尧尧同时扑上去。那黑影见左右无法突破，犹豫片刻只好朝宋先生的方向飞奔而去。

“快抓住它！”尧尧大喊。

“啪嗒。”

宋先生轻松弯腰，一把拦下那个黑影，发出轻巧的声响。

那东西不是别的，正是宋先生一直在寻找的旧怀表。

我松了口气，从口袋里摸出早上前台给我的糖盒，清空后拿绳子紧紧系在盒子上，随后从宋先生那里接过怀表，重新打开盖子，往里面喷了些特制的溶液，这才将怀表和糖盒一起放在桌子上。

不多时，怀表里便伸出了四条灰色的钙化节肢，挣扎片刻便拖着柔软得近乎透明的身体钻出怀表，重新钻入了糖盒之中。

我扯紧了系在糖盒上的绳子。

寄居兽从糖盒里伸出的四只步足飞速上下求索，摸到桌面后迅速翻了个身，撒腿就跑，如同刚刚寻找到坚实贝壳的寄居蟹。幸好我拴了绳子，轻轻拎起它，将它装进透明的玻璃盒中。

“太感谢了……可是，这是什么？为什么我之前在房间里到处都找不到？”宋先生接过旧怀表，疑惑地问道。

“这是寄居兽，你知道寄居蟹吗？”我端详着糖盒，“这种东西和寄居蟹很像，身体柔软脆弱，只有四条健硕的钙化步足，它会寻找合适大小的硬物躲藏其中，将其当作自己的外壳。但由于它步足发达，行动迅速且果断，又非常机敏，所以如果不是沿着它的足迹寻找，你根本不知道它下一秒会躲到什么地方去。”

我把盒子递给尧尧：“很常见的物种，研究报告就交给你了。”

我们告别宋先生，踩着夜色离开相声剧场。

今冬的初雪迟迟未来，空气里散发着干涩的气息。头顶浓重的雾霾似乎隔绝了所有的温度，让人走在路上不得不加紧了脚步。

从这里走到地铁站还有一定的距离，我和尧尧并排走着，只有对方隐匿在暗处的影子陪着彼此。

如同一场无声的对峙。

“那个，尧尧。”我终是停下脚步，思索该如何开口。

可对方却没有丝毫停顿，仿佛早就拿准了我的节奏，倒是让我措手不及。

“哎，你等一下。”

然而尧尧根本没有停下来的意思，反而是低头加快脚步，几乎小跑着远离了我，仿佛不远处就是结局的终点。

糟了。

我暗叫不好。

“我本想找院长寻仇，可这么久了都不见他的人影。”尧尧终于停下了脚步，喘着气转过身，刚巧站在路灯下面，那张平日里甜腻的笑脸，此时却显得阴森而诡异，“那么，我想既然你是他的妻子，所以杀了你应该也一样。说不定，还能逼他现身。”

我愣住：“你在说什么？我和院长不是……”

身后突然传来窸窸窣窣的脚步声，在空旷狭窄的胡同里，显得尤其可怖。

“你戏演得不错，细节也很到位，可是……”尧尧一改平日里纯良无害的模样，攥紧的拳头在昏黄的路灯下微微颤抖，“之前我不小心丢在这里的地口，是你带走的吧？所以，你也应该已经知道我曾偷偷潜入过你家。”

我点头：“是的，那是因为我知道了，当年那场大火，你也在。所以有些问题我想问……”

“你根本没有资格提起那场大火！更没有资格给我的爸妈穿丧服！”尧尧似乎被我无意戳中了什么痛处，突然咬紧了牙关，低声怒吼。

我无法理解尧尧的话，穿黑色的衣服是我从胡烁去世后便养成的习惯，如今，又与她的父母有什么关系？

身后的脚步声越来越近，听起来，应该不下十人，脚步声沉重紊乱，估计是尧尧不知从哪儿找来的亡命之徒。我警惕地盯着尧尧，同时盘算着该如何脱身，之后再找机会解开尧尧和我之间的误会。

剑拔弩张，我盯死了右侧的老居民宅，除此之外，根本没有逃脱的可能。

“杀了她。”尧尧最终留下三个字，决绝转身，消失在路灯下。

名称：寄居兽
发现地：宋先生家

简介：身体近乎透明，柔软脆弱，有四只发达的灰色钙化步足，形似寄居蟹节肢。习惯寻找合适大小的硬物躲藏其中，将其当作自己的外壳，机警而敏感，行动迅速果断，神出鬼没，实在无处可逃便会缩进硬物中。

特点：机警、敏捷
如果你经常发现自己的东西莫名其妙挪动了位置，别怀疑自己，拿起它检查一下，看看里面是不是寄居了什么机敏的小东西。

No.012

莲蛇

在我的记忆中，我的人生总是顺风顺水，别人的坎坷与波折似乎从来与我无关。我习惯独行，那是因为别人的脚步总是磕磕碰碰，我疲于应对，又讨厌在原地等候，因此只得独自披荆斩棘，阔步向前。

可我早该意识到，上天不会永远垂怜一个人，所以直到五年前那场大火，我才彻底清醒。

原来老天爷是想给我攒一个“大礼包”。

正如此时此刻，我背后未知的战役，一触即发。

我深吸一口气，算准了时机，猛然抓紧肩头的背包转身挥动，里面厚重的资料和电脑迎头砸在最前面的男人脸上，趁此间隙，我转身朝一侧的老式居民宅飞奔而去。

“啊！”领头的男人一个踉跄，立即反应过来，作势就要伸手抓我垂在身后的长发。好在这毫厘间的差距，他只是扯下了几根发丝，并没有阻断我的逃离。

夜色使黑衣成为最好的伪装。我铆足了劲钻入楼与楼之间的缝隙，利用这里高矮不一的楼栋和车棚，隐匿自己的行踪。

“跑得还挺快！”

“给我搜！”

嘈杂的脚步声顿时布满整段胡同，在我耳边不停回响，金属物撞击的声响不时传来，让我不得不屏息凝神，紧张而果断地寻找可以脱身的地方。

我弯腰从旧车库后方挪动，借助杂乱的单车来遮挡自己的行踪。有好几次，我几乎能看到甩着泥巴的脚印从我身旁路过。

这些人恐怕是收了尧尧的钱，摆明要收拾我，跟他们讲不通道理。

那么只有两条路，要么躲进某个单元楼道苟且到底，要么想办法从小巷子逃到大马路上，混进人群，趁乱离开。

我不喜欢等。我紧了紧自己的鞋带，决定往右侧的小巷子移动。

啪嗒——

一声轻响，一道刺眼的光束便打在我的身旁。

他们竟然有手电筒！

我迅速加快脚步，却仍旧无法逃离白色光圈的捕捉。

“在那里！给我堵上，别让她跑了！”

完了。

我被两人左右夹击，生生堵在了车库里。

“小妹，你出来，咱哥几个拿钱办事，没有私仇，我答应给你个痛快，你也别为难我们，成吗？”为首的男人穿着常见的军绿大袄，手上拎着反光的银色金属长棍，晃晃悠悠地来到我的面前。

我环顾四周，情况比我想象的要乐观许多。对方不过六个人而已，手上没有什么凶险的器具，只不过是几根唬人的钢棍。我正要琢磨怎么摆脱困境，为首的男人便单臂一振，把那钢棍从中扯开，露出了尖锐而锋利的长刀。

不是开玩笑，这下是真的完了。

我能看到凛冽的寒光逼近我毫无防备的喉咙，我甚至能想象到，自己的左颈动脉会被如何不优雅地划断，喷涌出猩红而炽热的血液。

“哎哎哎，等一下！”

远处传来熟悉的声音，可持刀的男人并不像通常电影中愚笨的反派那样停下手中的动作，反而是更加利落地朝我挥刀。

“噌”的一声，金属物强烈撞击的蜂鸣让我耳蜗发震，只见远处狠狠飞来一柄短刀，精准地将我眼前的长刀硬生生戳断，刀尖远远飞出去，刚巧扎在了后面一名寸头男的肩膀上。

“哎哟！”

男人愣了愣，盯着自己手中的半截长刀，疑惑地回头看。

我也一并看过去，远处那盏昏黄的路灯下正站着裹着黄色长款羽绒服的王某，头上还戴了顶米色针织帽，几根卷曲的刘海垂在眉尾。

怎么会是他？

“啊啊啊抱歉！我不是故意的，这位小哥哥你没事吧？”王某一脸歉意快步上前，扶起那肩膀正在流血的寸头男人，“来来，这是医药费、营养费、误工费、精神损失费……多出来的你再去买件新棉袄，这大过节的真是对不住啊。”王某说着，从口袋里摸出一沓钱币，一张张塞进那人血流如注的臂窝。

众人都愣住，一时间不知该做些什么。

“你疯了？瞎凑什么热闹？！”我反应过来，即刻轻声呵斥。

王某没理会我，又从另一个口袋摸出一沓钱，不由分说依次塞进这些人的手里：“来来来，新年快乐啊，祝各位新年发大财啦。这是我姐姐，不知道怎么得罪了各位，几位给个面子，让我带她回去成吗？”王某发完了钱，这才重新把冻得发红的手搓了搓塞回口袋里。

这种智商的富二代，是怎么到现在都没有把家给败个精光的？

“呸，我去你的！”

领头的男人似乎感觉自己遭到了严重的侮辱，一把将钱丢开，狠狠啐了口唾沫，扬手一拳便朝王某保养精致的脸颊挥去。

完了完了，自己开年不顺，还拉了个垫背的。

然而事情并没有如我所预见那般发展，那铁疙瘩般的拳头终是没有落在王某的脸上。

只见王某轻松抬手，竟一把抓住了那人的手臂，稳稳地将那飞速的拳头挡在半空。

“你丫的……”对方抽出另一只手，死死抓住王某鲜艳的羽绒服衣领。

王某却是面不改色心不跳，只是嫌弃地皱眉：“哎呀，这个牌子的羽绒服干洗可是很贵的。”

对方自然没有理会，猛然发力，作势要将王某一把掀翻在地。

“喂喂，我明明已经给过你们机会了。”

刹那间，王某眼皮一抬，目露凶光，平日里的懒散全然不见，还未等对方从惊讶中回过神，就听得脚下一声闷响，顷刻之间，四面围上来的人尽数被莫名的力道推倒，纷纷膝下一软跪倒在地。为首的男人更是一个踉跄，原本抓着王某衣领的手腕被硬生生掰断，疼得根本站不起身。

“走了。”王某轻松甩甩手，整了整自己的毛线帽冲我摆手。

这人……是个怪物？！

“啊呀大冷天儿的，走吧走吧。有什么问题，等回去了咱再问行吗？”

王某眉头一皱，不满地嚷嚷着上前扯我的袖子。我没拒绝，看着四周跪在地上站不起身的男人，错愕地跟上王某的脚步。

“啊，等下。”王某突然停下脚步，转身小跑回到那些人身边，哆嗦着弯腰把散落在地上的钱一张张捡起来，放在面前吹了吹，重新揣回到自己口袋里，这才回头对着那群人说道，“平身吧各位。”

话音刚落，那些跪着的男人便如同提线木偶般纷纷跌倒在地，动弹不得。

这荒唐的世界，究竟还能不能好了……

“你到底是谁？”

我的反射弧这次似乎有些绕道，直到现在我才开始浑身发抖，压制不住自己因刚才绝境中的惊险而产生的恐惧。

这是王某的四合院，之前我调查复影的时候来过的。

王某见我坐在椅子上发抖，于是叹了口气，起身从我身后的多宝阁上挑了个看起来不怎么样的手壶，皱皱巴巴的，壶盖边沿还磕破了一个缺口，他从茶瓶里添了热水递给我，让我抱着取暖。

“我不是谁，我谁也不是，我就是个旁观者而已。”王某吸了吸鼻子，脱了球鞋坐进了客厅中央的被炉里。

我深吸一口气，努力让自己平静：“那你为什么要救我？”

王某端起自己面前的茶杯抿了一口，不情不愿地挠了挠头：“哎呀，这种事吧，生生死死的，我也不想管的。但是吧，我之前欠他一个人情，所以我答应了他，在这段时间，我得保证你的安全。再说了，之前复影那事儿你不也帮过我……”

“他？”我警惕地抬眼。

王某点头：“嗯啊，他，院长啊。”

我手里的捧壶脱落在地，应声而碎。

“啊呀，那可是明朝的树瘦壶！”王某心疼得直拍大腿。

我没心思理会壶的事，反而站起身一把拉住了王某的衣领：“X现在在哪儿？你是不是知道？”

王某撒娇般撇了撇嘴巴：“哎哟，晓博士你就别问了，我是不会告诉你的。我跟他发过毒誓的，说漏了可是要长痘痘的……”

我无心听王某叨叨。我就知道，谁家的钱都不是大风刮来的，王某再怎么有钱，也不会无缘无故资助这么一个莫名其妙的研究院——

他果然知晓院长的身份。

甚至，比我还要清楚，他现在身在何处。

我理顺了思路，冷静下来，重新坐好："那你又是怎么知道我会在那个胡同被人截住？"

王某指了指自己摆在被炉桌上的手机："盖爷给我打电话告诉我的。"

我愣了愣，瞬间反应过来，起身里里外外搜索自己的衣物口袋。

"在那里。"王某扬扬下巴，指了指我刚才趁乱捡回来的钥匙包。

果然，在那挂着胡烁大头贴的钥匙扣上，我发现了闪着暗光的定位监听器。

我狠狠扯下那粒黄豆大小的仪器，抬手拿王某桌上灰黑色的烟灰缸用力砸下去。

"我的姐姐啊，那可是我刚收的易水古砚啊！"王某心疼地夺过我手中的烟灰缸，委屈巴巴地看着我。

"你跟他什么关系？"

王某连连摇头："没关系。我和他能有什么关系啊？"

"先不说这个。"我回过神来，"五年前富新大厦火灾，你是不是也在现场？"

王某眉毛一挑："在啊。"

"那你怎么逃出来……"问题问到一半，我这才意识到它的可笑，就凭王某刚才那轻松一跺脚就震翻六个壮汉的架势，要逃离火场岂不是轻松随意。

于是我换了个问题："你是什么时候发现X不是胡烁的？"

王某倒是不避讳："一开始就知道啊。我本来没打算给那个胡什么投资的，是后来X来找了我，我才动了念头，想着反正也是闲着，就给他拨了点钱，也算是给自己建个聚点吧。X让我当院长，我不干，我又没什么本事，他说那你就来扫地吧，我就去扫地了，他来当院长。"

我头皮发麻，这些年我一直忙于研究超级生物，根本不知道惊人院成立的背后竟然还有这种事。

我顿了顿，终于问了我一直想要问的那个问题："那场大火，胡烁是怎么死的，你知道吗？"

王某耸肩摇头："我说啦，我对这生生死死什么的不感兴趣，只是顺手救了几个小姐姐就离开了，我哪知道你就是那个胡什么的老婆，当时就被困在顶层啊。"

我相信王某的话。毕竟，他自己也说了，他只是个旁观者，富新大厦的事情从始至终都与他没什么直接联系，不过是一场意外烧毁了他名下的其中一栋大楼罢了。三个人，盖爷对我两面三刀，尧尧对我恨之入骨，然而最坦诚的王某对此却又是一无所知。我头有些痛，摆摆手站起身，准备回家："你那……什么壶，多少钱？我赔你。"

王某报出一个数字，我又不冷静了。

"晓博士，我不知道你和尧尧有什么不得了的恩怨，但是吧，我这次救了你，是你幸运，也是盖爷通知及时。可是你要知道，有很多事情不是仅凭一己之力就能扭转的，既然他说过让你等，那你就安安心心地等，他处理好了，自然就回来了。"

我知道，不管我怎么问，王某是绝不会对我透露一丝关于 X 的事情的。而且，我的直觉告诉我，眼前这个慵懒地坐在被炉里的年轻人，的确拥有我无法想象的能力——不管是金钱，还是其他方面。

我沉思片刻后谨慎发问："……那，他现在还好吗？"

"他好不好，不是我能决定的。一来，这是你们的事情，与我无关，我不插手；二来，想要他好，就别让他担心，他那人你又不是不知道，我这么说你应该明白吧？"

我点头："好，我知道了。今天谢谢你，那，我先走了。"

"不送，壶的钱我就记在他账上了啊。"王某躺进被炉，头也没回地冲我挥挥手。

我收拾起自己的东西，推开四合院的大门，重新跨入夜色。

“也谢谢你，没有追问我的身份。”

不知是幻听还是错觉，我依稀听到身后的王某这般说道。

家，肯定是不能回的。尧尧若是知道我已经逃脱，自然会在我家设埋伏。我想了想，伸手拦车，伴着凌晨的寒风，踏入惊人院。

思来想去，这里对我来说竟是最安全的地方，我既感到无奈又觉得可笑。

我熟练地刷开门禁步入电梯，直奔实验室。

不管尧尧究竟对我有什么样的误解，眼下这场战役也只能由我一个人来解决。

我走进最深处的实验室，刷卡进入，在第三道保险门前用指纹解锁，面对这里数不清的各类生物，轻轻点了点头。

这些年，我发现你们的存在，认可你们的存在，保护你们的存在……现在，得靠你们来帮帮我了。

黑白的实时监控中，除了我匆忙来往的身影，就只有左上角的时间数字在不知疲倦地跳跃。我挪动、操作、布置，直到我将最后一朵睡莲放入尧尧的鱼缸中，这才长舒一口气，给她发了条短信——我在第三培植中心等你。

短信发出，我安稳坐在实验室正中央的椅子上。

现在，我能做的就只有等待。

这间超级生物第三培植中心的实验室，只有院长、我还有尧尧能够解锁，就连盖爷，对这里的指纹电子锁也无能为力，因此，这里是最佳战场。

尧尧来得要比我想象中更快，电子解锁的声响打破黑暗的静谧，自动门开合，熟悉的身影踏出黑暗，稳稳站在我的面前。

随后，我便听到了子弹上膛的声响。

这小丫头从哪里搞来的危险玩具？我不禁有些怀疑她背后究竟藏有什么势力，敢只身一人前来，必然是有所准备。但同时，我也相信自己的准备足够充分，这才强压下自己内心的慌乱，按兵不动。

尧尧停下脚步，似乎注意到我的泰然自若，怀疑有诈，不敢贸然上前。

“我是约你来谈话的，不是打架……更不是，谋杀。”我坐在实验室中央，缓缓抬起头。

对方似乎是第一次拿枪，持枪的手有些微微颤抖，却仍旧准确地直指我的脑门：“我跟你没什么好谈的，我只想你去死。”

我故作镇定地摇摇头：“别小看手枪，它的后坐力一样可以让你这样的新手脱枪。况且，你没有经过训练，这样的距离，你一枪是无法打死我的。”

留学的经历让我得以接触枪械，虽谈不上老手，但也是在训练场对着靶子打过几梭子弹的，临时用来唬唬她，应该没有问题。

“你别想糊弄我。”尧尧似乎被我戳中了软肋，有些紧张地换作双手握枪，“晓博士，为了接近你，我忍了这么久，就算现在还没找到院长，我也要先下手为强了，毕竟，为了报仇，我已经舍弃太多……”

“你知道 var 吗？”我抬起头，死死盯着尧尧的眼睛。

她眉头一蹙，似乎有些生气：“你说这个干什么？”

我没有理会她的疑问，而是缓缓站起身，将双手举过头顶示意自己并没有武器，这才沿着实验台缓步移动：“和其他生物一样，每个超级生物都会有它的 var 形态，也就是所谓的变种。上个月我让你研读《物种演化论》，你应该也已经看完了吧？你不是一直在问我，我这些日子在研究什么吗？现在我就来告诉你，我研究的，是记忆孢子的 var 形态。”

尧尧似乎并不感兴趣："你别跟我废话了，有什么话，等我杀了你，再找到院长，让他也下地狱，你俩慢慢说去吧！"

我无所谓地耸耸肩："我们之前尝试将超级生物和其他同纲生物进行杂交，就是为了激活它的var形态。变种后的超级生物，会获得更加稳定的形态，不再是脆弱而任人宰割的弱者，而是会获得额外的新的能力——就比如吞食人记忆的记忆孢子，它的var形态则是可以让人读取它所吞食的宿主的记忆。"

尧尧咽了口唾沫："你什么意思？"

我散开头发，用试纸轻拭头皮，随后将它放入角落的仪器上，抬手做了个"请"的手势："这是我之前放在自己身上的记忆孢子var，已经吃了不少我的记忆，现在，我请你来亲自看看，那场大火在我的记忆中究竟是什么样，你父母的死究竟与我有什么关系。"

"我才不信！这根本是圈套！"尧尧一步上前，将冰凉的枪口抵在我的后脑勺。

就是现在。

我猛然转身抬手，将尧尧手里的枪朝上推去，同时，一颗子弹打在了头顶的天花板上。然后我迅速用事先放在一侧的杯子猛然泼向尧尧。她下意识双手阻挡，同时厉声尖叫："你泼了什么？"

"普通的水而已。"我摊开双手。

"那你……"尧尧正要重新举枪，脚下突然一软，整个人触电般跌倒在地。

呼……我松了口气。

"磁……磁虫？"尧尧无力地趴在地板上，这才看清了脚下被我排列在地砖缝隙中的小生物。

我将双手在白大褂上擦拭干净，保证干燥后才拎起了鱼缸里的睡莲，一把丢在了尧尧的身上。

一接触到尧尧的身体，那莲花仿佛突然生根，从底部钻出一条长长的白色绳索，迅速将尧尧死死拴住。我上前一脚踢开尧尧手中的枪，这才终于缓过劲来。

“你个卑鄙小人！竟然……竟然拿超级生物暗算我！这是什么东西？”尧尧怒火中烧，不停挣扎怒吼，然而那从莲花底部钻出的绳索却是丝毫没有松懈的意图。我无奈地叹了口气，端起桌上的另一杯水泼在了她的脸上。

“你先冷静点。”

“冷静？面对我的仇人，你让我怎么冷……我……你做了什么？”

尧尧似乎终于安静下来，盛怒迅速散去，冷眼看着我。

我晃了晃手中的杯子：“没什么，请你喝了杯笑叶而已。这个，没收了。”我说着，捡起了滑到远处的手枪。

我蹲下身子，将被束缚的尧尧扶起，指了指那和显微镜有些类似的精密仪器：“这是我最大的诚意，你暂且先看看我的记忆，再决定要不要杀了我。”说着，我把手枪摆在实验台上。

尧尧低头思忖片刻，似乎不那么愿意相信我，但眼下又无脱身的可能，只好不情不愿地点了点头。

窗外，清晨的第一缕阳光穿透晨雾与黑暗，终于投射在我的面前。

名称：莲蛇

发现地：某公园水池里

简介：形似一朵白色睡莲，平时漂在池塘或河面上，从底部可以伸出一条柔软坚韧的绳索，以捕捉水下的鱼类为食。

特点：一旦缠绕猎物便不会轻易松开，怕火

由于出现过人类失足落水后被池塘中的莲蛇缠绕窒息身亡的案例，因此莲蛇被列为D级危险物种，甚至被人谣传为所谓的“水鬼”。现大多数莲蛇被惊人院捕获，集中养殖，以减少它误伤人类的可能。

No.013

线墨虫

和蔼的笑容、亲切的问候、热情的帮助……我脑海中所有关于尧尧父母的记忆被仪器成功读取，直到所有的一切被烈火吞噬，化为赤黑色的灰烬，粉碎，消散。

“怎么……怎么会这样？为、为什么……”尧尧从仪器的目镜前移开，满脸错愕，脚下一软，一个没站稳跌坐在身后我及时搬来的椅子上。

我没作声，只是从口袋里拿出火柴，轻轻一划，将微弱的火苗凑近莲蛇的头部，这死死捆在尧尧身上的白色绳索才终于松开，慢慢缩回到莲花根部。我拎起花瓣，将其重新丢进鱼缸。

“我不知道你是听谁教唆，又由谁指使，但很可惜，你父母的死，与我，与胡烁，都无关。”我将微微发抖的手插入口袋，倚在实验台前对尧尧说道。

尧尧似乎在挣扎：“富新大厦的火不是你们放的吗？可是那天我明明看到，院长举起了枪……”

“你说什么？！”我忽然愣住，立即上前一步，“那声枪响时，你也在？”

尧尧点头：“当然，大火时我就在你们对面的编辑部，被我父母护着躲在窗口等待救援。如果不是我亲眼看到院长把枪指向警察，我怎会把这场大火和你们夫妻俩联系在一起？不过话说回来，院长现在去哪儿了？当年大火，他为什么要假死？”

我摆摆手，解释道：“你误会了，当年胡烁不是假死，现在的院长其实并不是当年的胡烁，至于他的身份究竟是什么，我之后再同你解释……你先说说看，那时候你看到了什么？”

尧尧没搭腔，沉默片刻：“盖爷他怎么跟你说的？”

我没直接回答：“我当时在外间制作逃生绳索，屋里开枪的瞬间我什么都没有看到。你与盖爷现在各执一词，那么只能说明，你们俩，其中有一个人在说谎。”

尧尧却是莫名笑了笑：“或许所有人都在说谎，包括你。”

我摇头指向身后的记忆孢子 var：“最起码，我的记忆不会。”

“其实……”尧尧若有所思地盯着仪器上的试纸，似乎在努力回忆，“刚起火的时候，有个黑衣人摸索进编辑部持枪要挟了我们，好像是在档案柜里翻找什么重要的文件，但找了很久没有收获，这才从靠窗的门移到走廊对面，进了院长……哦不，胡烁的办公室。”

我没有打断，静静听着。

“因为角度问题，我只能看到那个黑衣人的背影，他拿枪指着胡烁不知在说什么。然后，我就看见一名刑警从楼梯间悄悄摸进屋里，抬枪抵在了黑衣人的后脑勺上。”

“盖爷？”

尧尧点头：“他们三个人正好站在一条直线上，我看不见黑衣人的动作，只是看到，胡烁往右迈开一小步，也抬起了枪。”

“胡烁怎么会有枪？”我倒抽一口凉气。

尧尧十分确定地点头：“他们三人手里都有枪，而只有胡烁是面对我的方向，所以我看得一清二楚。”

“然后呢？”我追问。

尧尧低下头："然后……然后枪就响了，几乎是同时窗户旁的高温培植箱爆炸，我就被热浪冲昏了过去……"

"所以你并没有亲眼看到，究竟是谁开的枪？"我脑袋轰的一下，整个人像是丢开了手中最后一块浮木，再也无法控制，跌入了冰冷黑暗的深海。

尧尧的证词，为什么会和盖爷完全不同？！

盖爷之前明明说，他是站在胡烁面前，被身后的黑衣人开枪偷袭，胡烁扑倒救下他一命。

尧尧却说，夹在中间的是黑衣人，胡烁手里有枪并且举起，目标不是别人，正是盖爷。

那么……谁在说谎？

尧尧丝毫不像在扯谎，笃定地补充道："就是因为我当时清清楚楚看见胡烁把枪指向了警察，所以才会认为你们和挟持我们的黑衣人是一伙的。再加上，几年后我在取快递的时候，打开快递柜收到了匿名信件和一把手枪，信封里是偷拍惊人院的一些照片，里面有院长和你，我把院长错当成胡烁，所以才会以为，当年院长是假死，这才想着来找你们报仇……"

我摇摇头："可你没料到，现在的院长根本不是当年的胡烁。"

"所以院长是谁？胡烁的双胞胎兄弟吗？胡扯！"尧尧抬眼看向我。

我叹了口气："那个，你听说过超级生物 X 吗……"

从第三培植中心回来，我泡了个热水澡，裹紧浴袍踩在柔软的地毯上。我一边清理头发上残留的记忆孢子 var，一边蜷缩在床头，拉开抽屉。

破旧的 U 盘安静地躺在那里。

放松过后，我才稍稍整理了一下尧尧提供的线索，大致推断出当时的情景：由于富新大厦的实验室与杂志社编辑部共用一层，所以，黑衣人误把对面的编辑部当成了胡烁的实验室。他疯狂搜寻的东西应该就是这个 U 盘里记录的所有关于 X 的研究资料。胡烁先前出门寻找逃生路线，后又神色仓皇地回来，应该就是看到了黑衣人的身影，这才选择回到实验室迅速烧毁全部研究成果，唯独留下这个 U 盘和装着 X 的试管给我，让我把它们带离这场大火。

那么，黑衣人究竟是谁？他要 X 的研究资料又是要做什么？胡烁怎么会有枪？他之前认识这个黑衣人吗？一瞬间，他怎么会知道黑衣人的目的就是关于 X 的资料？还有，就是最为关键的一点——在警察和不明身份的黑衣人之间，胡烁为什么会选择把枪指向盖爷？

至于盖爷……我一时间想不明白，他口口声声说胡烁是他的救命恩人，但在尧尧眼里，胡烁才是要置他于死地的元凶。他潜入惊人院调查院长，又接近我，监听我的行踪，更是在我危难之际及时通知王某……

等等！

昨晚他为什么不亲自来救我，而是选择通知王某？

难道说……他知道王某的真实身份？

说实话，我其实并不好奇王某的身份，因为他与别人不同，他是以一个旁观者的角度看待这件事，因此更加冷静，更加清晰，更加事不关己。他只是答应了院长保证我的安全，除此之外，他根本不关心其他的细节，所以他是最没有理由欺骗我的。因此，不管他是人也好，是怪物也罢，我都没必要计较。

可强大如王某，平时活得自在，却又偏偏在调查复影的时候被我发现他极其怕黑，这倒是让我有些好奇他究竟经历过什么。

我攥紧了手中的 U 盘，陷入循环往复的思考。

胡烁啊胡烁，你留给我的题目未免也太难了。

至于X……我将那张压在U盘下面的照片拿在手上。照片上，阳光在我们身后晕开，仿佛所有的璀璨尽数落入了他的眼眸，光影错落，那澄澈而温柔的笑容就像是我们手上的戒指般闪耀。

这张照片，是我和X唯一的一张合影。

那是惊人院刚刚建立的时候，先前的研究成果几乎都在那场大火中被胡烁销毁，我为了整理超级生物的参考文献，不得不回一趟母校。

那时的X，每天陪伴在我的身边配合治疗我的精神创伤，寸步不离，仿佛只要他一不留神，我就会窒息倒地，陷入焦虑与狂躁，只有被他紧紧抱在怀里才不会被噩梦吞噬。于是，他打扮成胡烁的样子，穿上胡烁喜欢的格纹衬衫，戴上那一对儿被我收起来的婚戒，和我一同登上了前往金州的飞机。

“要飞多久才能到呀？哎，我到时候是不是得说英文？要是不小心遇见了你们之前的教授或者同窗，你得提醒我打招呼才是，不然，假冒伪劣是很容易被戳穿的。”X坐在靠窗的位置，喋喋不休。

我戴上眼罩，调整了舒适的靠背角度：“没事，你戴着口罩跟在我身边就行。如果遇到了熟人，我就说你嗓子坏了，说不了话。”

X有些委屈地撇撇嘴，看我要睡，却还是抬手细心地帮我戴上耳塞：“好吧好吧，你说了算就是了。”

飞机落地，我们没有歇息，直奔金州理工大学。

我在图书馆拷贝文献记录，又在资料室下载论文资料，最后约见曾经的导师拿到了胡烁遗留在这里的研究记录。

“Congratulations!”老教授笑着指了指我和X手上的婚戒。

我尴尬地笑笑，X却操着流利的美式英文，热情地和老教授聊起了家长里短。

我整理完所有的必需资料，这才拿热狗堵上了X的嘴，告别了教授。

校园的小路与记忆中一般熟悉，我踏在古老的地砖上，感受下午稍显柔情的阳光，迷乱的蓝花楹在风中沙沙作响，在错落的光斑中，开出一场绝伦的梦境。

“没想到你英文还挺好。”我踩着X的影子，有一句没一句地搭话。

他倒是无所谓地耸耸肩，自吹自擂：“当然，虽然我刚以人类的形态诞生没多久，但你可不要小瞧我的适应能力和学习能力。语言是最基本的，除了人类的语言体系，其他生物的交流方式我也不在话下。”

“是吗，那就好……”我敷衍道。

“Zora？”

久未听闻的英文名被人忽然叫起，打断了我和X的谈话。我恍然回头，看到了曾经摄影社团的亚裔学弟。

“嗨，你不是提前毕业回国了吗？没想到还能见到你。”对方脖子上还挂着胶片相机，热情地上前给了我一个结实的拥抱。

我努力扯出一个笑脸：“你学分应该也修够了吧，怎么还不毕业？”

“快了！怎么，你现在在哪个城市？等我毕业了，去投靠你呀。”

对方自然地揽过我的手臂，忽略了我身旁的X。

X不满地把手从自己裤袋里伸出来，故意晃了晃无名指上的戒指，随后打掉学弟的手与我十指紧扣：“哎，正好，我们结婚纪念日故地重游，到现在都还没有拍一张照片呢，这位学弟，方便的话，不如帮个忙？”

我用奇怪的眼神看向X，随后用无声的口型说道：“你还真把自己当胡烁了？”

X却是坏笑着眨眨眼，仿佛天际残存的所有阳光都折射进了他琥珀色的瞳孔中。他抬手将我的脑袋转向前方，贴在我的耳边低声说道：“这是我的私心。”

我还没反应过来这句话的意义，X 便咧开了嘴："来，一，二，三——"

咔嚓。

金州的阳光与手上的婚戒一并定格在陌生的镜头里，成为我和 X 出国之行的意外收获。

我收起回忆，翻过照片，盯着背面 X 留下的"等我"二字，不禁轻提嘴角。

你应该知道，我的耐心是有限的。所以，快给我回来吧。

第三培植中心的夜间骚乱并没有给惊人院带来什么改变，或者应该说，除了和富新大厦有关的人外，根本没人知道那晚究竟发生了什么。

活力四射的前台小妹依旧热情地同我打招呼，无精打采地打着哈欠的研究员按部就班地整理数据，来往的工作人员仍然有条不紊地进行各自手中的工作，仿佛什么都没有改变。

除了第三培植中心天花板上留下的弹孔。

好在，第三培植中心作为超级生物项目的所在地，位于惊人院最为隐蔽的角落。我拜托王某帮我处理，他却毫不在意地摆摆手，说惊人院里奇怪的东西多了去，区区一个弹孔，根本不会有人在意。

然而，当我验证指纹进入第三培植中心后却大跌眼镜。

所有严格按照生物习性和纲属编码的研究报告，竟然被三五个研究员弄得满地都是。

"什么情况？"我急忙放下手中的帆布包。

尧尧正忙得焦头烂额，一边指挥着旁边几位研究员整理文档，一边向我求助："不知道怎么回事，我今天一早来归档上周的实验数据，却发现，这里所有的文档都被人打乱了。"

我蹲下身子接过尧尧手中的几页研究报告："是归档顺序被打乱了？"

尧尧愁眉不展："要真是那样还好……可是晓博士，你看，被打乱的不是文稿顺序，而是它的内容。"

胡说什么？研究报告都是白纸铅字打印盖章之后存档的，怎么会被无缘无故改动内容？就算是，也会留下什么人为的笔迹吧？

然而我接过报告，当即愣住。

"章是之前盖的，这打印纸也有些年头，应该不是伪造的，所以……"尧尧抹了把汗。

我拿指腹捻了捻研究报告的打印纸，的确不像是新纸，而且上面盖的惊人院认证章也并没有伪造的痕迹。那么只能说明，这张研究报告的确是曾经正确归档的报告没错。

至于是什么原因让它上面的文字一夜之间变成乱码……我举起报告，透过头顶的白炽灯观察起来。

并没有什么可疑的修改痕迹。数字化社会，使得各种资料和数据都变得虚拟，因此，想要毫无痕迹地修改电子文档或者图片，许多应用技术都可以达到目的。可是，想让人毫无察觉地更改纸质文件的内容，就是件难事了。

"没意义。"我摇摇头，放下手中的研究报告，自言自语。

尧尧听我这么说，问道："什么？"

我拿手指敲了敲桌面上一摞被改得一塌糊涂的研究报告说："我是说，更改这些东西根本没有意义。因为我们都知道，研究报告盖章归档不过是个流程，更为详细的数据资料其实都保存在我们的电脑里，所以，不论更改报告内容的人是出于怎样的目的，都没有任何意义。"

尧尧若有所思："这么说，研究报告是被无意更改的？"

我陷入沉思。

"哎，对了，晓博士，我记得有那么一类超级生物……"正在焦头烂额整理研究报告的一名年轻研究员突然想起了什么，"我记得，我上学那会儿考试，有个关键的选择题应该选 C，但是卷子发下来我却因为这道题而没有得满分。我很奇怪，翻过卷子一看，那个本来对应 C 选项的答案，却跑到了 B 选项的位置。我拿其他同学的卷子比对，才发现，那个答案就是对应的 B 选项。”

“说不定是你记错了，考试嘛，毕竟紧张，有时候看着 B 却选了 C，很正常。”旁边的研究员打趣道。

“不可能。”那人似乎非常笃定，“数学这一科我向来都是满分，根本不存在什么紧张不紧张。我记得非常清楚，在做卷子的时候，正确答案的确对应的是 C 选项。”

我挑眉：“这么说，你的意思是试卷上的选项，在你考试到分数下来的这段时间里发生了变化？”

“就像现在研究报告的内容无故被改变？”尧尧接话。

年轻研究员点头：“是的，所以我之后才会主动接触超级生物领域，力求能发现这世上更多不为人知的秘密生命。”

我想起了什么，转身打开电脑，在曾经从学校里带回来的胡烁的研究笔记中查询起来。

透过屏幕的荧光，我追问：“那你还记得，当时考试时有什么意外吗？”

“意外……”研究员回忆道，“没什么意外，就是很普通的一场期末考试。”

“声音，”我补充道，“仔细想想，那场考试中你有没有发出什么声响？”

研究员思索片刻，突然拍了拍脑门：“哦，对了，我记得，我在做那道题目的时候，打了个响亮的喷嚏。”

王某开着电动保洁车路过第三培植中心，一脸疑惑地刹车，探进半个身子:“哟，大扫除呢？”

尧尧喘着气，拎着水桶摇摇晃晃:“王某你倒是来帮帮忙，你那里还有多余的盆吗？帮我打几盆水过来呗。”

王某抬脚指了指自己的篮球鞋:“我今天没戴鞋套，就不掺和了，省得消毒水计量没掌握好，一不小心杀死了你们这一屋子的怪物。”

“你倒是记仇。”我冷笑。

王某撇撇嘴，冲我神秘招手，压低声音问道:“喂，这两天，你见着盖爷了吗？”

王某这么一问，我才恍然意识到已经很久没有见到盖爷的身影了。

我下意识往窗外看去，大门口的保安室房门紧闭，没有丝毫光亮。

“奇了怪了，怎么就没个影了？”王某见我如此态度，便疑惑地挠挠头。

我有些不解:“之前不是他通知你来巷子里救我吗？你们除此之外没有联系吗？”

王某摆手:“没有没有，他那天也就是给我发了个你的定位，然后一条短信说你有危险而已。”

我越听越觉得奇怪:“所以，盖爷知道你的身份？”

王某愣了:“怎么、怎么可能？虽然，他年轻的时候我的确见过他，但他绝对不可能知道我的身份……”

王某见我脸色发青，这才意识到事情的严重:“怎么回事？”

我缓缓抬头，一字一句道:“既然他不知道你有怎样的能力，那他为什么会选择通知你来救我，而不是亲自前来？一个退役刑警，总比……一个普通的富二代靠谱吧？”

王某惊讶地睁大了双眼:“你是说……他当时脱不开身？所以才不得不找我？”

“盖爷现在可能有危险。”我压低了声音道。

“有了！”尧尧忽然在我身后大喊，我转过头，就见几个研究员围在一起，似乎发现了什么。

我让王某先等等，转身拨开人群。尧尧他们照我所说将这些被打乱了内容的研究报告浸泡在冷水中，不出所料，不到三分钟的时间，那些不成文的句子便重新变回了原本的模样，而水面上则漂浮着几根细长的黑色虫子。

“线墨虫。”我上前拿试管将这些扭动在水面上的黑色长条虫舀起来，转身递给尧尧，“异常珍贵的超级生物之一，吞食墨水和碳粉，干燥时附着在纸质文档上，肉眼无法分辨。遇到巨响则会改变自身形态，变成细小的墨点，进而更改纸上原本的文字。一旦遇水，则会脱离。”

这是胡烁的研究资料中记载的，但我未曾亲眼见识过。毕竟，现代化进程早已将我与纸笔拉远了距离。

“哇，那这东西岂不是编辑的天敌？我记得我爸妈曾经做校对，最怕的就是检查过的稿子最后又出了新的问题。”尧尧感叹道。

我叹了口气：“是啊，所以就麻烦某些人不要再在这里制造巨响了。”我指了指头顶天花板的弹孔。

尧尧吐了吐舌头，似乎意识到这件事的始作俑者正是自己，因此更加卖力地去浸泡剩下的研究报告，让其恢复原状。

王某凑热闹地跟在我身旁：“嘿，这东西挺好玩，那如果我能和这线墨虫交流，岂不是我让它帮我改什么，它就能改什么了？我让它帮我在支票上多加几个零，是不是也不会被人发现？哈哈哈哈。”

“不可能。”我冷言道，“你又不懂得超级生物的交流方式，怎么可能命令它们帮你……”

等等。

但那个人懂。

我恍然大悟，扯下脚上的鞋套便朝门外飞奔而去。

明明在失踪前的一天，他就约我在咖啡馆同我告了别，只不过我当时满心都是实验数据，没听出他话里的意思罢了。既然如此，他为何还会在我俩的合影背面写下“等我”二字?

难道说，他留下的根本不是简简单单的“等我”?

我飞奔到马路上拦下出租车，一路狂奔回到家中，气喘吁吁地拉开抽屉，将我和X的合影拿出来，忐忑地丢进了洗手池。

随着冷水哗啦啦地浇灌，照片被迅速打湿，上面X的笑脸也因此而变得有些扭曲。果不其然，两条线墨虫浮现在水面上，而照片背后的“等我”二字已然变成了一串代码——ConC1214。

名称：线墨虫

发现地：惊人院第三培植中心

简介：异常珍贵的超级生物之一，以墨水和碳粉为食。干燥时附着在纸质文档上，肉眼无法分辨。遇到巨响则会改变自身形态，变成细小的墨点，进而更改文档上原本的文字。

特点：遇水脱离

致各位文字编辑：如若发现校对后的书稿仍旧出现明显的错误，欢迎拨打惊人院热线。

No.014

蜷眠

我刚推门走进办公室，就和尧尧迎面而来的哈欠打了个照面。

“早啊，晓博士。”尧尧揉了揉自己惺忪的睡眼，按下了咖啡机的电源键。

办公室里暖气很足，其他几个研究员也都无精打采地趴在桌子上神游。屋子里散发着甜腻的气息，让人不自觉就想要裹着毯子睡上一觉。

丁零零——

刺耳的电话铃声如同丢进可乐的薄荷糖，扑哧一声，让整个屋子的人都瞬间清醒。

“喂。”我顺手接起电话。

是接线员三三。最近只要是关于蜷眠的报告，我都让她直接转接到我这里。我夹起听筒，在随身的笔记本上记下了她报给我的地址和电话。

最近也不知怎么了，明明还是大冬天，蜷眠就已经开始大面积爆发。

这周已经连续接到了好几起关于人莫名困乏的报告，我把诱捕蜷眠的药剂分发下去，让其他调查员按照地址及时去清理，不然，再这样下去，不等开春，春困便会肆虐全市。

“估计今年是暖冬，蛴眠提前孵化了。”尧尧查阅着近来的天气记录推测。

等办公室的其他研究员都领了药剂出了外勤，我这才把那张写着神秘代码的照片递给尧尧：“你看看，有什么想法？”

尧尧举着照片翻来覆去看了半晌，最终将视线定格在X的笑容上：“我说，晓博士，你和院长……难道真的是？”

我一把将照片从她手中抽离：“我是让你试着解读这串代码，不是让你来八卦的。”

尧尧吐了吐舌头：“不怪我呀，院里不是一直有关于你和院长的流言嘛，之前我以为院长是胡烁，就没在意他们的八卦。可现在不一样啊，院长不是人类，而是特殊的超级生物，我当然好奇他究竟有没有人类的感情。”

我没有正面回答尧尧的问题，而是将照片收起来，一边去拨办公桌上的座机，一边摇头：“我和他……不是你想的那样。用‘爱情’来形容我们之间的关系，恐怕过于狭隘。”

尧尧皱起眉头，似乎在琢磨我话里的意思。

刚“嘟”的一声，电话被对方接起。

“喂，小徐吗？你这会儿忙不？”我拿手指轻敲桌面，“嗯，有件事情想向你请教。”

“谁？”尧尧歪头看向我。

“隔壁的小徐，那个药剂师。”说着，我将照片装进口袋，摆摆手示意尧尧跟上。

药剂师小徐原是重症病人，据说是自己给自己注射了过量的麻醉剂导致精神失常，转了三家精神病院病情都没有好转。但好在他后来被惊人院接纳，经过调养和治疗现在已经恢复正常，但可惜的是，他丢失了之前的记忆，除了还记得自己姓徐之外，什么都不记得了。与一般的技术人员不同，比起实验，他似乎更加偏爱诗和远方，院里的同事便戏谑地称他为“徐至魔”。不过，他的药理知识和医疗技术经验过人，于是我们索性把他留了下来，成为研究院里唯一的药剂师。

“找他干什么？”尧尧似乎对小徐有些不满，“他就是一神经病，天天除了捣鼓那些奇奇怪怪的药水之外，就是写一些酸不拉几的情诗，还真以为自己是情圣转世啊。”

我一边等电梯，一边摇头：“代码前面的字母 ConC 是‘浓缩’的意思，同时也是化学用语‘浓度’的意思。如果是这样的话，问问他，或许能有更多的发现。”

小徐的实验室和我们那边的格局差不多，只不过面积要稍小一些，两侧全是一排排的架子，上面摆满各式瓶罐。五颜六色的试管无序地堆放在偌大的实验台上，桌面上的污渍也不知是哪种化学反应留下的痕迹。

写满化学公式的稿纸扔得满地都是，捡起来看，背面还偶尔写着两句“西望高楼千帐灯，繁华隔我一重城”，让人哭笑不得。

空气里弥漫着硫化物奇怪的刺激性气味，尧尧急忙捂紧了口鼻。

“小徐？”我叩响门扉。

实验室尽头冒出一个毛茸茸的脑袋：“哦，晓博士，进来坐。”

“哪有能坐的地方啊？坐下去不怕皮肤被腐蚀吗？”尧尧小声在我耳边吐槽。

我没理会，径直走到小徐身旁，将照片背面的代码指给他看：“我是想让你帮我看一下，这是什么意思？”

小徐愣了愣，挠挠头看向我：“这是什么东西的浓度？ 1214？后面没有计量单位吗？是质量百分浓度还是质量摩尔浓度？”

我无奈地耸耸肩。

“晓博士，你别逗我。”小徐放下手里的试管看向我，“你也是理科生，应该知道，浓度是分析化学中常见的名词，你这只有一个简简单单的数字，也没有标明是什么东西的浓度，究竟是溶液浓度还是血液浓度，或者说是气体浓度，你这让我怎么猜啊？”

“嘁，不是号称天才药剂师吗，一问三不知。”尧尧撇撇嘴。

小徐看了眼我身后的尧尧：“不是天才药剂师，是诗意药剂师。科学的美，以你这样的智商是体会不到的。”

“那，就你目前接触过的，有符合这个浓度数值的东西吗？”我没有放弃，继续追问。

小徐思索片刻，又拿起地上的稿纸写了一堆化学式，演算了半天才摇了摇头：“这数值没什么特殊性，我试着将一些常见的种类进行了单位换算，得出来的也只有近似数值，没有刚刚好是 1214 的。”

我接过他递过来的照片，轻轻拍了拍他的肩膀，道了谢便离开了。

电梯里，尧尧见我眉头紧锁，于是有些好奇地问道：“怎么，你是不是又发现了什么？这代码和院长的失踪有关系吗？还是说，和五年前富新大厦的大火有关？”

我摇摇头：“说实话，我不敢肯定。我之前也说了，你不要太过急躁，想要查出当年的真相，不会那么简单。而且你也答应过我，就算是找到了当年放火的元凶，你也不会再鲁莽行事的，对吗？”

尧尧连忙点头：“是是是，但你要给胡烁报仇，我要给我父母报仇，我们的目标是一致的。”

我叹了口气，拿照片敲了敲尧尧的脑门：“报仇报仇，小小年纪怎么成天念叨这种东西。我们要做的，是查明真相，不是贸然寻仇。”

“其实，晓博士，”尧尧抬眼看了看照片，“你说，ConC，前后两个 C 都是大写，如果作为一个单词，这应该不符合书写规范吧。”

我点头：“没错，我之前也注意到了，所以我得再去问问另一个人。”

“谁？”

叮——

电梯停靠在地下三层，我抬抬手，指了指对面的第二培植中心。

惊人院地下三层一共有五个秘密培植中心。其中，第三培植中心批给我作为“超级生物”项目的研究使用，而位于我们隔壁的第二培植中心，则是由一位年轻的计算机科学家石教授牵头，进行着不为人知的程序代码开发。

既然是代码，不如去问问惊人院里最熟悉代码的那个人。

尧尧见我要去隔壁，一时间有些退缩，轻轻拉了拉我的衣角：“晓博士，咱们惊人院奇奇怪怪的人是多，但是吧，像石教授那样古怪的人，我还是头一次见。”

石教授平日与我一样，不喜爱与外人交往。我与他并不熟识，就算在电梯或者走廊相遇，也都彼此异常默契地无视对方的存在，因此，我并不理解尧尧所说的“古怪”究竟是何意思。

思索片刻，我仍旧按下了第二培植中心的门铃。

“哟，晓博士？巧了吗这不是。”

开门的竟然不是别人，而是穿着迷彩夹克的王某，他的嘴里叼了根烟，瞪着大眼睛看向我。

“院内不允许抽烟！”尧尧从我身后探出半个身子。

“这不是烟，是棒棒糖。”王某说着，将嘴里的东西吐出来，拿在手里朝我们晃了晃，还真是个粉色心形的糖果，“要吃吗？我再去找石习生要一个。”

“第二培植中心来实习生了？之前不是听说招了好几个人都被石教授给骂跑了吗？”我摆手谢绝，绕过王某走进房间，就看见石教授坐在七八个分屏前迅速敲击手中的机械键盘。

王某跟在我身后，嘴里含着东西说话不清不楚的：“什么啊，我说的是他，石教授，姓石，名习生。”

“噗。”尧尧没憋住，笑出了声。

我发誓，这是我见过的，除了王某外，名字起得最随意的一个。

“你在这儿干吗？”为了缓解自己即将控制不住的笑意，我转身看向王某。

王某拉了把人体工学座椅，叉着腿坐下，努了努嘴巴，说道：“不是连着几天没见到盖爷了吗，你说他可能有麻烦，我就打了他的电话，谁知道居然关机。你还记得之前在我家，你从钥匙扣上拆下来砸坏的那个追踪器吗？我让石习生帮我修了修，然后试着反向追踪，看能不能找到盖爷的踪迹。”

“有进展吗？”我走上前站在石教授身后，抬眼看向屏幕。

七八个显示屏，其中五个在做我看不懂的高速数据运算，一个显示的是全国三维地图，还有一个居然在播放少女动漫。而石教授脑袋上戴着夸张的头戴式耳机，一边敲击键盘，一边时不时滑动鼠标。

王某抬腕看了看表：“已经五分钟了，估计快了。”

话音刚落，石习生就懊恼地咂了咂嘴。

王某上前拔掉他的耳机：“怎么，有结果了？”

“不是，别捣乱，马上结束。”石习生偏过头，死盯着其中一块屏幕。

我这才发现，他说的结束指的是已经播放起片尾曲的少女动漫。

还……真是个怪人。

果然，片尾曲结束，石习生这才抬腕敲了回车键，几块屏幕顿时画面重叠，显示出一个清晰的红点坐标。

“定位我做了个小程序发你手机了，你直接用地图打开，就可以进行实时追踪。还有别的事吗？”石习生停下手里的动作，倚在靠背上，慵懒地看向王某。

“得嘞。”王某打了个响指，“我这儿没事了。你呢，晓博士是不是有事？”

我愣了愣，突然想起自己来这里的目的，这才急忙从口袋里摸出照片放在桌子上：“那个，我是想问下，这串字母和数字的组合，会不会是某种程序代码？”

石习生明明是个年轻人，却不知为何总是一副老成模样。他拉了拉挂在脸上的黑色口罩，斜眼看了看我递过来的照片，懒散地伸出左手，在键盘上按动了一个极其常见的组合。

Control+C。

复制？

我怔住，原来如此！是我之前想得太复杂，这根本不是什么代码，这只是院长给我留下的一句暗号。我终于反应过来，连道谢都顾不上，转身朝第三培植中心跑去。

尧尧跟在我身后，一脸莫名其妙：“怎么了晓博士？哎哎哎，你等等我……”

我迅速拉开超级生物的档案，熟练而准确地在无数研究报告中抽出了关于X的那一份。果然不出所料，文件袋上的编号正是1214。

“喂，我要去找盖爷，一起吗？”王某敲了敲第三培植中心的玻璃。

我回过神，把X的研究报告仔细收好，这才拎起大衣，点头跟了上去。

“会开车吗？”电梯里，王某突然问我。

我疑惑地看向他：“怎么，盖爷现在在哪里？很远吗？”

王某挠挠头，把迷彩夹克的拉链拉上：“远倒不至于，就是比较偏僻，公共交通不方便。车我倒是有，但是我驾照之前出了点问题，还没来得及去重新考呢。”

我抬手按下了前往地下车库的按钮。

然而当王某那辆鲜艳而浮夸的双座敞篷车出现在我眼前的时候，

我终究还是摆摆手，拿出手机叫了辆出租车。

那地方果然偏远，加了双倍的价才有司机接单。车子晃晃悠悠，沿着小路东拐西绕，没一会儿我就再也分不清方向。我盯着车窗上的一层薄灰，思索起 X 给我留下的信息。

为什么要把 X 进行复制？难道他失踪就是去复制自己了吗？我不禁回想起胡烁第一次将试管中的 X 拿给我看时的情景。

“这是什么？”我盯着泛起荧光的试管，转身问道。

胡烁笑着拍了拍我的肩膀：“这是我所见过的，最神奇的物种。你别看它现在这样，据我研究，它至少已经存活了三百年，却丝毫没有任何衰老的迹象。它可以成就一切，并且拥有极强的适应能力和学习能力，生命力旺盛，是前所未有的超级生物。”

“但是，它的样子可真丑。”我笑了笑。

胡烁连连摇头，按动操作台上的某个按钮，一阵细微的蜂鸣过后，我眼前那原本毫无形状可言的东西，竟然逐渐变成了一只雪白的兔子。

胡烁见我双目泛光，于是有些得意地继续调试按钮，紧接着，试管中的生物从兔子变成豺狼，又变成一颗仙人球，最后变成一只水蓝色的蝴蝶，静静停靠在试管内壁。

“这……太神奇了！”我连声惊呼。

胡烁骄傲地点头：“没错，这将是本世纪最为重大的发现，一旦我掌握了它的秘密，说不定，我就能改写人类的基因，弥补人类天生的缺陷。”

“什么意思？”我有些不解。

胡烁没有详细说下去，顾左右而言他：“人类区别于其他物种并成为地球上的高级生物，其中最为关键的一点就是人类懂得进化。物竞天择，适者生存，在生存环境越发恶劣的当下，我们如果不率先进行优化，是很容易被淘汰的。”

我忽略他的话，而是轻轻揉了揉他的头发：“你啊，整天腻在实验室里，该剪头发了。”

……

当时那听起来有些年少轻狂的话，现在想来，却让我冷汗直冒。

“啊，到了！”王某的声音打断我的思绪，我付费下车，抬眼看去，只见王某一边比对手机里的追踪信号，一边抬手指了指破败的郊区小镇。

得劲麻辣烫。

“你在逗我？你是说，盖爷失踪这几天是被困在了一家麻辣烫店？”

我满脸黑线，转身质问王某。

王某摆摆手：“你别着急啊，你看，盖爷的定位点就显示在这里。不过你别忘了，石习生给我的地图是2D的，所以我觉着，这麻辣烫店的地底下说不定另有玄机。”

我再度看了看那家根本没有达到卫生许可标准的苍蝇小馆，有些汗颜。

王某倒是收起手机，径自上前要了几串鸡柳和蟹棒，一边和收银的小妹闲扯，一边踮着脚往后厨观察。过了半晌，王某终于抿着满嘴的油回来，十分肯定地冲我点头：“不会错，我看后厨有个暗门，说不定盖爷就在那里。怎么，咱们是强突，还是迂回？”

我仍旧觉得事情不太靠谱，犹豫着从靴子里摸出手枪，暗暗藏在怀里。

“哇，你可以啊晓博士！这东西哪里来的？”王某擦了擦嘴。

“之前没收的尧尧的。不过我做了些改装，用高伏特的磁虫 var 代替了普通的子弹，所以打不死人的，防身而已。”我解释道，“况且，你不是还身怀绝技吗？”

王某撇嘴："我那小花招唬唬人还行，要真遇到危险，谁有枪谁就是大爷啊。不过，我看那收银小妹也挺无辜的，咱们能不能想个办法，绕过她？"

我思索片刻，忽然想起早上接到的电话："还真有。"

说着，我从口袋里摸出早上分发下去后剩余的半瓶诱捕蟦眠的药剂，倒在培养皿里，放在路旁小店门口的角落里。

不多时，就看见芝麻大小的细软白色毛球簇拥着跌入培养皿，如同成团的白色柳絮，沾湿后再也无法移动。

"这是啥？"王某按照我的示意将培养皿端回来，倒掉多余的药剂。

我戴上橡胶手套，将那几只毛球沾在指腹上，随后放在嘴前用力一吹，毛球便准确地朝着麻辣烫店收银小妹的方向飘去。

不一会儿，小妹便哈欠连天，沉沉睡去。

"牛啊，这玩意儿能治失眠吗？"王某连连咂嘴。

"这是蟦眠，一种孢子生物，每当冬天过去气温回暖便会孵化，随风钻入人的鼻孔，就会使人产生困意。所谓春困秋乏，大多是因为它。"我解释道，"现在可以走了吧。"

王某带路，我们悄悄潜入小店的后厨，满目油污让我忍不住反胃，零散的签子丢得满地都是。

"呵，麻辣烫好吃吗？"我揶揄道。

王某却疑惑道："不对啊，后厨怎么没有人？那我刚才吃的东西是谁煮的？"

话音刚落，前方不远的木门便被人猛然踹开。剧烈的声响让我和王某同时警觉，我迅速拔出枪端起，而王某则一把将我护在身后。

哐当。对面突然闯入的人借势扶着木门，重重跌倒在地。

我一愣，定睛看去，那不是别人，正是浑身是血的盖爷！

"快……快走。"

盖爷的脸上尽是血污，手腕上还缠着被强行扯断的锁扣。他双目浑浊，强撑着最后一口气开口，声音渐弱。王某见状立即上前，一把搀起盖爷：“走！”

我探头看去，果然，木门那边连接了一条通往地下的阶梯，但光线太暗我看不清楚下面究竟有什么名堂。我急忙转身将木门重新关上，还不忘将锁扣卡死，这才匆匆跟上王某的脚步，迅速远离了这家奇诡的麻辣烫店。

名称：蝽眠
发现地：某小学

简介：一种形似蒲公英的孢子生物，芝麻大小，周身包裹着白色绒毛，每当冬天过去气温回暖便开始孵化，随风散布，钻入人的鼻孔，使人产生强烈困意。

特点：轻盈、厌酸
春困秋乏的罪魁祸首。如果你莫名觉得困倦，那就喝一些酸性的饮料来提神吧。

No.015

真盐

“怎么搞的？王某，你是不是又惹到什么社会上的人了？”小徐拿酒精棉仔细清理盖爷身上的伤口，同时还不忘怼上两句。

王某正远远坐着低头翻看从盖爷身上找出来的手机，听小徐这么说，不满地扯下耳机，无辜地摇了摇头：“怎么什么脏水都往我身上泼啊，我招谁惹谁了？我好心去救他出来，怎么牵扯到我身上？”

小徐咂咂嘴，丢下镊子和手术钳，随后翻看盖爷的瞳孔：“我之前有一次加班晚了，出门就看见你和一个骑大摩托的男人在聊天，那男的脖子上还有文身，这还不是社会上混的吗……好了，除了肩膀上的刀伤外，就是一些瘀青和擦伤，他身子骨硬，没什么大问题。你推他去挂个营养液，休息休息，说不定过一会儿就醒了。”

“谢了。”我点头，“不过，你这里可以输液吗？”

小徐愣了愣，转身看了看自己乱糟糟的实验室，面露难色：“不好吧，晓博士。咱们楼上有病房，有护工，有专业设备，干净卫生，关键还对自家员工免费，为什么要在我这里挂水？”

我看了看王某，随后又看了看躺在面前的盖爷：“其实，也是想拜托你，关于盖爷受伤这件事，你还是不要说出去为好……”

“打住打住！”小徐急忙捂上耳朵，“我不听我不听，万一听到你们的什么惊天大秘密，到时候灭口还得多我一个！你放心，我绝对不问，绝对不说。”

我尴尬地笑了笑。

“晓博士，你都被王某带坏了。”小徐见我没继续说下去的意思，便松开手，嘟囔着转身在架子上寻找适合的药剂，调配消毒，他业务纯熟，不多时，就已经麻利地给盖爷扎上了针。

不愧是之前经常自己给自己扎针试药的。

小徐看我一直盯着他，这才不情不愿地分析道："肩上的刀伤之前就已经被缝合过，手法专业，处理得当；身上的瘀青嘛，位置单一，新旧重合，倒是有些像严刑逼供造成的；至于他手腕上的伤痕，很明显，是长时间被束缚造成的。”

一刀从身后砍到肩膀，被生擒后严加拷问……我不敢想象盖爷这几天究竟经历了什么。我太阳穴突突直跳，强迫自己转移目光，看向王某手中仍旧沾着血渍的手机："里面有什么东西吗？”

王某愣了愣，指尖迅速敲击，这才递给我："应该是盖爷退休前一直在追查的那个涉黑组织，就是五年前，他们在富新大厦布控要抓的那个。”

我接过手机迅速浏览。盖爷的手机界面简约明了，除了一些常见的应用，就是几个我从没见过的软件。其中一个一直处于后台运行状态，打开看，正是用来追踪监听我的，也好在这个程序一直后台运行，不然，谁能料到盖爷会在那样的地方？

我顺手打开相册，却发现里面早已被清空，一张照片都没有。

有些古怪。

“什么意思？”我扬扬手，看向王某。

王某无辜地摊开双手："不是我删的，本来就是空白。”

“那你怎么知道囚禁盖爷的是谁？”我追问。

王某凑过来拿食指点开手机备忘录，里面有两段不清晰的录音。

我接过王某递过来的耳机，仔细辨认里面的声音。应该是盖爷被囚禁时偷偷录的。音频中，隐约听到几个男人的对话，但音质较差，离得也远，除了一些“组织”“医院”“肾源”之类的字词外，其他什么都听不清楚。

“麻辣烫店地下是个私人医院？”我按下“暂停”，疑惑地打开另一段音频。

这段录音更加清晰，但因为有窸窸窣窣的摩擦声干扰，大致听到了“排异”“提取”“基因改造”这些断断续续的词组。

不是医院，而是和惊人院类似的，某个地下私人研究所。

联想到院长失踪前留给我的“复制”暗语，我突然觉得这些事情或许从头到尾都是因果循环。

王某接过手机：“你没听盖爷说起过吗？当年富新大厦的火就是这个涉黑组织放的。”

我愣了愣：“什么意思？这个涉黑组织究竟是干什么的？你是怎么听出来这录音里说的就是那个组织？”

“因为那个组织，最开始就是靠非法贩卖人体器官起家的。”忽然，沙哑的声音从我耳边传来，虽然微弱，却掷地有声，“他们的实验基地拥有高超甚至不亚于惊人院的生物技术和医疗设备，通过人贩子的渠道获取器官进行非法移植，牟取暴利。”

“你醒了？”我急忙上前，拍了拍蹲在旁边始终捂着耳朵闭着眼的小徐，示意他给盖爷检查身体状况。

盖爷摆摆手，强撑着身子坐起来，指了指王某手中的手机。

王某及时递过来，盖爷一边操作，一边继续说道：“那个组织我们当年已经追踪很久了，但是，它突然销声匿迹了一段时间，再后来，便以更加迅猛的势头渗透到全国各地。”

这太可怕了。

“他们企图激活人类细胞活性，改造人类基因，优化人体构造，以此来出售药物到全球各地。但好在，他们目前并没有什么……”盖爷突然盯着手机愣了愣，随后不动声色地看向王某，表情意味不明地继续说道，“没有什么突破性的进展。”

我额头直冒冷汗：“所以，当年他们潜入富新大厦，企图盗取有关超级生物的资料，就是想从X的身上寻求突破口？”

盖爷用那双稍显疲惫的眼睛看向我：“是的，我之前也一直搞不懂，他们为什么会无缘无故地盯上你和胡烁这个不起眼的研究室。但后来你告诉了我关于X的事情，我才恍然大悟。毕竟，在他们看来，X的适应性和学习能力极强，又不会衰老，这才是比人类更为高级的生物。”

我的身体开始止不住地颤抖：“那这么说，一旦他们掌握了X的秘密……”

“他们就会想尽一切办法，利用X的细胞进行人类基因改造，牟取暴利。”王某补充道。

完了。我两眼一黑：“这么说，院长的失踪或许就是因为他们……”

天旋地转，这一瞬我什么都感觉不到，只有无比清晰的失重感。

我无法想象这样的噩梦。冰冷的实验台，刺眼的无影灯，那原本不属于这个世界的人被无情禁锢……

他不该承受这些！如果当年不是因为我的固执，他根本不会化作人类的模样！那么如今……自然也不会被那样的人盯上。

发现它们的存在，认可它们的存在，保护它们的存在……这才是超级生物项目的研究初衷。可事到如今，我都做了些什么？

我从噩梦中惊醒，支离破碎的画面瞬间在我眼前化作粉末，黑白分明，如同阵旗已倒的军队，无力还击，最终在狂风暴雨中溃不成军。我平静地睁开眼，强迫自己盯着头顶的白炽灯，仿佛能从这丝毫没有感情的色彩中，感受到这世界最后的恶意。

“你醒了？”尧尧轻轻将手掌覆在我冰凉的指尖。

“嗯。”我冷静异常，轻轻坐起身，才发现我晕倒后不知被谁妥善安置在了自己办公室的沙发上，“他们人呢？”

尧尧接了杯热水递给我：“盖爷还在徐至魔那里休息，王某把你送过来之后就不知道去哪里了。”

我勉强挤出一丝笑容：“我有些饿了，能帮我去食堂带点吃的回来吗？”

尧尧满面担忧，也不知王某都和她说了什么。她点头，拎着行政卡和我的饭盒起身：“我去给你买你喜欢吃的馄饨……晓博士，你别太担忧了，现在还不能证明院长究竟是不是被那些人给抓去了，所以……”

话说到一半，尧尧叹了口气，自顾自摇摇头，转身走了。

尧尧说得没错，现在下定论还太早。

直觉告诉我，王某和盖爷一定有什么事瞒着我，至于是不是和院长有关，我得想办法自己搞清楚才行。

我回到第三培植中心，将仍在提纯的仪器停下。透明玻璃容器中翻滚着无色的气泡，将一块赤色鹅卵石浸在中央，发酵的酒曲无声蒸腾，在顶部凝结出金红色的晶体。这些晶体如同深海的矿石，珍奇而美丽。

我小心地将仪器打开，用镊子将这持续提纯了三个月才得到的绿豆般大小的真盐取了出来。

众所周知，酒的化学成分是乙醇，在消化道内不需要消化即可吸收，迅速且完全，对人的神经和大脑有明显的麻醉作用。因此，醉酒之人对大脑和神经的控制作用下降，思维混乱，不再设防，更容易说出或做出平时不会出现的话或举动。

可是，有些人在醉酒后恨不得将自家保险柜密码都告知天下，这种过激行为就不再属于合理范畴了，而是超级生物的领域了。研究发现，正是某个神奇物种的存在，才会让一些醉酒者更容易酒后吐真言。

真盐，形似光滑的鹅卵石，乍看和普通的石头并无区别。可它一旦接触到酒精，就会分泌出一种类似海盐的金红色晶体，味微咸，并以液态溶于酒水之中。这些分泌物和酒精一起进入人体后便会迅速攻占人类思维，让人控制不住讲出最真实的话。但因为真盐的数量极少，分泌物有限，提取的过程烦琐而复杂，因此并没有得到广泛的运用。

不然，这样强力的拷问神器，早应该得到更好的运用才是。

我绕到食堂买了份热粥，随后将真盐分泌物的提纯晶体放进去，搅拌均匀，这才乘电梯来到小徐的实验室。

我首先得知道，盖爷在被囚禁期间，究竟都看到了什么。

"你醒了？不碍事吧？"盖爷的精神看上去恢复了不少，不愧是老刑警，身体素质没的说。他正倚在沙发上休息，一只手还拿了本诗集，正饶有兴致地翻看着。

"嗯。"我淡定地坐在盖爷身边，将热腾腾的粥打开，"你先吃点东西吧。"

小徐远远背对我们坐着，低着头不知道在捣鼓什么。盖爷瞥了眼白粥，随后又看了看我："你有不少问题吧？"

我坦然点头："没错，可你毕竟是伤员。"

盖爷笑了笑，脸上的沧桑不知何时变成了疲惫，接过我递上来的勺子，轻轻抿了口热粥："其实我对你也没什么好隐瞒的。我知道，你现在谁也信不过，总觉得自己四面楚歌。可是我得告诉你，和当年富新大厦事件有关的人里，我是最没可能伤害你的。"盖爷顿了顿，又摇摇头，"或者说，我们都没可能伤害你。"

"你们？"我挑眉，"是说你和王某吗？"

盖爷吹了吹碗里冒出的白烟："尧尧之前完全是因为受了蒙骗。"

"哦？所以说，你们三个都已经串通一气了？"我整了整衣领，两手交叉，微笑地看着盖爷吞咽的动作。

盖爷苦笑着摇摇头："虽然我们几个目的各不相同，但是眼下，安全找回院长才是重中之重。毕竟，我潜伏在惊人院这么久，好不容易才有了线索，事到如今更是关键时刻，不能有一丝差错。"

"你怎么会被他们抓住的？"我开口试探。

盖爷愣了愣，笑着放下手中的碗："怎么就这么迫不及待？"

我没搭腔。

"其实是我主动潜入得劲麻辣烫的。当年富新大厦的事情给我们支队带来巨大的损失，也因为一直找不到证据，上头无奈便下令终止这个行动。我引咎辞职，但我个人从没停止对他们的调查。我潜入那里录音拍照取证，就是为了掌握证据，但年纪大了，一不小心就栽了跟头。好在我已经是退役的身份，他们从我这里也问不出什么。后来我趁机逃了，幸好碰上你们，不然也不会这么顺利离开。"盖爷说道，"他们的地下据点有很多，也很分散，这是最大的一个。说那里是地狱也不为过。"

我不确定盖爷的口无遮拦是因为掺在粥里的真盐迅速起了作用，还是出自他的真心，我只能一言不发，静静听着。

"那里有十几个被人贩子拐卖的年轻人。"盖爷双目浑浊，声音颤抖，"他们被用作各种药物实验，每天被注射各种违禁药品，然后被迫进行各项测验。更可怕的是，每天都还会有新的年轻人被送进来。我真的搞不明白，到底是什么样的利益驱使，会让他们丧失做人的根本。"

我的身体开始不自主地颤抖。

"药的初衷是治愈人，而不是伤害人。就算开发出那种药物，让人能活得更久，学习能力和免疫力都增强，可用这样的代价来换，也过于残酷了。”一直沉默的小徐忽然开口，肩膀颤抖，我看不清他的表情。

盖爷狠狠拍了一把沙发：“现在要争分夺秒，这个组织越晚一天被清剿，就会有越多的人遭到毒手。”

我回过神来：“你要把收集到的证据……交给警察？”

盖爷有些疑惑：“不然呢？”

我攥紧了衣摆低下头：“可如果……我是说如果，院长真的是被他们抓了起来，警方一旦介入，那么院长超级生物的身份必将暴露。没人能保证，就算铲除了这个组织，还会不会有其他的组织来打X的主意……”

“晓博士说得对，毕竟，X的诱惑太大了。”小徐点头认同。

我狐疑地转身盯着他：“你怎么也知道X？”

小徐愣了愣，尴尬地挠了挠头：“那个……我毕竟是搞药物研究的，自然听说过那个组织想要研发的药物和想找的东西，再联系你们口中的院长，自然……自然……啊啊啊我错了，我不该听，我立马让自己失忆！”

小徐连连摆手，作势就要拿手边的针管往自己胳膊上扎。

我无奈地摇摇头，示意他安静。

盖爷似乎还在思考我刚才的话：“可如果不报警，单凭我们几个是不可能和他们抗衡的。为了救出那些可怜的年轻人，我宁愿让院长背负这个风险。”

“被用作实验的年轻人是无辜的，可院长也是无辜的！”我头昏脑涨，一把拉起盖爷的衣领，“他为了我踏入人类的世界，我绝对不允许任何人伤害他！”

盖爷眉头拧成一团，手腕发力，将我的手推开：“可他毕竟不是人类，他只是个怪……”最后一个字，盖爷强忍着没有说出来。我知道，是真盐起作用了。

没错，在他们看来，院长从始至终都是一个怪物。

我强迫自己冷静："那好，先不说收集到证据之后该如何处理，我先问问你，你的照片呢？"

盖爷愣了愣："什么？"

我站起身绕到盖爷身后，指了指他放在沙发靠背上的手机："你刚才说你潜入麻辣烫店地下，拍照录音取证。录音我听过了，可照片呢？"

盖爷瞳孔猛然收缩。

"照片被……"盖爷刚要开口，便急忙抬手死死捂住自己的嘴巴。

我面无表情地站在他面前，阻隔了身后的光源，阴暗的身影笼罩在盖爷面前。

"你让我吃了什么？"盖爷显然意识到自己的异样，警惕地看向手边剩下的半碗白粥。

我深吸一口气，压低身子盯着盖爷的双瞳："照片是不是被王某删了？"

盖爷死死咬牙，却仍旧不得已地从牙缝中挤出一个"是"字。

"我就知道。"我故作轻松地直起身子，"手机拿回来后一直在王某那里，他递给我的时候没有经过你的同意已经把照片删除了，这从你接过手机时那明显的停顿就能猜到。所以，我现在想知道，照片究竟拍到了什么？为什么不能让我看？"

盖爷惊慌失措，捂紧自己的嘴摇头，同时朝小徐投去求助的眼神。

我立即从怀中摸出尧尧的手枪，看也没看，抬手直指身旁小徐的额头。

"晓博士你冷静些……"小徐丢下藏在手里的麻醉剂，举起双手。

"告诉我。"我一字一句，逼向盖爷。

“告诉我，为什么不让我看照片？”我歇斯底里地怒吼，仿佛自己才是那个被人拒之门外的怪物。

“因为怕你担心，进而失去理智——就像现在这样。”

回答我的既不是盖爷，也不是小徐。

我猛然回头，对上不知何时出现在我身后的王某那充满歉意的眼神，随即便感到后颈一痛，整个人瘫软在地。

“毕竟，你是他与人类世界唯一的联系。”

我跌入松软的沙发，昏迷前最后听到的，就是王某的这句话。

名称：真盐

发现地：B市某酒厂

简介：形似光滑的鹅卵石，乍看与普通的石头并无区别。一旦接触到酒精，就会分泌出一种类似海盐的金红色晶体，味微咸，并以液态溶于酒水之中。这些分泌物和酒精一起进入人体后便会迅速攻占人类思维，让人控制不住讲出最真实的话。但因为真盐的数量极少，分泌物有限，提取的过程烦琐而复杂，因此并没有得到广泛的运用。

特点：珍稀，分泌物提纯困难

在外喝酒不要贪杯，如果喝下去觉得苗头不太对，大约就是喝到了真盐污染过的酒水。请立即回到安全的地方或最信任的人身边，以保证自己的秘密不会被轻易发现。

No.016

未犬

尖锐的电话铃声将我从黑暗中拉扯出来，我用力睁开眼，只觉得浑身酸痛。

也不知是谁好心将我送回了家，盖好被子，还顺带没收了我改造过的枪。但不管是谁，此时此刻，我也知道他们是为我好。

喉间干涩，我坐起身在昏暗的房间中循着声源摸索，却只是碰倒了床头柜上的两罐干姜水。我放弃挣扎，任手机在某个角落继续叫嚣。我掀开松软的被褥，跪坐在床边的地毯上，抬手拉开了易拉罐的铁环。

扑哧一声，碳酸饮料的气泡疯狂溢出，沿着我的手腕滴落。

冰凉，昏聩，如我此刻的世界一样兵荒马乱。

空气中迅速弥漫起熟悉的干姜气泡水的味道，正如同他身上那种清冽而干净的气味。我狼狈地小抿一口，润了润嗓子，这才费力站起身，朝着床尾闪烁的亮光走去。

“喂？”我终于接起电话。

“你好，请问是惊人研究院的晓博士吗？”

音色嘶哑，陌生，就像是没有感情的发音软件。我叹了口气，颓然坐在床尾：“是的，请问你是哪位？”

“我有关于超级生物的线索……”

我揉了揉眼角打断："那个，不好意思，提供线索的话可以拨打我院热线，会有专人负责记录的。"

对方停顿片刻，即便是被处理过的声音，我也能捕捉到他的一声轻笑："既然我已经把电话打到你这里了，你还没意识到我想提供哪个超级生物的线索吗？"

刚刚从昏迷中醒来，我的脑子的确还有些不清醒。

"什么意思？你是怎么知道我的号码的？"

对方尾音上扬："听不懂吗？看来，只用一年就修满学分、提前从金州理工大学生物科学学院毕业的天才，也不过如此？"

我这才回过神："你究竟是谁？"

电话被无情挂断，刺耳的忙音让我神经紧绷。我刚要放下手中的电话，就被突然而来的振动打断。

是一条彩信。

我一边起身去开卧室的大灯，一边点击信息，下载图片。

啪嗒。

暖黄的灯光和手机中模糊的照片一并纳入我的眼眶，我只觉呼吸一窒，手开始控制不住地颤抖。

照片是在昏暗的地下室拍摄的，顶部是刺眼的白色光源，照亮中央偌大的实验台；后面远处有两排锁椅，依次躺着身着手术服的年轻人；近处是布满污秽的牢笼，镜头偏斜，应该是牢笼内的人偷偷拍摄造成的。

可这些我都不在意，吸引我的是侧身站在实验台后面的人。

那不是别人，正是最近频繁出现在我梦魇中的他。

我以为我再也见不到的那个他。

然而更让我感到揪心的，是他的状态——他依然套着常见的医用白大褂，可头发蓬乱，双目滞涩，整个人在阴暗中伛偻着。更触目惊心的是，他的左半边脸布满可怕的疤痕，将他嘴角全部的笑容尽数融化，留下的只剩苟延残喘的坚持。

我不敢想象他究竟经历了什么。

我只是明白了，王某和盖爷为什么要删除这照片，避免让我看见。

我无心计较究竟是谁从盖爷手机中恢复了照片数据，并且轻易找到了我的联系方式，主动将院长的照片发送给我。这次，我没有慌乱，而是镇定地洗漱，努力调整自己的状态，不紧不慢地吃了早饭，然后穿戴整齐乘上首班地铁，前往研究院。

盖爷不在，尧尧不在，就连小徐也不在。前台小妹还在对着折叠镜刷睫毛，见我早早出现在研究院，便急忙丢下手里的化妆品冲我打招呼："哎哎哎晓博士，这是接线员三三昨天下班的时候让我交给你的，说是她今天请假，这个投诉比较紧急……"

我没心思看，只是匆匆接过文件夹塞入手中的帆布包，随后快步走入电梯。

"等一下！"

就在电梯即将关门的瞬间，一条线条流畅的手臂突然伸了进来。

电梯门猛然弹开，王某一侧身，就带着一股子风雪的清冽气味，站在了我的身边。

他见到我也没有觉得意外，只是自顾自搓了搓手："哎呀，这天气可真够冷的。"

"早。"我低声回应他。

电梯舱陷入死寂，只有头顶不停跳跃的数字提醒着我时间仍在流逝。

"那个，"王某试探地开口，"他们报警了。"

我没有回应。

我知道，以盖爷那耿直的性格，是不会被什么私人感情影响他去伸张正义的。况且，他本来就和院长不熟，在他眼中，院长不过是和第三培植中心里其他超级生物一样的某个奇怪的研究对象而已。

“你……还好吧？”王某抬手指了指我的后颈，“昨天下手有些重了，抱歉。”

我无所谓地摇摇头：“昨天是我冲动了，冷静一下是对的。所以现在这算是补偿吗？”

王某愣了愣，却又突然笑出声：“没想到你还挺聪明，我算是知道了，他那样的高级物种为什么会愿意一直待在你的身边。”

电梯停靠在地下停车场，王某将车钥匙丢给我，自行坐在了副驾驶的位置上：“你怎么知道这次我没有和他们站在同一条战线？”

我发动王某这辆浮夸的跑车，一边调整座椅靠背，一边回答：“从你进电梯时直接按下地下停车场按钮的时候。”

王某笑着耸耸肩：“好吧，这才不是补偿。我只是觉得报警根本没用，再这样下去，对那家伙不利而已。”

我轻哼，抬手一巴掌呼在王某后脑勺上，接着踩下油门：“那这下算是两清了。”

“小气。”王某不满地撇撇嘴。

随着引擎的轰鸣声，车子钻出地库，沿着荒僻的柏油路朝得劲麻辣烫驶去。

偏僻的小店门前已经扯起了警戒线，周围挤满了看热闹的群众，我把车子停得远远的，摇下车窗仔细辨认。

不一会儿，就见盖爷跟在几个特警身后从麻辣烫店里走了出来，似乎在描述当时的情景。我摇摇头，将车窗关上：“看来那个非法组织已经转移了阵地，他们扑了个空。”

王某缩在座椅里玩手机游戏，头也不抬：“那是自然，咱们救出盖爷的那天，他们恐怕就已经转移了。”

我盯着方向盘上的纹路陷入沉思："所以，他们会把院长带到什么地方……"

王某顿了顿，手游迅速 game over："你怎么……"

我将自己的手机丢给王某，指了指上面匿名发来的彩信照片："我可没你想象中那么脆弱。至少，他还活着……只要活着就好。"

王某若有所思地挑眉："哟，看来，你的友军不止我一个人呢。"

"他修饰了声音，隐藏了 IP 地址，表明了不想掺和进来，所以我就装作不知道。这样，说不定以后他还会给咱们提供更多的信息。毕竟，现代网络密布，他躲在数据后面，这世上怎么可能有他不知道的事情。"我收起手机靠上椅背，"所以现在，该怎么去找那些人转移后的实验基地？"

王某挠挠头："找人这种事……我最不擅长了。"

"你不是号称掌握无数八卦源头吗？真的一点头绪都没有？"我拿手指敲击仪表盘。

"哎呀，那些保洁阿姨的八卦都是些不打紧的闲言碎语，怎么可能有那个犯罪团伙的消息？"王某不屑地摇摇头，撑起手肘拿指腹捻着自己耳垂上的黑色耳钉，"倒是有一点让我觉得奇怪，你说，X 那家伙神通广大，连盖爷都能逃出来，他怎么就……"

"你什么意思？"我冷眼看向对方。

王某急忙解释："不是，你别误会。你也看了盖爷拍的照片，X 没有被囚禁，也没有像其他实验体一样被绑在实验台上，而是完完整整地站在那里，就好像……就好像他并不是被迫，而是他们其中一员。"

我冷言打断王某的猜测："如果说被毁掉半边脸也算是完完整整……"

王某举双手投降："得，是我说法不对。但你也是聪明人，你应该能理解我的意思。"

"你的意思是，院长是故意被他们抓去，实际是潜伏在他们那里的卧底？”

王某点头。

“不可能。如果是这样的话，他一定会告诉我，不会让我像现在这样手足无措。”我否认。

王某想了想，也点头：“也对，他确实没理由向你我隐瞒。”

我疑惑地看向他，掂量着他话里的意思：“他不向我隐瞒是对的，可你……说说吧，你俩到底什么关系？”

王某撩了撩额前的刘海，勾起嘴角：“我是他爸爸啊。”

我目光一沉。

“金主，金主爸爸。”王某急忙补充，“他要是跑了，我对惊人院的投资不就打水漂了吗？”

放屁。我无视王某冠冕堂皇的解释。哪个正常人会脑子短路斥巨资资助这么一个奇奇怪怪的研究院？说白了，王某和 X 背后一定有着更多不为人知的交易和秘密，但我现在无心追究。我只想赶快找到对方转移后的实验基地，亲手揪着 X 的衣领问个清楚。

“丢了三天的狗又自己找上门来？喂，你们超级生物还研究‘忠犬八公’呢？”王某手机电量耗尽，正闲着无聊，刚巧瞥见我帆布包里的文件夹，随手抽出来浏览着。

那是早上前台给我的接线记录，我没心思工作，看也没看就塞进了包里，被王某这么一提，倒是让我有些好奇：“给我看看。”

接线信息没有按照平时的格式登记在册，而是画了个重重的星标，底部还写上了“疑似珍稀物种未犬”的字样。

我心底咯噔一下，小声将文字念出来：“因搬家，将女儿养的狗送到了乡下老家，谁知第二天它又自己跑了回来。这狗本身长相丑陋而奇怪，不知道是什么品种，没有人收养，只好背着女儿偷偷丢到了郊外，可是没想到三天后它回来了，而且是回到了我们的新家。奇怪的是，我们之前根本没有把这只狗带到过这里，它是怎么知道我们搬家后的地址的……”

我急忙往下翻页，注意到这位张女士留的新家地址就在附近。我二话没说系上安全带，打开导航，在王某疑惑的眼神中朝那个小区驶去。

我按照登记的地址按响张女士家的门铃，不多时，就见一个浓妆艳抹的女人裹着皮草开了门。我说明来意，那中年女人便不耐烦地摆手让我们进门，还不忘叮嘱我们戴上鞋套。

“哎哟，那狗啊，是我女儿之前不知道在哪里捡的土狗，丑不拉几的，估计是刚生下来，发育不良，刚开始只有巴掌大小，我女儿硬是拿奶粉给养活了。可我们这不是搬家吗，再加上我和丈夫准备要个孩子，才想着把它送走的。但是不管怎么丢，它都能顺利找回来，我们都没带它来过新家，它也不知道我们住在几层，这都能大晚上回来挠我新家的门，你说瘆人不？怕不是招惹了什么不干净的东西吧？”女人嗓音刺耳，叽叽喳喳地说道。

我环视一圈。这里是著名的高档楼盘，房子全是大面积复式，装修豪奢，地板锃亮，落地高窗，家具皆是上档次的艺术家品牌，但这屋子里还弥漫着一股新装修的刺鼻气味，让我不由得皱眉。

王某却背着手上下打量走廊墙壁上挂着的一幅后现代画作，不屑地摇摇头小声嘀咕：“这家伙的画还用得着买个赝品摆在这里，这家人真是没一点品位。”

我凑过去，才发现底部署名是个国外著名画家。

我没追问王某是否和那位艺术家有什么交集，而是探过去朝张女士开口：“您好？您说的土狗呢？”

张女士捏着鼻子，转身退出阳台：“哎，奇怪了，囡囡哪里去了？罗嫂，你见着囡囡了吗？”

保姆间传来回应：“她做完作业就出去了，说是去找皮皮。”

“这不听话的孩子！”张女士一跺脚，意识到我在看她，便没好气地对我说，“真是的，昨天我就给你们打电话了，一直也没等到你们回信，所以昨天晚上我就趁着囡囡睡觉，把那土狗丢到垃圾回收场了，想着那里流浪狗多，让它也好有个伴。”

张女士说着便披上外衣：“我去找囡囡，就先不招呼你们了啊。”

说着，便风风火火出了门。

我示意王某跟上去。

“我只知道导盲犬、寻回犬、警犬，未犬是什么？工作犬的一种吗？”

王某上车后问我。

我摇摇头，发动车子匀速跟在张女士后面：“严格来说它并不是犬类。它的体型比正常的小型犬还要小，长相奇异，鼻子颀长，双目凹陷，毛色青灰，正如张女士所说……丑陋。但因为也是四条腿行走而且一样有尾巴，所以才被人误认为是狗。但其实，未犬是一种异常珍稀的超级生物，在我国很少见。它的特点是忠诚。”

“忠诚？怎么说？”王某饶有兴致。

“它一生，只认一种气味。”我将车子停下，从后视镜里看向垃圾回收场门口的张女士，“未犬的生存不需要依靠任何的食物和水源，它通过嗅觉来获取能量。它出生时闻到的那个味道，便是它这一生汲取生命力的唯一来源。因此，不管未犬被丢到什么地方，它只要饿了，就会循着味道回到主人身边。”

王某眨眨眼：“那……这张女士不是要未犬的命吗？”

我攥紧了手中的方向盘：“人类大都自私，但凡是妨碍他们的东西，哪怕是珍贵脆弱的生命也都不会放过。我研究超级生物这么多年，这样的事情见得多了。”

王某偷偷瞥向我，咂了咂嘴道：“人类不是自私，而是胆怯。”

在张女士远远的叫骂声中，一个十岁左右的小姑娘被人从垃圾回收场送了出来，怀里还抱着一团柔软的生物。我这才收回目光点头回应王某：“嗯，或许是吧。”

大部分人类胆小怯懦，他们无法认同异类，那是因为他们的眼界根本无法让自己足够睿智自信到坦然接受异族。他们恐惧，颤抖，生怕有比他们更为高级的生物出现，夺走他们手中的一切，转而将他们踩在脚下。

可他们没想过，那些殊于大众的异类，不过是想有一方立足之地，像普通人一样活着而已。

就像那些无人在意的超级生物，大多渺小脆弱，只能躲在角落里偷偷存活。

我不敢说超级生物项目的研究最终能达到怎样的目的，产生怎样的影响，是否能让大众接受它们的存在，但我知道，这种事情总得有人做。

啪——

一记响亮的耳光打在脏兮兮的小女孩脸上，张女士一把拎起小姑娘怀里的“土狗”，狠心地朝远处扔去。

“不要！”我急忙下车，朝她们飞奔而去。

那弱小而无助的生命在空中划出一道完美的弧线，随即重重地摔在柏油马路上，发出沉闷的声响。

“皮皮！”小姑娘捂着自己红肿的脸颊，推开张女士朝马路中央跑去。

“你个小兔崽子！要不是看你爸有点臭钱，我怎么会同意跟他结婚？长得又矮又丑又离过婚，还带着你这么个拖油瓶……你给我回来！”张女士破口大骂，“这土狗脏兮兮的，身上都是病菌，让我怎么安心备孕！”

刺耳的喇叭声掩盖了张女士的聒噪。我惊恐抬头，就见不远处飞速驶来一辆货车。这条马路位于环线以外，路上尽是些货运和物流的大型车辆，车速快，这辆货车的驾驶员根本没有注意到此刻在马路中央的小姑娘和未犬，毫无刹车的意思。

“小心！”我歇斯底里地吼道，但距离过远，毫无作用。

嘶——

尖锐的刹车声震得我鼓膜生疼，我下意识闭上双眼，可在这样危险的刹那，却没有听到撞击的闷响。

我缓缓睁开眼，就见王某怀抱着小姑娘，稳稳停在我的面前。

“你……”我惊得说不出话来，无法想象这样夸张的距离和这样短暂的瞬间，王某究竟是怎么做到的。

王某喘着气放下小姑娘，随后艰难抬起身，恶狠狠地看向吓得一动不动的张女士，怒吼一声。

张女士闻声猛然脱力，双膝一软跪在地上。名贵的皮草沾上垃圾回收场的污渍，显得狼狈不堪。

“对不起。”王某轻声说，抬手擦掉面前小姑娘眼角的泪，“我来不及救它。”

我这才回过神，转身看去，那躺在马路中央的未犬已经倒在了血泊之中。

“妈妈不要我了，皮皮也不要我了……”小姑娘啜泣着扑进王某的怀里。

“等一下！”我上前盯着躺在马路中央的未犬，轻轻拿指腹检查它的伤势，随后震惊地看向王某，“它的肚子里……它怀孕了！”

我和王某火速将奄奄一息的未犬带回惊人院，在小徐不满的“我是药剂师，我不是兽医，我不负责接生”的抱怨中，将未犬送上了手术台。

一小时过后，小徐褪下血淋淋的橡胶手套，取下口罩走出实验室，一屁股瘫在沙发里："失血过多，在送来的路上就已经咽了气。但好在小的保住了，两只。"

我悬着的心这才放下。

"喂，哎，您到了？好的，我去接您。"王某挂断电话，轻轻拍了拍靠在他身上熟睡的小姑娘的脸，"你爸爸来接你了。"

"皮皮……"小姑娘睡眼惺忪，眼角还挂着泪。

我已经套上了无菌服，确保自己的气味不会外泄，这才从培植箱里将其中一只幼小的未犬捧在手心，轻轻放在了小姑娘的怀里。毛茸茸的未犬钻入小姑娘的怀里，用力嗅了嗅，随后便安心睡下。

"从现在开始，你就是它的主人了。"我拍了拍小姑娘的脑袋，"这次，你可一定要保护好它。"

"皮皮……"小姑娘小心将未犬捧在心口。

"对，事情大概就是这样，当时垃圾回收场的监控视频也发您手机里了，如果您要打离婚官司，应该也用得上……"王某的声音再度传来，只见他和一位陌生男子从电梯走出来。男人见到小姑娘，便一把丢下手中的公文包，牢牢将她拥入怀中。

"对不起囡囡，是爸爸不好……"

我疑惑地看向王某，小声问道："张女士呢？"

王某耸耸肩，一脸事不关己地说道："谁知道呢，没准儿……还在那里跪着呢。"

我瞪了他一眼。

送走了父女俩，我走进院长的办公室，从衣架上拿了一件他最常穿的白大褂，转身步入实验室。

"所以……"王某隔着玻璃窗看向培植箱中另一只幼年未犬，"你要它认 X 当主人？”

我决然点头：“虽然这样有些不负责任，但……我实在想不出更好的办法。”

王某无所谓地摆摆手，拎起小徐的衣领把他带离了实验室。

我轻轻打开培植箱的盖子，将那团柔软的小生命温柔包裹在带着 X 气味的白大褂里。

名称：未犬

发现地：B 市某区国际公寓

简介：一种异常珍稀的超级生物，因体型比正常的小型犬还要小，长相奇异，鼻子颀长，双目凹陷，毛色青灰，同样用四条腿行走而且一样有尾巴，所以常被误认为是狗。未犬的生存不需要依靠任何食物和水源，而是通过嗅觉来获取能量。它出生时闻到的那个味道，便是它这一生汲取生命力的唯一来源。因此，不管未犬被丢到什么地方，它只要饿了，就会循着味道回到主人身边。

特点：一生只认一种气味为食

任何人，都不要轻易辜负别人的忠诚和信任。

No.017

千层皮

这大概是我这辈子第一次也是最后一次遛狗。

我裹在羽绒服里，用羊绒围巾将自己的脸遮住大半，手中的牵引绳随着未犬的脚步有节奏地摇摆。徐至魔展现了自己不为人知的绝活，拆了自己的毛线帽，给小未犬织了件毛衣，用以抵御严寒。我打了个喷嚏，沿着冷清的街巷堪堪跟上未犬的脚步。

我不知道王某为什么要给这只出生没几天的未犬起名叫“和平”，大抵在我的印象中，这样的名字只应该出现在草根文学男主人公的身上，而不是惊人院的宠物身上。

直到他一本正经地一手抱小爱，一手抱未犬，严肃地问我：“晓博士，这个世界最需要什么？”

“爱与和平……”徐至魔如是说。

我才恍然大悟。

我打了个哆嗦，加快脚步。

“和平”从出生到现在，一直靠院长的贴身衣物汲取养分，它成长迅速，不到一个星期便已经长到了吉娃娃的大小，只靠衣物的气味已经无法满足它的需求。因此，我和王某商议，尽早让“和平”去寻觅 X 的踪迹。毕竟，每多一天，院长便多一分遇到危险的可能。

临近年关，路旁的许多商铺都已经歇业，原本热闹的大街也变得安静异常。

“怎么了，和平？”

我停住脚步，只见未犬低头在围栏处猛嗅，似乎在判断方位。

“呜呜。”未犬发出低声的呜咽，随后猛然转身，朝围栏后面一个狭小的缝隙挤过去。

我拉紧手中的牵引绳，疑惑地抬头。

这是个废弃的小公园，娱乐设施陈旧，绿化单一，以前天气暖和的时候，偶尔还会有些大爷大妈来打太极；可是后来它对面的土地被征用，盖起了一座高档写字楼，嘈杂的施工噪声让这个小公园更加无人问津。

现如今看过去，满目萧索。

枯藤盘桓，荒草遍地，枝头最后一片枯叶还没来得及落下便已经被冰封。铁锈斑驳的旋转木马上蒙了一层薄薄的灰尘，老旧孤独的秋千在寒风中摇摆，落叶是光顾早已掉色的滑梯的唯一顾客，散落的纸屑被风无意卷到拐角，簇成一团相互取暖。

我疑惑着拨通了王某的手机：“喂，你查一下这个公园。”

对方似乎一直守在研究院，我话音刚落，就听见了电脑键盘的声响：“哎，的确有些可疑。石习生之前帮我黑进了市政监控，从视频录像来看这公园人迹罕至，但是西门在每天傍晚有同一批人出入。”

“看来他们新的窝点就在这里了。”我将耳机插入手机，随后两手攀着围栏小心翻入，跟在未犬的身后朝公园里走去。

王某似乎从听筒中听到了脚步声，于是急切开口：“喂，我说，你千万别擅自闯入啊，说好了这次只是佯装遛狗踩点的！”

“我知道。”我加快脚步，沿着公园的石子小路朝角落歪斜的铁皮房子走去，“但我得再缩小一下范围。”

“万一有危险怎么办？”王某语气陡转。

“放心，我有分寸。”我决绝挂断电话。

根据盖爷所说，这个地下组织据点四散，行踪诡谲，就算今天我踩点确认了院长所在，但他们万一再度转移，岂不又是功亏一篑。再者，我今天并不是空手而来，我隔着外衣将手覆在冰冷坚硬的枪柄上，这是尧尧前天在午饭时间偷偷交还给我的，说是那天怕我失去理智伤到自己才擅自没收的，由于它的子弹被我改装成了磁虫 var，所以思来想去，还是放在我这里最安全。

“和平”最终停下脚步，用长长的鼻尖抵了抵公园角落的铁皮小屋。

我后退一步，抬眼看去，才发现这是一栋报废了的“鬼屋”。

这种“鬼屋”在很多年前遍地开花，但凡是公园仿佛就一定要有这么一个设施。它内里铺设轨道，简易的电动滑轨车可承载两至三人。屋内空间用三合板分割成迂回的“Z”字形通道，两侧留出空距，用滑稽简陋的人偶骷髅或是蝙蝠蜘蛛来布置，配合灯光和音效，对乘坐人进行惊吓。也不知是从何时起，先进的球形巨幕和裸眼 4D 逐渐代替了这种无聊的“鬼屋”，紧张刺激的科技手段将这样简陋的“鬼屋”无情地碾压，使它逐渐消失在时代浪潮之中。

“呜呜……”未犬用前爪刨地，显得有些着急。

看来是这里没错了。我抱起“和平”，环顾四周，最终选择将它拴在远处过山车的售票亭里。这里暖和而安全，是个隐蔽的好地方。我关好门，孤身朝那铁皮房走去。

我拉开帷幕，确认了设备断电后才跳下轨道，沿着漆黑的通道朝里面走去。

沿路两侧散落着一些装饰用的道具，无非是一些人偶怪物，但废弃得久了，除了氧化和腐烂，有些甚至被人为毁坏，显得凌乱而扭曲。

空气中弥漫着霉腐的气味，我忍住咳嗽，放慢了脚步。

在黑暗中摸索行进，时间久了，眼睛适应了黑暗，于是便能看到隐藏在暗处的通道，应该是有人专门清理出来方便出入，我想也没想，便沿着那空出来的过道朝深处走去。

安静、诡异、迂狭、压抑。

我不确定自己究竟有没有找对地方，只能硬着头皮走下去。

嘀嗒！微弱却突兀的声响猛然响起，让我措手不及，打了个冷战。深呼吸后，我才意识到声音来源于我口袋里的手机，于是，我慌乱按下手机侧边关机键。

空间狭小，不论是手机光亮还是铃声都过于突兀，太容易暴露位置。

我屏气凝神，发现没有异常后才继续前进。

尽头拐角，一张破损的蛛网阻挡了我的脚步，我压低身子弯腰绕过，一手扶墙支撑身体的重量，却突然无意摸到了类似门把手的东西。

找到了！

我心中有数，孤身一人当然没把握潜入。我记下暗门的位置，准备转身退出，等王某他们来了再商讨援救计划。

可就在我转身的瞬间，我听到门里传来了说话的声音。

我蹲下身子，将耳朵贴在墙壁的暗门上。

“……你已经暴露，就算及时转移了位置，你能保证计划不被她发现吗？”

说话的是个女人，但由于距离较远而且隔着门板，内容听得不太清楚，只能从她的语气中听出焦灼和责备。

“好，就算你自认这个计划天衣无缝，可你知道，X 已经失踪近三个月了。”

我提了口气，迅速在脑海中思索比对这个女声，迫切想要知道她与失踪的 X 有什么关联。

“已经这么久了，我不敢保证 X 是不是已经猜到了你的目的，但他一定是发现了什么才会躲起来迟迟不现身的。况且，就算我等得起，上头可等不起。”

不对。这是个天大的矛盾。

按照盖爷偷拍的照片和未犬根据院长气味的追踪，X 一定就在这扇门的后面。可是，里面的女人却说 X 是躲起来的，那就说明院长根本不在他们手中，而他们与我一样，对院长的失踪毫无头绪。

那……出现在盖爷照片上、未犬找到的人会是谁？

除非……难道这个涉黑组织内部还划分不同的势力，囚禁盖爷和院长的与屋里的不是同一拨人？他们之间存在竞争关系，因此信息没有互通？

我冷汗直冒，双手开始不由自主地打战。可接下来，我又听到了熟悉却久远的声音：“放心，我已经做了手脚，逼他现身。”

这次的声音是个男人，沙哑、酸涩，声带仿佛被粗暴拉扯过，但语气和说话方式让我莫名感到熟悉。

女人的声音渐近：“你是说当年那个小姑娘吗？可你把她塞进惊人院，还给了她手枪，这么久了也没有任何动静……你确定她会相信你，怀疑晓是那场大火的元凶吗？”

尧尧？果然，尧尧进入惊人院并成为我的调查员，还有那信箱里的手枪和照片，如果没有错，应该都是这人设计的。他通过当年的事情，让尧尧误认为我和胡烁是造成她父母双亡的真凶，企图借尧尧之手铲除我和胡烁。

那么，这只能说明一个问题——当年富新大厦发生火灾的时候，里面的这个男人也在现场，不然，他不可能利用这个盲点欺骗尧尧。

难道……他是那时的黑衣人？

可是，他做这一切的目的不过是想得到 X 和关于他的资料，进而提取 X 的优质基因来制作优化人类的药物，又为何偏偏要置我于死地？

屋内的男声再度传来："不仅仅是枪，如果不是我提供门路，那小丫头怎么可能找得到打手去围堵她？还有银行抢劫、货车司机，我做的安排比你想象的要多……"

女人厉声打断："可你成功把X逼出来了吗？"

我心头一惊。

原来，银行劫匪、暗巷围堵，甚至是撞死未犬皮皮的那辆货车……全部只有一个目的，就是置我于危险之中，进而逼失踪的院长现身！

我不清楚屋内的男人究竟是谁，又是哪里来的信心，用我的性命当筹码来赌X。

听到这里，我便没有了继续待下去的意思，毕竟，营救院长才是我此次的目的。既然院长不在他们手上，面对这样的犯罪组织，我还是保全自身比较重要。我缓缓起身后退，却不小心踩到了身后的人偶模型，发出了清脆的声响。

"谁在外面？！"

完了。

我急忙摸出手枪，没有沿原路返回，而是侧身躲在了对面的拐角。

紧接着，暗门被人打开，杂乱的脚步声渐近，数不清究竟出来了几个人，我打开手枪的保险，平稳端着。

"你们几个去那边！"

话音刚落，一个黑影便从我眼前闪过。我下意识地抬腕开枪，高伏特的磁虫准确击中对方的肩膀，只听"刺啦"一声，对方身子一抖便被电晕在地。

我迅速将枪上膛，跨过那人的身体，躲在轨道的另一侧，从死角循着暗门的光源射击。

"这边！"

又一人应声倒地，我急忙后退转移。

杂乱的脚步声让我无法判断方向，远离暗门，在黑暗中射击，我无法保证准确度，只好四顾寻找可以逃离的出口，同时沿着轨道后退。

可谁知道，对方并没有乘胜追击，整个“鬼屋”突然恢复了平静，仿佛刚才的激战只是幻象而已。

可下一秒，我才意识到事情的可怕。

“呜啊啊啊啊啊啊——”

伴随一声凄厉的叫声，“鬼屋”的音响突然炸裂，红绿色的光芒打在我的脸上，我脚下一软，被启动的锁链绊倒。

他们……竟然打开了“鬼屋”的电源！

一时间，各种鬼哭狼嚎、机械摇摆的“幽灵”从我头顶掠过。我努力撑着身子站起，刚要往入口逃离，却突然听见前方黑暗处传来巨响。

这声音……糟糕！那是滑轨车的声音！

而且从轰鸣的噪声判断，那电轨车的速度极快，应该是被他们故意调整的。我身处的位置位于“鬼屋”末端，两侧没有装饰，只有画满妖魔的石墙。轨道狭窄，两侧无处藏身，我只能站在轨道上。如果我不尽快逃离，那么不出所料，我会被飞速驶来的电轨车撞到。

千钧一发，此时我无法往入口跑，因为电轨车已经拐了过来；迎面跑过去，我的速度根本无法让我抵达足以侧身的空间。我只好掉头，迅速朝出口飞奔而去。

我从来不知道，这样的游乐电轨车竟然能达到如此夸张的速度。

我刚跑了两步，就听到车子驶来的巨响，离我不过十米距离。

完了，这下可真的是无处可逃。

我已经开始计算以我奔跑的速度能抵消多少撞击的力度，会不会造成骨折；如果摔倒，以电轨车的重量又会不会被碾压致死。牛鬼蛇神，魑魅魍魉，零星的“鬼火”仿佛在庆贺，脚底喷射的白雾如缭绕瘴气，暗红色纱幔的背后无数闪烁的人影，仿佛都在手拉手迎接我的死亡。

车子已经到了我的身后，我几乎已经能感受到脚后跟被施加的重量。

“手给我！”

突然，头顶洒下一道刺眼的光亮，“鬼屋”铁皮房的屋顶被人撬开，一下子照亮我的四周。我下意识地抬起一只手，竟然真的被温暖的掌心准确接过，紧接着，对方发力，一把将我整个身子拉了起来。

这感觉如同即将溺亡的人，抓到了得以挣脱深水囚笼的浮木。

脚下呼啸而过的电轨车将我的一只鞋子撞落，碾压在冰冷的铁轨上。

我被人用力拉上来，从撬开的缝隙中钻出，跪在屋顶大口喘气。突然的光亮让长时间身处黑暗的我无法睁眼，只能瘫坐在原地发抖。

忽然，眼前一暗。高大的身影挡在我的面前，我缓缓抬头，只见金色的阳光在他的身上镀上一圈光芒，那熟悉而灿烂的笑容不由分说闯入我的瞳孔。

我怔住。

在我面前的不是别人，是他，这世上独一无二的他。我只感觉阵阵眩晕，仿佛周身一切都在动荡，我浮浮沉沉，他是我手中唯一的浮木。

寒风吹过，一片冰冷的雪花跌在我的鼻尖，让我恍然回过神来。仿佛之前几个月以来的黑暗与动荡都是一场跌宕的旧梦，我不过刚刚醒来。

“我回来了。”

“嗷呜！”未犬的叫声将目瞪口呆的我唤醒，我这才发现，X 手里正牵着“和平”的狗绳。

“要不是这家伙挣脱绳索来找我，我还不知道你也在这里。”他弯腰抱起未犬，“和平”贪婪地钻入他的怀里，淹没在他的气息之中，“我在这里埋伏了两天，没想到你也追到这里来了，看来你应该也调查到了什么……先不说这些，我们得赶紧离开。”

我一把拍掉他伸过来的手，径自掠过他，攀着屋顶边沿的梯子迅速撤离。

我快步朝公园后门走去，刚才丢了一只鞋，却丝毫不影响我前进的速度，脚底钻心的痛根本无法填平我此刻内心的创口。在一片飞雪中，我踉跄着远离身后的他，仿佛这几个月来苦苦寻觅他的那个人根本不是我。

眼角的泪水不受控制地滑落，也不知是眼前的飘雪迷了眼，还是彻骨的冷风太过尖锐。我像个胆小鬼一样，只知道逃。

“等等！”我的手腕被人抓住，X追上来将我逼停，随后用力一扯，我便被他凌空抱起。

“你的脚受伤了。”

我这才发现，脚下的棉袜早已被撕裂，在刚才的撞击中划破了长长的口子，血流如注。

“放开我。”我躲闪着他的目光，抬手狠狠捶他胸口。

“我的错，我的错……回去之后再向你解释好吗？”他不由分说，将我箍得更紧了。

“在那里！”

身后忽然传来异响，那组织的人转眼已经追了出来。只听X不满地咂一声嘴，就低头在我耳边轻声道：“抓紧了。”

他抱起我，猛然加快脚步。

砰！清晰的枪声响起，即便是加了消音器，也仍旧让我胆战心惊。

“还没到吗？”X仿佛自言自语般，朝右侧的石子路看去。

“到了！”

摩托车的轰鸣阻断了我的思索，只见一名壮硕的男人骑着摩托车载着王某从小路冲了出来，挡住了那些人的去路。

我清晰听见X安心地叹了口气。

那个骑摩托的男人……就是小徐之前说的，王某认识的社会上混的文身大哥？

“他们只有两个人……”我有些不安。

可X却挑眉，丝毫没有停下脚步：“足够了。”

虽然我知道王某有些奇奇怪怪的招数，但毕竟对方是穷凶极恶的犯罪团伙，手里有怎样的武器根本是个未知数。不过听身后传来王某的怪叫，我侧眼从X的肩头看过去，却发现对方已经躺倒一片。

“啊呀，吓死人了……我的妈呀。”王某一手捂着耳朵，一手夺过对方手中的武器，狠狠地用枪托敲在那人的脑袋上。

一边嚷嚷着好可怕，一边面无表情打人的，这世上恐怕只有王某了。

让我没想到的是，那个骑摩托的男人更能打，轻松一挥手就把四五个人撂倒了。

“这里！”

喇叭声吸引了我的注意力，我回过头，才发现路边停着熟悉的面包车。而盖爷坐在驾驶座，正摇下窗户冲我们招手。

拉开车门，X把我安置在后座，这才坐上副驾驶座：“警察什么时候到？”

盖爷迅速发动车子：“马上，来的路上我已经报警了。”

“希望这次能一网打尽才好……”X眉头紧蹙，重重叹了口气。

“好了，伤口不深，但是有软组织挫伤，静养为好。”小徐帮我包扎好脚上的伤口，这才转身看向站在对面的X，“那个……院长，好久不见。”

X从深思中回过神来，露出熟悉的笑脸冲小徐摆摆手：“还记得我啊，看来这次没有再因为试药而失忆。”

“哎哟，你们也不等等我，跑得真够快的……”自动门弹开，王某抱着“和平”慵懒地走了进来，却不见那个骑摩托的黑衣男人。

“嗷呜！”未犬跳出王某的臂弯扑向X，院长抱起它后急忙开口：“怎么样？”

王某撇嘴摇摇头：“这个窝点倒是给端了，但没抓到核心成员，只剩那些被打趴的喽啰。”

这么说，暗门里说话的男人和女人都没有被抓到。

盖爷远远站着，听王某这么说也没发脾气，倒是镇定地双手抱臂，警惕地盯着X。

“喂喂，您别用看罪犯的眼神看我呀……”X有些汗颜，“我真的没有恶意，毕竟，我还是惊人院的总负责人，我不是也第一时间通知您，让您报警了吗？”

盖爷没说话，而是转向我，语气不善：“这个人确定就是院长吗？”

我没好气地点头。

“那个超级生物……X？”盖爷还嫌不明确，再次补充。

我轻哼，确认点头。

“可是他的脸……”盖爷疑惑地指了指X完好无损的脸颊。

没错。从盖爷之前拍的照片来看，院长的左半边脸颊应该是布满了丑陋的伤疤才对。可是现在，他的脸没有任何问题，光洁如初。

“你是用了千层皮吧？”我接过盖爷的疑问推断道，“有种叫千层皮的超级生物，手指般粗细，和定期蜕皮的蛇一样，每过一段时间都会褪下一层完整的皮。这褪下的皮和人类皮肤的成分相同，同时具有很高的融合度，因此可以修补疤痕，用作植皮手术。”

盖爷这才放心地点头。

“什么？”

倒是X的反应让我摸不着头脑：“你们在说什么？我的脸怎么了？”他疑惑地看了看我，又看了看盖爷，一脸不解，“千层皮不是一直在第三培植中心吗？我之前几个月一直在M国，压根儿就没回来过，怎么会用得着那个？”

我呼吸一窒。

这么说……盖爷照片上的男人根本不是院长。

是他？！

不可能……我两眼一黑，从极度的欣喜与失而复得之中，瞬间跌落谷底。

名称：千层皮
发现地：惊人院的老槐树上

简介：形如水蛭，手指般粗细，颜色与人类皮肤一致。和定期蜕皮的蛇一样，每过一段时间都会褪下一层完整的皮。它褪下的皮和人类皮肤的成分相同，同时具有很高的融合度，因此可以修补疤痕，用作植皮手术。但由于无法和人类组织共生，因此有效期较短，需要不定时更换。

特点：皮有千层，永褪不尽
整容有风险，植皮需谨慎。

No.018

食盗

壁炉中的火焰无声摇曳着，仿佛落地窗外的冰天雪地与我们没有丝毫关系。

人总会在喧嚣中感受到孤独，不因什么事，也不因什么人，只是你刚好坐在这盛世的狂欢中，而你想念的人恰巧离你有些远而已。

“晓博士！你也来唱一首嘛！”尧尧举着话筒凑到我身旁，突然的靠近让音响传出尖锐的啸叫，我不得不将目光从窗沿的落雪中移回来，迎上尧尧红润的脸颊。

“你是不是喝太多了……”我推开几乎要戳进我嘴里的话筒，转头瞪了瞪正在点歌机前犹豫的院长，“我说你，是不是灌她酒了？”

X耸耸肩，指了指沙发上正铆着劲儿划拳的王某和小徐，举起手里的话筒辩解道：“是他俩灌的，跟我可没关系。不过毕竟是聚会嘛，大家开心点是应该的。”

我重重叹了口气：“你说你很久没见大家了想聚一聚，OK，吃顿饭还不够吗？现在又是什么情况？KTV包房时间还剩半个小时，一会儿你是不是还要转场？”

院长还没来得及回答我的质问，就被歌曲的前奏打断：“啊，这是我的歌！”

尧尧闻声急忙将话筒递过去：“下面有请，我们惊人院最神秘的院长带来他的经典曲目——”

“女孩子家不要喝那么多酒。”盖爷起身帮忙递话筒。

尧尧吐了吐舌头：“您这要不是身上伤还没好，喝的肯定比我多！”

说着，尧尧又开了瓶啤酒凑过去。

虽然成为人类不过五年时间，但X凭借良好的学习能力，基本的为人处世之道早早就掌握了。我满脸怨念地盯着专心唱歌的院长的背影，把一肚子快要冒出来的问题重新吞了回去。

王某早就喝得神志不清，已经开始和徐至魔讨论哲学问题，我自然无法从他口中问出什么有价值的事情；盖爷虽然没喝酒，但从始至终一直拧着眉头，游离在聚会的热闹之外，似乎和我一样处在巨大的疑惑之中；尧尧举着酒杯和接线员三三，还有前台几个小姑娘凑在一起自拍，完全沉浸在聚会的欢乐氛围里；X却仿佛是故意在躲避我的疑问，刚回来就吵着很久没见大家，迅速组了个局，至今没和我说过一句完整的话。

他究竟想隐瞒什么？

他失踪了几个月的时间，只是去了趟M国这么简单？他去M国干什么？又是为了躲避谁？为什么要隐匿自己的行踪并切断一切联系？他埋伏在废弃公园捣毁那个涉黑组织的据点又是为了什么？胡烁眼下可能还活着，他是不是早就知道？

我在黑暗中打了个哆嗦，意识到这一切或许才刚刚开始。

一片狂欢之中，只有石习生远远坐着玩手机。屏幕的光源映在他仅露出的双眼上，看不清究竟是睁着还是睡着了。黑色的口罩隐藏了他原本的表情，再加上他黑灰色的连帽衫，整个人都成功躲在阴影中，不仔细看根本注意不到。

我无奈起身，朝他的位置凑过去。

“那个……”我随手倒了杯酒递给他，“之前的照片是你发给我的吧？还有那个匿名电话？”

对方缓缓抬起头，取下耳机，用那细长的双眼疑惑地盯着我。

我只好再次重复我的问题。

他没有直接回答我，只是慵懒地点了点头。

我追问道：“所以，我想问问你，盖爷的手机里，除了那张照片外，还有什么其他的信息？”

石习生看了我一眼，重新把耳机戴上，似乎并没有要搭理我的意思。

我有些泄气：“你应该知道的，照片上的人不是院长，而是另一个对我非常重要的人……我现在非常担心他的安危，所以，你如果知道些什么，请务必告诉我好吗？”

石习生轻轻叹了口气，抬手把连帽衫的帽子戴在头上，似乎在我俩之间支起了更加厚重的屏障。

“你应该知道院长不是人类吧？”我没有放弃，“你既然愿意帮我把王某删除的照片恢复并发送给我，那么自然知晓 X 的身份和他所面临的危险，所以，如果那些人把胡烁当成了 X，那么胡烁的安危……”

“你是真的不明白吗？”

石习生终于开口，只不过声音隔着口罩有些听不清楚：“你就没有想过，当年富新大厦的火，究竟是怎么烧起来的？”

我愣住了。

还没等我想明白，他便继续问道：“关于那奇怪的枪声，盖爷为什么要对你说谎？”

我这次终于跟上了他的思维：“你怎么能肯定，开枪的事是盖爷说了谎，而不是尧尧？”

话音刚落，我便意识到了自己的愚蠢。

“你……难道看过那里的监控视频？”我死死盯着他，仿佛他就是所有谜题的终结者。

当年大火烧毁了办公室所有的线路，就连监控记录都不复存在，因此事故调查的时候并没有找到任何关于那声枪响的记录。石习生私自恢复过大厦的监控数据，那么他又是为了什么？

“这是我的工作。”石习生点亮手机屏幕，回归自己的世界，“是院长后来让我帮忙恢复的，至于为什么，你应该问他才对。”

“可是……”

“我是透明的。”石习生打断我的质疑，“每天，不管是有意还是无意，都会有大量的信息和秘密从我眼前的屏幕里流通，如果所有的事情我都要去掺上一脚，那么我自己的人生就不复存在了。”

在最后一曲的欢唱中，他戴好耳机，起身率先离开了KTV包房。

“啊，晚饭吃得太多了，又喝了好多酒，根本挪不动步子了。”尧尧一边抱怨着，一边伸手拦出租车。

盖爷也径自离开，徐至魔坐在地上直打嗝，王某拨了电话也不知找谁来接他。人群三三两两散去，踏着深夜的积雪消失在繁华的市区。

我把手缩在口袋里，等待还在屋里结账的院长。

“晓博士，真羡慕你，怎么吃都吃不胖！”尧尧见我落单，便凑过来戳了戳我的肩膀，“不像我，喝口水都长胖！”

“那是体质的原因，只要调理改变自己的体质，就能轻松瘦下来！”

接话的不是我，而是一个陌生的声音。

我和尧尧同时回头，就看见一张职业的笑脸。还没等我开口，对方便已经将手里的名片递了过来：“轻松瘦，不同于一般的减肥药，不腹泻，不运动，不节食，通过调理身体结构，轻松做到怎么吃都吃不胖！”

现在的推销都是这么直接吗？

“不需要。”我把名片还给对方，却又被尧尧一把夺过来：“哎？真的吗？”

我有些无奈："什么真的假的，路边发小广告的你都信？"

"这位美女，你这话就不对了！"打着领结的推销员一本正经地摇头，"你又没有尝试过，怎么知道我们轻松瘦是假的？我们如今已经帮助上万名肥胖者迎来了新生，减去肥肉，走向人生巅峰！"

"走走走。"我拉起尧尧转身离开，可她却仔仔细细地把名片收到了口袋里。

"哎……名片上有我们轻松瘦的网址，美女，一定要来试一下啊……"

好不容易把尧尧塞进出租车，我这才松了口气。这姑娘哪里都好，就是脑子不太好使，太容易掉进奇奇怪怪的陷阱里。

等我回过神来，才发现原来人都已经走光了。

"啊，这天儿可真冷。"X结了账走出自动门，冲我招了招手。

我没好气地瞥了他一眼："你什么意思？"

"嗯？怎么了？没吃饱吗？还是说没有尽兴？要不我们去吃夜宵啊？"他倒是像个没事人，伸出手自然而然将我忘在KTV的帽子戴在我头上。

"行，"我后退一步伸手打车，"有什么事咱们回去说。"

"哎，你别生气啊……"X急忙解释，"我不是想着，热闹热闹，好让你开心点嘛！"

"你明知道我最讨厌热闹。"我决然坐上出租车，顺手带上车门。

无奈，他只好灰溜溜地坐到了前排去。

不就是耐心吗？行，我都等了几个月了，还差这几个小时不成？

回到家，我耐心地坐在沙发上，一动不动看着他洗漱、换衣、煮泡面，直到他坐在餐桌前吃完一整碗泡面和两个煮鸡蛋，开了罐干姜水，我才终于开口："现在可以说说，你这段时间究竟去哪里了吧？"

他却故意岔开话题："哎，你这新装修的房子还挺好看的，怎么突然想起来装修了？之前的风格不喜欢了吗？"

我忍住怒火："人总要向前看，这不是你之前总说的吗？毕竟，胡烁已经走了五年了，关于他的痕迹，也是时候从我的人生里退出了不是吗？"

我话里有话，就看他如何接。

他面露难色，坐立不安，站起身用手敲了敲我新换的餐桌："不是……那个，那时候你整个人都沉浸在巨大的悲痛之中，我这么说不是为了鼓励你吗，但是……但是我也没让你彻底告别过去啊……"

"怎么，你的意思是，我这告别有些为时过早？"我靠在沙发上，双手抱在胸前，挑衅般盯着他。

他欲言又止，抓耳挠腮半天绕到我的身后，伸出手捏在我的肩膀上："哎呀，是我表述不清，我不是这个意思……这段时间辛苦你啦，来，我帮你按按肩膀。"

"走开。"我一把打掉他的手，转身盯着他，"胡烁是不是没有死？"

他想了想，点头："可以这么说。"

"你是什么时候知道的？"我步步紧逼。

他苦笑着后退，下意识举起双手："我……我也是才知道，真的！"

"你去M国干什么了？怎么不告诉我？还有，为什么要隐藏自己的行踪？"我把X逼到墙角，头顶惨白的灯光打在他脸上，让他看起来无辜又无助。

X一脸纠结："我是真的有事情要调查，同时，隐匿行踪也是为了躲避那些人的追踪。"

"你去M国能调查什么事情？调查我吗？"我没好气地怼回去。

"啧，还真是。"谁知他一脸坦然，大方承认。

"给你三分钟，给我解释清楚。"我退回到餐桌旁，坐下喝了口手边打开的干姜水。

X悻悻地从墙角出来，老老实实坐在沙发上："我去M国和胡烁的生死，这两件事，你只能选一个。”

竟然到了现在还跟我谈条件？！我有些生气，可看着他有些凹陷的脸颊又有些于心不忍，我不知道这些日子他身上都发生了什么，为了躲避那些人的追踪又经历了什么样的磨难。

“胡烁吧。”我轻轻开口。

谁知他的双眼竟闪过一丝失落，低头自言自语道：“五年了，你还是选他。”

我刚要辩解，他却释然一笑，露出了他原本灿烂而温暖的笑容：“也对，毕竟这件事更加紧迫一些。”

我张张嘴，却没有发声，终究把我曾经试图将胡烁和我的婚戒丢掉这件事藏在了心底。

X 端起我面前的干姜水，轻轻抿了一口，终于开始解释：“如果胡烁当年的死亡只是一个为了激活我而设的阴谋，你还会不会对他念念不忘？”

激活？！

这个熟悉而陌生的词汇，让我浑身战栗。

“你知道吗，不是在你跌入黑暗的时候我恰巧出现，而是那个时候你恰巧需要我。”他顿了顿，说出了让我更加疑惑的话。

我还没理顺思路，他便继续说道：“身为超级生物 X，我可以任意改变自己的形态，以任何生物的样子活下去，但正常情况下是唯独无法变成人类的。”

我点头：“我当然知道。”

他看了看我，随后低下头盯着餐桌上的烛台：“但也有特殊情况。”

曾经的我一直认为，X 在胡烁死后变成他的样子，以人类的身份活下去，都是上天冥冥中无意的安排。可如今，我却异常期待他接下来的话，试图将整件事从宿命的轮回中剖离，让它有更加合理科学的解释。

“我需要被一个人激活，”他一字一句说道，“只有被你激活，我才能顺利变成……变成你最爱的人的模样，获得人类的身体。”

“我？”我不解，“是，当初的确是我利用胡烁留给我的资料对你进行各种实验，试图让你变成人类的形态，可你说的激活，和最爱的人……又是什么意思？”

他没有直接回答我：“而我能够被你激活的唯一条件就是，你需要目睹你最爱的人……死亡。”

我怔住。

“这世上除了我，其实还有其他的 X 存在。”他没有给我喘息和思考的时间，继续说道，“但我们都一样，我们这个物种只有被失去过爱人的人激活，才能变成人类的模样，而且我们无法选择，只能变成激活者爱人的样子。也正是因为如此，世间才不会乱套，我们得以用亡者的身份活下去。”

信息量太大，我一时间绕不过来：“你是说，这世上除了你，还有其他的 X？”

他点头：“没错，但据我调查和统计，数量少之又少，而像我一样被激活变成人类模样的，更是屈指可数。”

我摇头：“你从哪里得来的数据？这世上研究超级生物的人，除了我和胡烁外才是少之又少。”

“就是胡烁。”

我无话可说：“什么时候？”

“四年前。”

我愣了愣：“就是说……你刚变成人类没多久的时候就知道了？”

他没有否认：“是我变成人类成立惊人院后，让石习生帮我恢复了火灾后胡烁电脑里被他删除的数据，我才知道的。我之所以要继续胡烁的项目，找到王某让他资助建立惊人院，就是因为要调查这件事。因为我需要被激活，而激活人是你，而你又恰巧在富新大厦的火灾中目睹了胡烁的死亡，这一切都太巧合了，仿佛整件事就是为了让我成功变成人类。关键的一点就是，这世上知道如何把我变成人类的，就只有胡烁一个人。”

我手一抖，干姜水倾洒在桌面上：“你一直都瞒着我？！”

“你的重点是不是错了……”X欲哭无泪，“只有胡烁的电脑里记录了如何激活我，而紧接着我就被你激活了……你还不明白吗？”

我呼吸一窒，感觉有一团浊气堵在胸口：“你的意思是，你……是一个实验？”

他终于长舒一口气：“你总算明白过来了……没错，我的意思就是，我变成人类这件事就是胡烁做的一个实验。五年前，他和黑衣人联手制造了富新大厦的火灾，利用并不危险的尾火造成爆炸，假死，但还是不慎在脸上留下了烧伤的疤痕，为的就是让你目睹他的死亡，让你满足激活我的条件。之后，他便躲在暗处观察，看失去了挚爱的你究竟能不能把我激活，让我顺利变成他的样子。”

“不可能！”我猛然站起身，“虽然他一生都在研究超级生物，但他不可能这样无情地对我！只是为了一个实验，他就宁愿假死，让我如此痛苦，牺牲掉我俩的感情吗？”

X缓缓上前，两手扶着我颤抖的肩膀：“如果说，这个实验是有目的的呢？”

我没说话。

“如果这个目的，大到足以让他放弃你呢？”

我不停地摇头。

“如果这个目的，又恰巧和那个涉黑组织一致呢？”

X的话击碎了我最后的希望。我恍惚想起胡烁曾经信誓旦旦地说着要将人类基因优化改造时的情景，如果 X 说的是真的，那么在背后一手操控那个涉黑组织进行实验的人，就是盖爷拍到的脸上有疤痕的胡烁。

他制造这一切，就是为了让 X 顺利变成人类的模样，这样才能从 X 的身上获取他想要得到的更加优秀的基因，从而制造出优化人类的药物，以谋取背后更大的利益……

不可能!

我一把推开 X，把自己关进房间。

“那个……因为我现在处境比较危险，毕竟那些人还在四处抓捕我。安全起见，我去王某那里住了。”他在门上轻轻敲了敲，便随着一声轻微的叹息，消失得了无踪迹。

直到今天我才发现，自己原来根本就不了解胡烁。

我原以为，自己掌握了所有我们两人对超级生物的研究成果，但直到现在我才知晓，关于 X 这个物种的全部资料，当年他根本没有与我共享。这背后的原因，除了 X 说的胡烁想把我变成激活人外，我根本想不出其他的可能。

如果照这个思路理下去，盖爷那天说谎也有了更加合理的解释——

盖爷并不是来找胡烁报救命之恩的，而是他知道胡烁才是背后黑手，接近我，接近惊人院，只是为了抓捕胡烁。

我不敢继续想下去了，因为我害怕这一切都是真的。

我整个人都浑浑噩噩，不记得自己是怎么一早来到惊人院的。我愣愣地坐在办公室电脑前，盯着屏幕上从院长那里要来的胡烁电脑里修复的隐藏报告，眼眶有些发烫。

名称：X

简介：拥有超长寿命和更加优秀的适应能力及学习能力，可以变成任意物种的形态，唯独不能变成人类。而变成人类的唯一条件是，被目睹爱人死亡的人激活，并且无法选择样貌，只能变成激活者爱人生前的模样。

我昨天辗转一夜未眠，整理了自己全部的疑惑。

这件事尚未有定论，我相信背后一定另有隐情。

如果说胡烁从一开始和我进行超级生物的研究就是为了激活X，那么在X被我成功变成他的模样之后，他就应该立即派人将X抓回去进行药物开发才是。记得我在“鬼屋”偷听到那个涉黑组织已经对抓捕X这件事失去了等待的耐心，那他们又为何会让X在惊人院相安无事地当了这么几年的院长，直到最近才开始对他进行追捕？这中间几年莫名其妙的空当是怎么回事？

除此之外，更让我感到疑惑的是，胡烁究竟是怎么知道将X变成人类的方法的？

胡烁在遇到我之前……究竟经历过什么？

我摇摇头，把研究报告保存提交：“尧尧，把更新的研究报告归档吧。”

没有回应。

奇怪，我侧身看过去，才发现尧尧不在自己的座位上。明明早上还看见她了，怎么一转眼就不见了？

我正疑惑，就听见咔嚓咔嚓的声响。

我转身看去，才发现尧尧站在茶水间正低头吃着一大包薯片。

“喂，你不怕发胖了吗？”我没好气地走过去。

尧尧没理会我，而是双目发光，不停地往自己嘴里塞薯片，片刻便将一大包薯片吃了个干净。这还不够，她转身从储物柜里寻找更多的食物，甚至把我前天打包忘记吃的三明治给吞了下去。我有些奇怪，上前拉她，却被她一把推开，稍不留神，她转身就蹲在小爱的饭盆前，抓起猫粮就往嘴里塞。

“你疯了？”我急忙抓住她的手腕。

“饿……晓博士，我……我太饿了！”尧尧死死盯着手里的猫粮，努力挣脱我。

难道？！

我一把拉住她，同时招呼其他的研究员帮我按住尧尧：“喂，你到底怎么回事！”

尧尧一脸痛苦：“我也不知道啊……我就是……就是吃了轻松瘦，然后就变得特别容易饿，从早上到现在我都已经吃了五顿饭了，可我就是控制不住地饿啊……”

我脸色大变，转身从尧尧的包里翻出一盒奇怪的红色胶囊，二话没说将胶囊拆开，将里面的东西倒出来。众人围上来一看，才意识到这里面究竟是什么。

胶囊里，一团白色的物体掉落在实验台上，看起来软绵绵的。我用烧杯将它扣住，放入培植箱内加热，瞬间，那白色的肉团变成了一只手指粗细的虫子，有口无肛，正在疯狂扭动着。

“食盗！”

尧尧饿得发慌，还不忘追问我：“食盗是什么东西？那不是减肥药吗？”

“食盗是一种类似蛔虫的寄生虫，存活在人类的胃袋中，把人类所有吃下的食物都吞进肚子。别看它这么小，可是能吃下比它自己大百倍的食物。”我匆忙解释。

“完了完了，怪不得我这么饿……原来吃下去的东西都被它给偷走了！”尧尧欲哭无泪，“怎么办啊晓博士，我……我快要饿死了！”

我脸一沉，拨通了桌子上的座机：“喂，小徐，你那里有洗胃的设备吗？”

看着众人押着尧尧前往小徐的办公室，我这才从尧尧的包里翻出了那个奇怪推销员的名片。我按照上面的网址登录，发现轻松瘦竟然是个异常畅销的减肥药品，销售记录已上万，并且它价格不菲，还需要按疗程服用。

我不敢想这背后究竟有多少爱美的人像尧尧一样中了招，只是死死地盯着这个奇怪的网址，拨通了石习生的电话。

因为，更让我震惊的是，这个网站除了轻松瘦，还在售卖其他诡异的商品。比如能让人发笑的茶叶、轻松吸引异性目光的喷剂、无痕修复疤痕的药膏……让我联想到笑叶、爱菌、千层皮。

我冷汗直冒。

这世上，能如此了解超级生物的习性，并且能以此谋利的，除了我之外，我不知道还会有谁。

但是，我只能祈祷不是他。

名称：食盗

发现地：直播网红大胃王的体内

简介：卵形似白色肉团，在温暖的环境中得以孵化。孵化后是手指粗细的虫子，有口无肛，是一种类似蛔虫的寄生虫，存活在人类的胃袋中，把人类所有吃下的食物都吞进肚子，甚至能吃下比它大百倍的食物。

特点：贪吃

爱美之心人皆有，减肥药不可乱吃，三无产品不可乱买，应通过合理健康的途径减肥。

No.019

仿声蛾

陈路青。

看到这个名字的时候，我暗自松了口气。

石习生解析了那个销售疑似超级生物制品网站的隐藏 IP 地址，查出了这家公司的经营许可证书，继而找到了它的注册信息。

这家网站的注册法人代表并不是胡烁，而是一个叫作陈路青的中年女人。

说实话，如果真的是胡烁在背后利用超级生物进行非法营利，我是无论如何也无法接受的。我无法面对这样的胡烁，无论是院长口中和涉黑组织共事的他，还是企图通过激活 X 优化人类基因的他，甚至是为了实验牺牲掉我们之间所有感情的他，这些都是虚假的，一切都是建立在没有任何事实证据的猜测之上，除非胡烁亲口承认，否则我绝不相信。

可是，如果事实不是这样，那他为何要以死告别我的人生，躲着我不见？

“还有什么问题吗？”

石习生有些不耐烦地敲了敲鼠标，让陷入沉思的我及时回过神。我用手机拍下电脑里的注册信息，道了谢就准备离开。

“哦，对了，”我停下脚步，转身看着已经把屏幕切回少女动漫的石习生，“按照这个网站的注册地址，你能找到那里的监控吗？”

“啧，这算加班吧？”石习生不满地嘟囔着，抬手切了个分屏出来，双手迅速敲击键盘，不多时就看到了清晰的监控视频。

我压低身子盯着屏幕，那是一家写字楼大厅的实时监控录像，人来人往的，根本没有任何有用信息。

“只能到大厅吗？能找到这个陈路青办公室的监控吗？”我不懈追问。不知为什么，我总觉得“陈路青”这个名字有些莫名地眼熟，但我又一时间想不起来曾经在哪里见到过。

石习生拔掉耳机瞥了我一眼：“我说，你真以为这就是动动手指那么简单的事情吗？这个网站填写的注册地址根本就是假的，我是分析了网站服务器三个月以来的全部流量，捕捉到了这个最常登录用户的IP地址，才找到这个网站背后可能的实际操控者所在大厦的监控的。”

我讪讪点头，要过陈路青所在大厦的地址，就急忙逃离了散发着宅男气息的第二培植中心。

看来，想知道这个非法售卖超级生物制品的网站究竟和胡烁有没有关系，只能亲自去一趟了。

“在忙吗？”

我刚回到办公室准备拿外套出门，就被坐在我位置对面等我的人叫住。

是盖爷。

我下意识地将手机藏在身后。

“怎么了？有什么我可以帮你的？”盖爷站起身理了理衣领，低头看着我肩膀上的帆布包问道，“要出门？”

不知道为什么，自从得知胡烁还活着，我就仿佛在身上扎满了尖锐的利刺，任何认为胡烁和那个不法组织有关系的人都因此而无法靠近我。

我张牙舞爪，尽力设防，就好像全天下只剩我还相信胡烁是清白的。

盖爷似乎在我的眼中捕捉到了敌意，他笑着后退一步，给我留了足够的安全距离：“你别这样，我知道，之前骗了你是我不对，我不该在那样关键的事件上说谎。可是如果我不那样说，按照你生人勿近的性格，我是无法从你那里获取任何与胡烁相关的信息的。”

“那你就不惜把胡烁说成你的救命恩人，以此来获取我的信任？”我没好气地反驳，“实际上，你从一开始就是为了抓捕胡烁归案。”

盖爷似乎默认了。随即，他缓缓挽起袖子，露出了健硕的大臂。他指着那里一道明显的疤痕，抬眼看向我：“这道疤就是五年前富新大厦火难，胡烁开枪给我留下的。”

我别过头，仿佛只要不直面事实，就能继续自欺欺人下去。

“那天开枪的不是那个黑衣人，就像尧尧说的，的确是胡烁朝我开的枪。可是你知道的，我们那时所在的办公室狭窄而没有遮挡物，再加上如此近的距离，胡烁想要将我一枪毙命是轻而易举的事情。所以，你想过没有，他为什么只是打伤了我的手臂？”

我心尖一颤。

盖爷将袖子放下：“按照胡烁的计划，我是不该在那个时候出现在那里的。原本只需让黑衣人假意朝胡烁开枪，然后用尾火造成培植箱的爆炸，他就能完成在你面前死亡的假象。可是，在关键时刻，我却出现了，所以胡烁才会抢先在黑衣人之前朝我开枪，是因为他知道……”

“……他知道，如果是那个组织的黑衣人朝你开枪，你根本不可能活命。”我接过盖爷的话。

盖爷点头：“没错。一方面，胡烁是不希望无辜的我因此丧命；另一方面，胡烁需要我活着，把你救出火场。”

我低下头，盯着自己的脚尖苦笑：“所以呢，你的意思是胡烁他……归根结底是善良的？”

盖爷没有否认："最起码，他一定是有苦衷的。"

"可你还是要抓他，不是吗？"我故作轻松地耸耸肩。

"不，"盖爷摇头，"有时候，追查真相的目的不一定是将对方缉拿归案，而恰恰有可能是为了证明他的清白。"

我不是那么容易被说服的人。

我坐在面包车的副驾驶座上，将车窗拉下一丝缝隙，感受已逐渐回暖的空气。

有时候听人说话，不是要听他都说了些什么，而是该听他没说什么。

我瞥了眼专心开车的盖爷。在盖爷还没退休的时候，他一定曾经非常深入地了解过那个涉黑组织，了解他们的处事方式，了解他们的心狠手辣，甚至了解胡烁和那个组织究竟有怎样的瓜葛。如若不然，他是不会断定胡烁朝他开枪其实是为了救他的。

"怎么突然要来这种地方？"盖爷把车停在路边，瞥了眼闹市中心的高档写字楼。

我打开电脑，将石习生发来的地图拷贝到手机上。

"你在查什么？"

盖爷斜眼看过来。我这次没有阻拦，而是将那个网站打开递给他："是关于超级生物的事情，我就是想知道会不会和胡烁有关。这样的话，我说不定能找到胡烁在哪里。"

盖爷边看边摇头："如果我没有记错的话，关于超级生物的研究，国内好像只有你和胡烁在做吧？"

"所以我才觉得可疑。如此熟悉超级生物的习性，除了胡烁我想不到其他人。可奇怪的就是，剥离这家公司的假名字和假地址，它真正的法人代表却是个中年女人。这里，就是她办公的地方。"

"女人？"盖爷猛然看向我。

"怎么……"我有些奇怪。

一瞬间，我猛然想到了什么。而与此同时，盖爷似乎也发现了我手机屏幕上的注册文件。几乎是同时，我俩的目光齐刷刷聚焦在“陈路青”这个名字上。

“你之前在麻辣烫店地下被抓的时候，是不是见过这个女人？”我开口。

“你之前在‘鬼屋’偷听到的声音，是不是就是这个女人？”盖爷开口。

我俩的问题相撞，在车厢内留下静谧的空白。

我们谁也没有回答对方的问题。可如果我们所说的女人是同一个人，那么只能说明，这家销售超级生物制品的公司，正是那个涉黑组织。

“只有我们两个人……现在不是擅自闯进去的好时机。”盖爷终于开口。

“可如果这个写字楼正是那个组织的某个据点呢？胡烁……胡烁说不定就在那里！”我否认，然后拿起下载好大厦地图的手机打开车门。

盖爷追下车，一把将我拉住：“你别傻了！你忘记上次在‘鬼屋’有多危险了吗？”

想起那段惊险黑暗的记忆，我有些心悸，于是冷静下来，倚在车门上思索着。

“院长知道你在查这个吗？”

我摇摇头：“我今天没见到他。”

“先回去，把事情从头到尾捋一遍，做好计划再行动也不迟。”

我有些奇怪地看向他：“怎么，按照之前的经验，这个时候你不是应该先选择报警吗？”

盖爷眼角滑过一丝闪烁，支支吾吾道：“是，我承认，可是现在情况特殊……”

我突然看清了盖爷所有的隐瞒，恍然大悟般微微扬起下巴：“盖爷，我之前就觉得奇怪，你明明早就脱下了警服，现在这些事情说白了都和你没有任何关系。我调查它，是因为院长和胡烁，可你呢？”

盖爷没有说话。

我步步紧逼：“你潜入惊人院，甘心当一个看门的保安，就是为了追查胡烁和那个组织，甚至不惜身陷囹圄，哪怕被对方抓到施以重刑关押在麻辣烫店地下都没有放弃。更重要的是，之前不管找到了多么细微的线索，你都会毫不犹豫立即报警，就好像……好像是在将功补过一样。”

盖爷嘴角抽搐，张开嘴，愣了半晌，才终于点头：“是，我做这一切就是为了补偿。”

“补偿谁？”我压低了声音。

“补偿我自己。”盖爷坦然看向我，“没错，之前是我太过急于证明自己，才会不管找到什么蛛丝马迹就立即报警。”

我愣住：“这么说……你离开刑警大队不是因为什么心理阴影，而是……所以……你之前在那个组织当过卧底？！”

“我不是个合格的卧底。”盖爷低下头，顺手从口袋里摸出一支烟点上，“卧底了那么久的时间都没有把那个组织拿下，最后还和组织的人扯上关系，上头怀疑我，也是合情合理。”

我有些尴尬，甚至有些后悔：“所以，你急于收集证据报警，就是为了证明自己的清白……”

盖爷缓缓吐出一口白烟，仰面看向街角闪烁的红绿灯：“在我看来，这世上有两种人从不在乎别人的看法。一种是过于单纯，没有意识到别人异样的目光，像尧尧；另一种，则是过于自信，压根儿就没有把别人放在眼里，像王某。我着实佩服这两种人的生活态度，可我却做不到。”

“可现在……”

盖爷没让我开口，而是继续说下去：“现在我想明白了，也正是因为你们这些人，我才能看得通透。院长，身为异于常人的生物本就承受了许多不为人知的压力，可他还是不遗余力地去尽力生活，建立惊人院，成立超级生物项目，不就是在努力让这些和他同样不属于常人的生灵能够找到一个栖身的地方吗？连他都能摆脱这巨大的压力，我又在怕什么呢？”

原来，他不仅仅是我一个人的光。

我轻笑：“他啊……拥有这世上最孤独的灵魂，以一个异类的身份对这个世界感到陌生和疑惑，在巨大的痛苦中却选择毫不犹豫踏入这斑斓的世界，努力打磨自己的形状，却又感受不到这样做的意义。仿佛他只能尽力燃烧自己，给知道了他的身份仍愿意留在他身边的人带来哪怕一丝丝的暖意，就是他能想到的最好的谢礼。”

盖爷眼眶有些泛红：“之前竟然说他是怪物，是我莽撞了。”

我摇摇头：“你没有说错，虽然他现在是以人类的身份存活，但他本质上还是与人类有区别的。”

“区别？”

“因为，他无法解析人类的感情。”我抬眼看向盖爷，“说白了，他就是你所谓的没有感情的怪物，他无法理解人类复杂的情感，只是凭借自己积累的经验和知识做出相应的处理，所以，或许孤独对他而言才是最轻松的。”

盖爷有些惊讶：“可是，他并不是冷漠的人啊，他喜欢和人类交往。”

我扑哧笑出声：“没错……即便这样，他仍然愿意去主动拥抱这个对他毫无知觉的世界，用尽全力去刺激它，感受它，理解它……连一个被你当作怪物的人，都可以勇于面对世人异样的目光，你又在害怕什么？在努力证明什么？”

“所以，不需要了。”盖爷摆摆手示意我上车，“报警也好，我们商议对策也好，都不再是为了向别人证明什么，只是为了找到真相而已。”

我回到第三培植中心，将之前破茧而出的仿声蛾小心装入便携周转箱。

尧尧洗了胃之后，便被小徐送回家休息，因此我的办公室空无一人。我锁好门窗，走向隔壁的第二培植中心。

院长和王某早就等在了那里，盖爷正在向他们解释眼下的情况。见我回来，X急忙起身给我让出沙发的位置。

“找到了吗？”X看向我手中拎着的周转箱。

我点头，将箱子递给王某：“你亲自去吗？”

王某摇摇头，拿起手机拨了个号，没多久就听到大门那边传来摩托车的轰鸣声。

盖爷看着王某将箱子交给戴着黑色头盔的健壮男人，附在我耳边小声问道：“这是那小子的‘朋友’？”

我尴尬地笑笑：“不清楚，你可以亲自问问他。”

“那箱子里是什么？”

我指了指石习生的电脑屏幕，那上面是写字楼的3D建筑图，从大厅到走廊，许多地方都被标注了红色的叹号：“这写字楼的安保措施非比寻常，一般的窃听设备根本进不去，任何电子设备都会触发警报。所以想要监视或窃听来自那个组织的女人，无法依靠一般的电子设备。”

院长点头，接过我的话：“没错，可如果是生物的话，就不会被检测出来。”

“仿声蛾，能够模仿这世上一切它听到的声音，包括人类的语言，甚至是他说话的音色和语调。”我解释道，“研究表明，鹦鹉之所以能够学舌，是因为它们脑内核心区外围拥有名为外壳区的部分，使得它们能够区别于其他鸟类而学习发声。仿声蛾，则拥有更为发达的外壳区，所以说白了它就是一台功能强大的录音机。它们会在进食的时候无意识模仿它听到的声音，以此来吓退竞争者。”

“可你别忘了，对方也是研究超级生物的高手，你不怕被发现吗？”

盖爷提醒道。

我摇摇头：“我们之前一直在试图将超级生物和其他同纲生物进行杂交，激活它的 var 形态，变种之后的仿声蛾 var，保留了它拟声的能力，但外表几乎与普通的飞蛾没有区别。”

王某听我这么说，眼珠一转，抬手捏了捏院长的脸颊：“这么说，你也是个变种咯？和人类杂交，被激活成人类的形态，变成了 X-var？”

“去你的！”院长一把拍掉王某的手。

我瞪了王某一眼：“X 相较其他的超级生物更为特殊，因此激活 X 的手段并不是与激活人交配，而是倾注激活人的情感……你想多了。”

王某撇撇嘴：“嘁，不就是男男女女那点破事儿吗，都什么年代了，至于遮遮掩掩的吗……”

院长挑起嘴角，一脸阴笑，用力掐在王某的腰上：“我被激活前可是无法变成人类形态的，你说我拿什么去搞男男女女的事情？嗯？”

“得得得，我说错话了还不行……柏拉图！你俩是柏拉图总行了吧！哎哎你轻点儿！”

盖爷轻咳，努力岔开话题：“那我们是不是得等几天之后再去回收仿声蛾？毕竟，它只是录音机，并不是实时传输……”

“盖爷你当我是死的吗？”石习生不满地打断了盖爷的话。

只见石习生将电脑屏幕翻转到我们的方向，那上面是数十个不同波段的通话频道：“电子设备进不去，但仿声蛾可以出来。我在那写字楼附近安置了数十个收音装置，并在收音器旁放置了大量的仿声蛾的食物。所以，只要那些仿声蛾录到了声音，回到收音器旁觅食，我们就能实时监听。”

“厉害啊。”盖爷咂咂嘴。

等候的时间是漫长的。

整个第二培植中心只有电脑主机的运行声，还有靠在我肩头打盹的院长轻微的呼吸声。盖爷表情凝重，搬了个凳子坐在石习生的电脑对面，戴着耳机屏气凝神，似乎在捕捉任何一个频道传来的异响。王某在玩手机纸牌游戏，时不时打个哈欠。

陈路青。

我盯着手机里的名字，努力思索自己究竟在什么地方见过它。

“有了！”

盖爷突然一拍桌子，吓得王某手一抖，手机掉落在地。院长伸了个懒腰站起身，揉揉眼睛示意石习生将声音外放。

刺啦刺啦的电流声过后，便是夹杂着杂音的人声。

“这不是她的声音。”盖爷笃定地说。

石习生切换频道。

在切换了四个频道之后，这才传来了熟悉的声音。

“你以为，我冒这么大风险拖延抓捕 X 的行动，就是为了听你的‘不确定’这三个字？！”

是她！

这声音和我在“鬼屋”中偷听到的一模一样！

院长示意我继续听下去。

“上面每天都在催，我帮你隐瞒 X 的行踪已经不是一天两天了，四年，我拖了四年多了，你还要我等多久？”

我怔住。

原来，这个诡异微妙的时间差，竟来自这里。

是这个女人从中作梗，阻挠组织抓捕院长，因此 X 才能在被我激活成人类后，安然无恙地在惊人院当了这么久的院长。

突然，熟悉的男声传来："除去之前他失踪的几个月失去了控制，现在X就在惊人院，你我都知道，你以为我不着急吗？"

是"鬼屋"里那个沙哑的男声！

女人："所以你才要抓紧时间！不然，到时候上头知道了X的行踪，逼我带队去惊人院抓人，你我的交易就到此为止了！"

男人："好啊，可你如果抓了院长，你就不再拥有能够威胁我的把柄了。毕竟，组织只需要一个X提取基因就够了。"

女人："你！你难道就不怕，我去惊人院抓的，不是院长吗？"

男人："你不要得寸进尺……"

声音到此为止，但也足以让我们所有人为之震惊。

在惊人院里……竟然还有其他的X？！

名称：仿声蛾

发现地：某街拐角处的路灯上

简介：纯白色飞蛾状，拥有极为发达的外壳区，能够模仿这世上一切它听到的声音，包括人类的语言，甚至是说话者的音色和语调，是一台功能强大的"录音机"。会在进食的时候无意识模仿它听到的声音，以此来吓退竞争者。

特点：模仿声音能力极强

你会偶尔出现幻听吗？不要害怕，那或许是某只仿声蛾在你附近进食而已，无须理会，也尽可能不要去打扰。

No.020

玻璃蝴蝶

得知院内还有其他 X 的消息，震惊之余我也没有感到太意外。

这反而解释了我之前的某些疑虑，让那些看似怪异的细节得到了合理的解释。

比如，王某究竟是谁。

他看似活得通透，口口声声说自己只是整件事情的旁观者，但又屡次插手，是最早知晓院长失踪去向的人，还曾救我性命，甚至从一开始的富新大厦火灾就参与了进来，更为奇怪的是，他为什么要斥巨资建立惊人院。

生物多样性造就了当今社会复杂的生态系统，以人类为首，其社会性驱使同类群居成团，而一旦有了团体，那么必然出现异类。异类若想争夺资源生存下去，只能同样选择抱团取暖，这样才有从大多数人那里争得一席之地的可能。

被激活的 X，应该与人类无异。

只有这样，才能解释王某为何会资助院长，又是为何屡次施以援手，甚至在危险的情况下主动负责保护他。

如果我没猜错，那个骑摩托的文身大汉，应该也是 X。

他们默契地形成了一个区别于一般人类社会的团体，相互交流传递作为“人”的经验，建立合理有效的纠错机制，互帮互助，资源互通，帮助彼此更为迅速地融入人类社会。

“哈——”院长打了个哈欠，打破录音结束后这长达一分钟的静默。

王某急忙接话：“咳……怎么，昨晚没睡好吗？”

院长揉揉眼睛回答：“还说呢，谁让你家睡觉不关灯的？那灯火通明的，知道你钱多，但有必要这么浪费电力资源吗？”

王某嘟囔道：“我这不是……怕黑吗……”

我干脆站起身，不再理会这两个人含糊其词的表演，而是走到盖爷身后敲了敲面前的桌子：“既然你曾在那里做过卧底，那么陈路青究竟是什么人，你应该不会不知道吧？”

盖爷有些意外：“突然问这个干吗？”

“我想知道，她为什么要向组织隐瞒院长的行踪，她究竟和那个声音沙哑的男人存在什么样的交易。”我说道。

院长拍了拍我的肩膀：“那个，你问这个有什么用？现在不是应该讨论一下，怎么样把这个组织连根拔起才对吗？有了上次公园里的经验，说明贸然通知警察已经不可行了，咱们再想想别的……”

我打断院长：“因为我怀疑，那个男人就是胡烁。”

“就算是胡烁，那又怎样？”院长一改方才的拐弯抹角，直截了当地回击我的疑虑。

我绷紧脸上的肌肉，极力控制自己的情绪：“怎样？你不会不知道的。”

院长没有言语，只是垂下眼帘，攥起了拳头。

王某看我和院长之间剑拔弩张，气氛微妙，于是急忙上前一把揽住院长的脖子：“哎哎哎……怎么了，不是说好了一起商量对策吗，怎么还吹胡子瞪眼了呢……”

“王某你给我安静点！”我厉声呵斥。

“得，我不管了。”王某两手一摊，朝大门退出去。石习生见状，也默默戴上耳机，悄然调大了播放器音量。

盖爷叹了口气，坐回沙发里，刚要点烟，就被石习生的轻咳打断。

石习生抬手指了指第二培植中心墙面上的禁烟标志，盖爷抱歉地点点头，收起打火机。

“我知道晓博士你在担心什么。”盖爷把未引燃的烟夹在耳朵后面，替院长开脱道，“其实一开始我也这么怀疑过，怀疑胡烁是被组织威胁的。但是在后来的调查中我发现，他的确和陈路青有过私下的交易，至于交易内容是什么我也还不太清楚。但是你放心，我之前说过的，如果胡烁真是无辜的，那么就算逮捕他，也是在拯救他。”

我将一直锁在院长身上的目光挪开：“我这个人向来有自知之明，我能力有限，经常连自己都救不了，更别说去救赎别人。我现在只想确认自己相信的事情是否正确，既然这里有人不想告诉我，那我只能自己去查。”说着，我转身离开了第二培植中心。

院长如我所料没有跟上来，反倒是盖爷前后脚跟我回到办公室。

我坐下拉开手边的抽屉，拿出一副全新的眼镜框打磨起来。

盖爷跟在我身后自顾自坐下，扬了扬夹在指间的烟，我点头默许，他才点上烟开了口：“陈路青在那个组织属于中上层，行动比较自由，手下的人都管她叫路姐。她之所以被组织重用，就是因为当年发现胡烁手上有 X 这种生物的人，是她。”

我眼皮猛然一跳。

盖爷继续说道：“我当年在她身边卧底了近三年的时间，最后在富新大厦收网也是为了抓捕她……”

此话一出，我立马怔住：“那个黑衣人？！”

盖爷缓缓吐出白烟：“对，是她。”

我万万没想到，当年大火中可疑的黑衣人，竟然是个女人！

所以终于说得通了……失火那天，胡烁的状态明显有些奇怪，在他第一次出门查看情况返回后，决然焚烧超级生物相关资料，就可以看出他一定是在这期间接触了什么熟悉的人并达成了某项共识。如果，我碰到的声音沙哑的男人真的是胡烁的话，那么他和陈路青之间的交易说不定就是源自富新大厦的火灾。帮助胡烁制造死亡假象的，就是陈路青这个黑衣人没错。

所以，在五年前那短短的几分钟时间里，胡烁和陈路青究竟进行了怎样的交易？

盖爷看我没追问，便继续自顾自说道："但奇怪的是，富新大厦失火那天，我得到的信息是，陈路青要去你们那里对某个重要的人进行抓捕，为了阻挠她的行动，我才不得不下令收网。后来通过你我了解到，所谓重要的人其实指的就是超级生物 X，但当年，不知道是因为我们警方的阻碍还是出了其他什么差错，她并没有如约把X带回组织。这条线就此断了，我提前退休，后来我私自调查惊人院，才慢慢捋清楚事情缘由。"

我继续手中的动作，将镜框的凹槽调整到最狭窄的状态。

"因为大火那天，胡烁朝我开枪，我一开始便从你身上着手进行调查。我错把院长当作胡烁，本以为是胡烁假死企图逃脱制裁，你却告知我关于超级生物 X 的真相，我的猜测因此彻底被推翻。后来，我不得已以身犯险，潜入麻辣烫店地下室，这才发现事情背后隐藏的秘密。"

我抬眼看了盖爷一眼："什么？"

"这个涉黑组织内部划分不同的势力范围。陈路青这一派和胡烁为了隐瞒某个 X 的身份，私自阻断了消息的上报，联手制造假死把院长创造出来，为的就是替他们隐瞒的那个 X 挡枪。"盖爷一字一顿地说道。

我手中的锉刀哐当一声掉落在地。

“你是说……胡烁不惜假死，让我成为激活人把院长变成人类形态，为的就是帮他们两人制造出来一个诱饵送给组织，从而保护他们两人想要保护的另一个 X？”我有些乱，理清楚思路确认道。

盖爷点头：“没错，因为正如他们所说，提取优化基因，组织只需要一个 X 就够了。院长，就是这个牺牲品。”

所以……院长的出现，是为了保护谁？

我细数所有的可能。现在，已知院长是 X，录音中提到惊人院里还有其他的 X，而胡烁和陈路青想要保护某个 X……那么眼下很可能一共有三个 X 被激活，以人类的身份活着。

我冷汗直冒。

“你在做什么？”盖爷看我表情不对，急忙转移话题，“从刚才就一直在弄这个。”

我看了看手中特制的眼镜框，回答道：“哦，这个……我们目前所有的调查，当然，除了你被抓的那次，都是依靠偷听或者录音得到的不完全消息。所以这次，我想亲眼看一看。至少，我得先确认那个男人究竟是不是胡烁。”

“看？”盖爷不解地看着我。

我站起身，拿镊子从连接在机器上的培养罐里夹出了一个东西，轻轻放在实验台上：“这个，玻璃蝴蝶。”

“什么？”盖爷凑过来眯起眼仔细看，“什么都没有啊。”

“是透明的。”我轻轻将无刺激性的红色粉末撒在实验台上，这才渐渐出现了一只蝴蝶的轮廓，“这种玻璃蝴蝶的翅膀构造特殊，无论什么颜色都能被它翅膀上无数的透光孔分解，光无法反射进眼睛，因此我们人类是看不到它的。所以，如果用它的翅膀制作隐形服，是最合适不过的了。”

盖爷点点头，却又不解：“那你现在是要做什么？做隐形服，然后潜入写字楼？”

“我才不会那么残忍，”我轻轻将玻璃蝴蝶的双翅打开，分别夹在眼镜框两端，“玻璃蝴蝶本身数量就少，扯掉它们用来保护自己的翅膀无异于要它们性命。这是我培育激活的玻璃蝴蝶 var，你戴上试试。”

盖爷疑惑地接过来。

“不许看我，看身后的那面墙。”我补充道。

“神了！”盖爷惊叹，“我竟然能看到隔壁的石习生！”

我小心地将眼镜接过来收好：“没错，被激活后的玻璃蝴蝶，可以透视。”

当我和盖爷重新站在那个熟悉的红绿灯街口时，面对人来人往的高档写字楼，仿佛一切都没有改变，但又感觉什么都变了。

我戴好玻璃蝴蝶 var 眼镜，拿出手机，根据写字楼地图寻找陈路青的办公室，并调整角度去观望。在这神奇蝴蝶翅膀的作用下，世界变得清晰而透彻，所有人的秘密一览无余。我一时间明白了石习生之前的话，这世上有无数的秘密，你就算一一看到了也无能为力。

“怎么样？”盖爷问道。

我摇头：“不行，陈路青的办公室位置特殊，刚巧夹在两个通道之间。刚激活的玻璃蝴蝶还不太稳定，实验记录它最多只能透视两道墙。所以，要看见陈路青，我就得想办法混进去。”

“太危险了。”盖爷提醒我。

“那里。”我指了指写字楼一层对外营业的咖啡馆，“那里应该有门能通往大厅，我们试试从那里进去。”

我和盖爷各自找出一顶遮阳帽戴上，随后步入咖啡馆一人点了杯咖啡。捧着温热的摩卡，我们有的没的聊着，从咖啡馆后门往写字楼大厅走去。然而大厅门禁严格，我俩只好站在角落里，一边佯装聊天，一边寻找合适的角度观望。

“差不多，大概能看到办公室了。”还好我视力不错，能大致看到透视过的房间。

“你小心点，咱们现在算是深入敌人腹地。”盖爷压低帽檐抿了口咖啡，旋即便皱起眉头，“真苦，也不知道你们年轻人怎么喜欢喝这种东西……哎，你怎么一口也没喝？”

我忙着寻找陈路青的身影，于是随口答道：“我最讨厌喝热咖啡。”

盖爷听我这么说，便去接我手中的咖啡杯：“那给我吧，可别浪费。”

然而我却没舍得松手。

盖爷愣了愣：“怎么？”

我回过神：“没、没什么……只是这味道，总让我想起一个人。”

盖爷没有追问我，只是把手插进口袋里，盯着街角来来往往的人。

或许习惯了清冽冰凉的干姜水，就不再想要回味醇香甘苦的热咖啡。

“怎么样了？”盖爷催促道。

我摇头：“办公室一直没有人，只有偶尔路过的员工，看起来都不太像是什么涉黑组织的人，应该都是写字楼里的普通工作人员吧……”

“暗门呢？有没有类似的？毕竟我之前在麻辣烫店地下就是在暗门后面……”盖爷提醒我。

这么一说，我倒是想起来一件事：“对了，我之前一直没问，你是怎么从麻辣烫店地下逃出来的？”

盖爷沉默片刻：“我偷偷割断了手上的绳索。”

“可是，”我紧追不放，“牢笼呢？那张你拍到的胡烁的照片，也拍到了牢笼的铁栏杆吧？”

盖爷没有回应。

“一直没问，你之前卧底在那个组织，和陈路青应该走得很近吧？”我自顾自继续发问，同时紧盯办公室，“能和我说说她长什么样子吗？这样我也好监视，不然就算她从我眼前走过，我也注意不到。”

盖爷却一直没有理会我，我奇怪转身：“嗯？”

只看到，一个短发的高个女人站在盖爷身后，盖爷眉头紧锁举起了双手。

“别动。”

下一瞬间，冰冷的枪口同样抵在了我的背后。

在看到那高个女人的瞬间，我猛然想起了自己究竟为什么会对“陈路青”这个名字感到熟悉了。之前惊人院登记人员档案的时候，我无意翻看到盖爷的档案表，在他的配偶栏里，虽填写的是丧偶，但他的妻子姓名就是“路青”两个字。

“盖世，看来上次的教训还不够？”高个女人将盖爷的手钳在背后，狠狠推了一把，盖爷便被另一个男人上前挟持住。

我身后的男人把枪口移到我腰间，随后转身看向高个女人：“路姐，上次让他跑了，这次直接把他丢给实验中心吧！这该死的，多少兄弟都折在了他手上！”

“就你话多！”陈路青瞪了我身后的男人一眼，随后低头按住一侧的入耳式耳机，片刻后对话筒回应，“知道了。”

“路姐，那边率先回基地了，胡教授肯定会站在他们那边，惊人院的事情怕是瞒不住了。”身后的男人似乎也接收到了通话，挂断后担忧地问道。

“先出发，事情还有转机。”陈路青一行人似乎正要出门，刚巧撞上了守在门口宛如猎物的我和盖爷。我无奈地垂下头……卧底警察和涉黑组织大姐，看来盖爷的过往要比我想象中丰富得多。

可谁知陈路青并没有把注意力放在盖爷身上，反而上前一把掐住我的肩膀，将我拖向地下停车场的方向：“本以为这次彻底把路走死了，谁知道你竟然亲自送上门来，而且时机刚刚好。”

“什么？”我刚要发问，就觉得脑后一痛，瞬间昏死过去。

五年来，我曾在无数个深夜里醒来，在梦魇中逃离大火的吞噬。我一次次在梦中看到那张熟悉的脸庞被烈火撕裂焚烧，却万万没有想到，这次睁开眼竟能把这早已碎成漫天大雪的人像重新拼凑，填补完整。

胡烁？

这个本该化作灰烬的人，此刻正完好无损地站在我的面前。

我浑身酸痛，无法动弹，被头顶刺眼的无影灯晃得睁不开眼。我这才意识到，自己正躺在冰冷的实验台上。

“胡……”我喉咙发痒，无法发出清晰的声音。

“醒了？”

熟悉却根本不应该属于他的声音。

听他开口这么说，仿佛这么多年的一切都不过是一场梦境。

眼前的人穿着熟悉的白大褂，没人帮他熨烫整理，衣角还沾着斑驳的血迹。他的发丝没有一丝光泽，纠结着无力垂在眉间，双眼写满了我根本看不懂的情绪，只是脸上的疤痕刺目可怖。他的声音改变很多，却和我之前听到的沙哑男声别无二致。

他俯身用戴着医用手套的双手检查我的瞳孔，仿佛我并不是他挚爱的妻子，而是一具等待解剖的尸体。

“别动。”他的声音如同暴晒后堆积了厚厚的角质，没有感情，没有语气，却一样能安抚我此刻即将失控的情绪。

“嗯……”我的胳膊突然感受到刺痛，我侧眼看去，才发现胡烁已经熟练地将冰冷的针头扎进了我的肌肤，猩红的血液迅速将透明的胶管填满。

“听不出我的声音了吧？那年的火势太大，撤离途中吸了不少浓烟……”胡烁自顾自说道，一边将针管拔出，一边将酒精棉按在我的伤口上。

我突然开始颤抖。

太阳穴被人贴上了导联贴片，我此刻情绪的波动以线条的形式轻松地被一旁的机器读取。

“别怕，”胡烁将我的血样交给身后的助手，“只是做个普通的检查。”

我咽了咽口水，努力让自己冷静：“你和这个组织……到底是什么关系？”

还没等他回答，身后的大门就突然被人推开，走进来一名年轻的研究员：“胡教授，路姐说让我来帮你。”

胡烁停下手上的动作，转身朝那研究员说道：“不用，我知道你是来监视我的，就算你们觉得我会搞小动作，但检查结果和数据是不会撒谎的，你站一边看着就行了。”随后，胡烁瞥了我一眼，“如你所见，我是他们的生物顾问，也是优化基因项目的总负责人。”

我最后的幻想被无情击碎：“所以说，富新大厦的一切都是你设计好的？为的就是让我满足激活人的条件，帮你激活 X，为你提供原始优质基因？”

“不是。”胡烁决然否认。

我终于松了口气：“我就知道……胡烁，不管别人怎么认为，我都不相信……”

然而，他接下来的话却让我如坠深渊。

“应该说，从我利用爱菌让你爱上我开始，就都是我的计划。”

我的世界顷刻天昏地暗。

胡烁一边操作手中的仪器扫描我的身体，一边说道：“你我来自同一所院校，同样的专业，同样拥有研究超级生物的理论知识，你甚至有高于我的天赋和技术，而你恰巧又是女人……你不觉得，你简直是个完美的实验对象吗？我只需要你爱上我，再让你目睹我的‘死亡’，你自然能成功激活X……有了完全形态的X，就有了优质基因的提取源，我做的这一切都是为了全人类的进化，这是好事。你是聪明人，应该能明白的。”

我默数仪器机械的嘀嘀声，仿佛切断了一切来自外界的刺激。

片刻，我漠然开口：“那你为什么不直接杀了我？”

“……什么？”胡烁愣了愣。

“杀了我，你不是就可以亲自激活X了？把X变成我的样子而不是院长，这样的话……不是比现在这种局面要容易得多吗？还是说……这些年，你根本就没有爱过我？”

胡烁语塞。

“呵。”站在角落里的研究员发出轻蔑的笑声。

胡烁轻叹：“就算是吧。”

这世上，到此为止，已经没有什么可以伤到我的东西了。

沉默片刻，随着我被推出仪器，我这才开口：“可你想过没有，院长他是无辜的，他不是为了成为你的实验品才出现在这个世界上的。”

“我把自己都当祭品献了出去，多他一个又算什么！”一提起院长，向来沉稳的胡烁似乎将积攒在胸口的怒气尽数引燃，瞬间爆发，“你不懂……你根本不明白我究竟都做了什么！我像不能见光的蛆虫，以一个死人的身份躲在黑暗中，眼睁睁看着自己毕生骄傲的研究成果被当作犯罪的工具……我牺牲这么多，都是为了……为了……”

“为了，你所谓的全人类……吗？”我苦笑。

对方不语。

“胡烁，我真的……不认识你了。”我的眼角滑落一滴眼泪，“我曾以为，失去你就是我最大的痛苦，可现在我才知道，最令人绝望的不是失去你，而是……面对你。”

名称：玻璃蝴蝶

发现地：B 市某公园的樱花树上

简介：拥有透明翅膀的珍贵蝴蝶，因双翅构造特殊，无论什么颜色都能被无数的透光孔分解，光无法反射进眼睛，因此拥有天然的保护屏障。激活 var 形态后，翅膀可用来进行透视，实验记录最多可透视两道墙。

特点：透明

眼见不一定为实，就好像你看不见的东西，不代表它不存在，你没感受到的事情，也不代表没发生。

No.021

怪味花

冰冷坚硬的手术台无法契合身体的弧度，我下意识地扭动身子，在充斥着刺鼻气味的实验室里，如同脱水的鱼大口呼吸。我仿佛被丢弃的一次性医疗消耗品，低劣而无人问津，在塑料的垃圾桶中消耗着时间。

唯独，从额头传来了似曾相识的温度。

那温度源自胡烁的掌心。在一片死寂中，我仿佛出现了幻觉，好像我只是得了风寒，蜷缩在怎么也暖不热的被窝里，而晚归的丈夫端着一杯热茶，关切地探上我发烫的额头检查我超标的温度。我甚至在他掌心的纹路中，感应到了一丝丝转瞬即逝的留恋。

然而事实并非如此。

胡烁将更多的导联贴片依次贴在我的额头，动作专业且没有丝毫拖泥带水。

啪嗒。

大门再一次被人推开。

胡烁手中的动作停顿片刻，缓缓抬起垂下的眼睑，对门口逆光的身影开口道："怎么，不是都派了一个人来了吗，还非要亲自监督不可？"

陈路青的脸从黑暗中显现，踏入头顶无影灯的照射范围，我这才看清她脸上的表情。她摆摆手示意站在角落里的研究员出去，随后自己倚在墙角："抱歉了胡教授，眼下情况紧急，我不得不这么做。"

胡烁冷笑，放下手中的针剂："呵，情况紧急？紧急到你在先生面前随便乱咬，随手指一个人就说她是 X？"

我愣住。

先生？难道这是涉黑组织头目的代号？

原来如此……我恍然大悟，之前我还在奇怪自己为什么会躺在这里进行所谓的检查，要被莫名其妙当作实验体来对待。原来，陈路青为了交差，竟然敢随口说我就是惊人院里长久以来寻而不得的 X。

然而涉黑组织的头目"先生"并不那么轻易相信我就是 X，所以才会出现如今我被拿来验明正身的情况。毕竟，由于胡烁和陈路青的隐瞒，"先生"从最开始便认定院长才是唯一的 X。

所以，陈路青这一招，只不过是在利用对我的检查来拖延时间而已。

难道说……她现在已经派人去惊人院抓捕院长了？！

陈路青压低声音："胡教授，究竟是不是我乱咬，你比任何人都清楚。"

胡烁没有理会她，而是自顾自地转身操作一旁的仪器，随着按钮的调节，我只感觉指尖发麻，随后，一股强烈的刺激如同电流钻入我的身体，在我的血液里沸腾。

"啊——"我猛然抽搐。与此同时，我的脑海中浮现出许多过往的记忆，金州的阳光、青葱的校园、温暖的掌心、冰冷的仪器……这也更加让我肯定了，自己绝对不可能是 X 的判断。

因为，X 这种生物是没有过去的。

X 被激活成人类的形态，只不过是借用了亡者的相貌，接替了亡者的身份存活，因此不可能拥有属于自己的"过往"。盖爷年轻的时候是警察卧底，尧尧小时候也在编辑部出现过，而我也有在 M 国读书的经历……所以，我们都不可能是 X。

至于真正的 X 究竟是谁，我此刻根本没有精力去思考。我的过往如同跑马灯般在眼前迅速滑过，胡烁曾经的模样和院长的笑脸逐渐重叠，模糊，撕裂，最后化作一团火焰，引燃了黑暗中的富新大厦。

强烈的刺激让我神志不清，我不知自己究竟是清醒着还是昏睡了，只能断断续续听到身旁胡烁和陈路青的对话。

“你有你想保护的人，我也有。”陈路青说道。

“那你的孩子……”这是胡烁的声音。

陈路青厉声打断：“可如果孩子只是个你所谓的‘未知’，而盖世现在就面临着生命危险，如果是你，你会怎么选？”

什么……意思？

孩子？谁的孩子？我头晕目眩，努力辨认他们的声音。

“我会，舍弃自己。”

我两眼一黑，终于昏死过去。

阴冷如此，世界也是。

“醒醒。”

睡梦中，我感到有人在轻触我的脸颊，那指尖冰凉，如同没有感情的器械。

我恍惚睁开眼，熟悉的人影挡在刺眼的灯光下，晃得我眼前一片模糊。我刚要开口，却感觉有人在拆解我手腕上的枷锁，随后实验台微微倾斜，我猛然跌入一个怀抱，身上连接的导联线一瞬间全部被扯掉。

“走。”胡烁的声音从我耳边传来。

“什么……”我摇摇晃晃，还未站稳就被人拦腰抱起。

连怀抱都是冷的。胡烁突然加快脚步，解锁实验室大门，随后沿着狭窄阴暗的走廊往前方大步而去。

“胡教授？”路过的组织成员疑惑地看着我们，“检查结束了吗？先生还在等着检查报告……”

“还没有，”胡烁垂下头，似乎在躲闪对方的眼神，“还需要用到另外的仪器。”

那人愣了愣：“另外的？可您之前不是说，实验中心的仪器是最……”

“你接触过X吗？你知道怎样辨别被完全激活的X吗？你知道都需要进行怎样的检查吗？”胡烁厉声打断对方的质疑，“要不检查报告你来写？”

那人急忙住了嘴，给胡烁让开去路。

我缩在胡烁怀里，却清晰地听见了一声如释重负的呼吸。

“不过……”

刚走了没两步，胡烁便再一次被那人叫住：“胡教授，您就一个人，恐怕不太安全吧？我陪您去。”

胡烁攥紧了双手：“你是在质疑我吗？”

那人一边缓步上前，一边按下耳麦：“不不不，胡教授，我不是这个意思。只不过，实验室的几个兄弟突然断了线，我担心您的安危正要去查看，这不刚巧碰上你嘛。”

胡烁咂咂嘴，见实在瞒不下去了，只好清了清嗓子：“你还愣着干什么呢？”

我和那人同时怔了怔，还未等那人反应过来，就听砰的一声，那人便身子一软倒在了走廊里。

站在那人身后的，不是别人，正是王某。

我倒抽一口凉气，瞬间清醒：“王某，你怎么在这儿？！”

王某没有平日的矜贵模样，穿着件看起来异常廉价的运动装，还戴了副黑框眼镜，看起来就像这组织里一个跑腿儿的。他活动了一下自己的手腕，一副不耐烦的样子："哎哟我就说嘛，糊弄不过去的！别看这都是些黑社会的，但好歹是搞科研的，不好骗！"

我一脸疑惑地看向胡烁："你……你和王某认识？"

胡烁没有正面回答我，而是将我轻轻放下："快走吧，实验室放倒的那几个估计没多久就会醒来。"

王某摆摆手："走吧，原路撤退。"

撤退？我这时才终于回过神来，转身一把将"胡烁"脸上的疤痕撕下，一张熟悉而陌生的笑脸出现在我的面前。

"我就知道……"我无奈摇头，"你不好好地在院里待着，跑这里来干什么？"

院长无辜地耸耸肩："这……我这不是来救你吗。"

我气急败坏地扯下身上的无菌布，将衣袖挽起来方便活动："救我？救我有什么用？！你们俩究竟知不知道现在最危险的是你们？他们要的是X，不是我！"

王某堵上耳朵，咧嘴后退两步："先别吵吵了，等回去了再骂成吗？再说了，我又不是X，关我什么事？"

我怔住："你……你不是？"

院长点头附和："王某虽然看起来身份成谜，但我能打包票，他绝不是X，你就放心好了。"

那……惊人院的另一个X是谁？

我回过神，转身掐住院长的肩膀："你的声音怎么回事？怎么和胡烁一模一样？"

院长清了清喉咙："这个，你之前不是在第三培植中心种了很多怪味花吗？"

我恍然大悟。

怪味花是一种颜色妖冶的超级生物，开的花颜色鲜艳，乍看之下和普通鲜花并无差别。但它之所以叫怪味花，就是因为它开花时，散发出来的味道特殊，并不是普通意义上的花香，但也说不上难闻，总之是种稀奇古怪的味道。

它散发的气味，能改变人的声音。

所有的发声体必定有某个部位振动产生波动，例如吉他靠弦，人靠声带……声音的音波必须靠介质来传递。声音的性质有三要素：大小、高低、音色。其中声音的大小取决于声波的振幅大小，而波形决定音色，频率决定声调高低。例如常见的80%氦气和20%氧气，密度是正常空气的三分之一，因此吸入了此种气体后，说的话听起来和平常不一样。所以，怪味花的气味通过改变空气密度来更改波形，进而影响音色。

“没办法啊，谁让我和胡烁长得一模一样。我调整了好久才终于接近胡烁的音色，然后又用千层皮做了烧伤的疤痕，才成功混进来的。”院长解释道，“至于骗不过去的，就交给王某解决了。”

我加快脚步：“先不说这个，你这样闯进来无异于羊入虎口，我得先保证你的安全才行。至于另一个X，等我们安全了你再好好解释给我听。对了，盖爷呢？”

王某跟在我们身后：“盖爷被关押在其他地方，放心，他目前没有危险，咱们先逃出去，再想办法救他。”

我本想反驳，可想到陈路青和盖爷的关系，便也放下心来。

毕竟是女人，就算立场相悖，但也是曾经相爱的人，念不念旧情，从上次在麻辣烫店地下把盖爷从铁笼中放走就能看得出来。

“所以现在，我们得赶紧离开这里才行……”院长在前面带路，回头对我说道。

然而，走廊拐角尽头突然出现的身影阻拦了我们前进的脚步。

“晓可以走，但你得留下。”

真正的胡烁手持文件夹，冷冷地站在前方开口道。

冗长的走廊两端，中央的吸顶灯忽明忽暗，胡烁站在黑暗中一动不动。

除了脸上的疤痕外，和胡烁一模一样的男人站在我身旁，被头顶的灯光照得惨白。

“初次见面，我该怎么介绍自己才好呢？”院长率先开口，伸出手将我护在身后。

远处的胡烁冷笑一声，将手插进口袋里，一步步向我们靠近：“介绍就不必了，这世上能顶着这张偷来的脸生活的，也就只有你这个未完成品了。”

未完成品？我敏感地捕捉到胡烁话中的细节。

说实话，院长的身体状况的确不太正常。按照胡烁留下的研究报告来看，X被激活为人类之后便再也无法改变自己的形态，并且会随着时间的流逝无限趋近于人类，又高于人类。但院长的状况却让我有些棘手，这五年来，他之所以行踪诡秘，不常与惊人院内的员工接触，就是因为他的状态不太稳定。正如早前盖爷巡夜时发现院长办公室内的复影一样，他总会时不时无法控制自己的形态，裂变、融化、断裂……巨大的痛苦让他无所适从，而我也只能每次紧紧将他拥在怀里，试图替他分担一些。

哪怕只有一点点也好。

所以，他总是独来独往，躲在自己的办公室里，才会让复影无意记录下他状态不稳定的瞬间，而被盖爷认定为“怪物”。

“我之所以是未完成品，恐怕都是拜你所赐吧？”院长的话打断了我的思路，他强势上前，站在胡烁的对立面。

我瞬间反应过来。

激活人必须目睹最爱的人死亡，才能顺利激活 X。这条铁律我从未怀疑，但是我之前丝毫没有意识到，为什么在我和院长这里出现了意外。

因为，胡烁并没有真正地死亡。

所以，我并不是一个完全合格的激活人。

因此，院长形态不稳定，没有人类的感情，承受巨大的痛苦……这些都是因为，他不是个完完全全被激活的 X！

下一秒，我的心瞬间提到嗓子眼。

如果院长想要获得完全形态，除非……胡烁彻底消失在这个世界上。

“我给你两个选择。”胡烁忽然开口，同时将手中的文件夹递上来。

院长抬手接过，迅速扫了一眼。

“什么选择？”院长眼神闪烁。

胡烁摊开手，咄咄逼人：“一种选择，我把这东西交给先生，然后按响我手里的警报器，这样你们谁也别想走。”

“你不会的。”院长笃定地打断胡烁的话，“你做了这么多不就是为了瞒住这个吗？我敢肯定，你一定早就做好了准备，就算我不出现，你也一定有办法把这个替换掉。”

胡烁将头稍稍歪向一侧，似乎成竹在胸：“所以，另一种选择，这东西交给你亲手销毁，我放他们走，你跟我留下。”

“不行！”我拒绝，“X 绝对不能落入你们手中！”

然而，院长对此却没有丝毫的表态，只是死死握住手中的文件夹。

我趁机后退一步，拿手肘撞了撞身旁的王某，压低了声音道：“喂，快想想办法。”

王某也用接近无声的言语回应我：“什么啊，我能有什么办法？”

“你不是有超能力吗？”

“什么？”王某一脸迷茫。

我急得直眨眼：“就是……上次那个，能让人跪地不起的那个。”

王某翻了个白眼：“什么啊，我才没有什么超能力……要真说起来，我的超能力就是超有钱。”

我气急败坏，不再理会胡说八道的王某，一步上前横在胡烁和院长两个人中间：“胡烁，你清醒一点，人类就是人类，就算摄入了高级生物的基因又能改变什么？我不管你是为了金钱利益，还是为了自己的科研愿景，我绝不同意把院长交给你。”

胡烁没有说话，只是面无表情地看着我，眼神中透着我读不懂的情绪。

“同不同意不是你说了算，要问他。”胡烁扬了扬手中的报警器。

院长闻声便没有任何犹豫，唰的一声抽出文件夹中的纸页，迅速撕碎，随手塞进了自己白大褂一侧的口袋里，然后啪地合上文件夹干脆利索地还给胡烁，看都没看我一眼：“王某，你带晓博士走，我留下。”

我大跌眼镜，转身压低声音质问院长：“你疯了？！你是X，你留下会有什么后果不知道吗？现在只有一个办法，你和王某先走，我想办法拖住他！”

院长摇头：“你别忘了，陈路青现在指认你是X，你就不怕被他们塞进那个提取基因的仪器里？”

“就算我躺进去，他们也提取不出来任何有价值的东西！可你不一样……”我反驳道。

院长听我这么说忽然笑了笑，伸出手揉了揉我有些蓬乱的头发：“笨蛋，你明明也是生物科学领域的专家，怎么连这些都不懂？就算你不是X，可一旦躺进那个高辐射的提取基因的机器，以人类那样脆弱的身躯，会瞬间灰飞烟灭的。”

我愣在原地：“可是……如果你被放入那个机器，就会彻底沦为工具，再也没有自己的生活。而且，X 的基因就会被他们制成优化药物，高价贩卖到世界各地……那样，世界不就乱套了……”

院长久违的灿烂笑容浮现在我眼前：“这世界怎么样和我有什么关系？对我而言，你才是我的世界。”

“呵。”胡烁的表情五味杂陈，仿佛他就是挥着双翅的恶魔，用手中带血的刀剑将王子和公主狠心劈开。

我死死抓住院长的衣领，眼眶发烫，仿佛他下一秒就会离我而去：“你别再这样说了！我是站在大局角度才做出的决定，哪怕是死……毕竟，你知道的……”我回头看了一眼阴影下的胡烁，“我的世界早已是黑暗的炼狱，活着与死了又有什么区别？我了解你，你不必运用自己的生存本能来说一些看似能动摇我的话……”

院长张张嘴，似乎有些惊讶，随即苦笑摇头：“不是的。”

我不解地看向他。

“这不是生存本能，”院长用他冰凉的手覆在我的手背上，“自从我被你带到这个世界，拥有了人类的身份，我就从来不必讨好谁才能活下去。我主动接触别人，学习讲一些看似肉麻的情话，全都只是想试试，看自己究竟会不会心动。”

我呼吸一窒。

“心若动了，或许才能证明自己是真的活着，而不是……作为某人的替代品。”院长透过我耳畔的碎发，看向身后的胡烁。

我急忙反驳：“你才不是……”

然而，我话音未落，院长便迅速转身抽手，只见一道身影从我眼前掠过，而我死死地抓住的白大褂，仍旧留在手心。

“王某，带她走。”

这是院长留给我的最后一句话。

一直到我昏睡，一直到我被人安放在柔软的沙发里，一直到我睁开眼，陪在我身边的，也就只剩下那件白大褂了。

“你醒了？还好吗？”尧尧守在我身旁，见我有动静，便急忙推了推鼻梁上的眼镜，打了个哈欠，“晓博士你饿吗？我给你弄点吃的。”

“王某呢？”我嗓音沙哑。

尧尧面露难色：“那个，他怕你怨恨他，就请假回家躲着了。”

我的身体如撕裂般疼痛，缓缓坐起身，随手端起旁边的杯子润了润嗓子。

“哎，晓博士，那是我的……”尧尧来不及制止。

干姜水的味道。

清洌、冰凉、透彻，但又隐藏着一丝不易觉察的温暖。

“呵……”我垂下头，却不舍得松开一直紧攥手心的白大褂，“我差点忘了，你也喜欢喝这个。”

滴答——

一滴温热的眼泪落入杯中，溅起了不规则的涟漪。

我的心里似乎有两头饥饿而残暴的巨兽，相互撕咬，相互折磨，相互争夺，把我原本坚硬的心脏糟蹋得遍体鳞伤。

我们明明都预料到了事情的前因后果，可为什么仍旧无力改变这最后的结局？难道他从出现开始，就是个注定的牺牲品？

我把头埋进院长留下的白大褂里，像一只贪婪的猫，汲取他最后存留的一丝味道。

等等。

柔软的白大褂在我的怀里发出异响，我疑惑地将手伸进口袋，这才发现，里面放着院长从胡烁那里拿走并撕碎的纸张。

我颤抖着手将这些碎片拼凑在一起，直到最后一片上“检验结果”四个大字映入眼帘，我才终于明白了，惊人院内的另一个X，究竟是谁。

名称：怪味花

发现地：某地铁站C出口的花丛中

简介：一种颜色妖冶的超级生物，开的花颜色鲜艳，乍看之下和普通鲜花并无差别。但它之所以叫怪味花，就是因为它开花时，散发出来的味道特殊，而它散发的奇怪的气味，能通过改变空气密度来改变人的声音。

特点：开花时散发的味道奇怪

院长之所以能够拥有胡烁的声音，是因为他身为超级生物X可以与其他超级生物进行交流，以此来进行气味浓度的调整。

No.022

分级制度

记忆是盈千累万的抽屉，杂乱、庞然，却从不会被随意销毁，即便生锈、腐烂、布满尘埃，但只要你肯去找，就总会在无意中拉开某个几乎被遗忘的，在里面发现你想要的东西。

我曾一度这样以为。可如今，我才发觉自己根本就没有抽屉。

之前我曾猜测，身为接替亡者身份存活的X，那么必然是不曾拥有过去的人。但我竟一直没有意识到，自己信誓旦旦所谓的“过去”竟全都是胡烁。

那个阳光的午后，微风将我推向路过图书馆的胡烁，离群索居的我第一次踏入凡俗的套路，四目相对，如平地惊雷，一瞬间兵荒马乱，溃不成军。

我与胡烁相识、相恋、相伴，无论是在金州的校园时光，还是后来富新大厦的科研项目，我所有的过去几乎都与胡烁绑定。仿佛除了他，我根本没有属于自己的过去。我的家人在哪里，小时候在哪里就读高中，我为何选择留学，为何修习生物科学，为何会注意到与自己根本毫无交集的学长……一切都是空洞可疑的问号，仿佛是偷窃拷贝了别人关于胡烁的特定记忆芯片，疏离而遥远。我却从未意识到。

或者说，这些关于胡烁的抉择和生活轨迹，真的是我自己的选择吗？我只觉得天昏地暗，第一次对自己的记忆产生了质疑。

“晓博士？你……还好吧？”尧尧轻轻推了推我的肩膀。

我挽起袖子，将拼好的检测报告塞进自己的口袋，随后站起身，摇摇晃晃朝院长办公室走去。

院长之前失踪了将近三个月，究竟去M国做了什么？

我想，我此刻应该已经有了答案。

我推开熟悉的大门，指尖颤抖，打开院长办公桌上的电脑。

密码文档、隐藏文件、邮箱、移动硬盘……我几乎搜索检查了他这次回来后所有的文件和资料，将我想要找的东西一字不落尽收眼底。然而这些赤裸裸的证据并没有让我感到过分的震惊，仿佛我早已做好了万全的心理建设，此时此刻，坦然接受。

直到我在邮箱的垃圾桶中发现那被销毁的附件，还原，下载，那灿烂的阳光透过照片的色泽，深深刺痛我的双目。

照片，熟悉的两个人。和那张我与院长的合影一模一样的构图，校园里一模一样的背景，甚至是，一模一样的人。

可我知道，照片上的男人是胡烁，女人却不是我。

我轻轻滑动鼠标，将页面拖至底部。

Zora，这是我的英文名，在金州理工上学的时候一直在用，从没想过它是什么意思，又因何而取。

可此时此刻我自然明白，Zora，根本不是我的名字。

至于胡烁为什么从一开始就知道激活X的方法，也只能是这个理由才解释得通——他曾亲手激活过一个X，而那个X不是别人，正是对此一无所知的我。

事到如今，我也终于意识到，院长失踪前在我俩合影背面留下的“复制”，究竟是什么意思。

第二培植中心散发着令人眩晕的气息，而我不得不坐在放着动漫少女抱枕的沙发上，等待石习生的操作。

我看着手里打印出来的一沓资料，眉心一直拧在一起。

“所以院长失踪了那么久的时间，就是去查这些？”我放下手里的纸页，揉了揉酸胀的眼角。

石习生敲击键盘的双手顿了顿：“关于 Zora 生前的资料，胡烁早就刻意销毁并隐瞒了，仿佛他从一开始就知道，自己有办法能让 Zora 复活。更何况异国他乡，这么久过去了本就不好追查，能查到这些已经很不容易了。”

“呵，什么复活，我根本就不是她。”我抿抿嘴，“你明明早就知道这件事，为什么从来没想过告诉我？”

石习生似乎没有想要回答我的意思，沉默片刻，他才缓缓拉下裹在自己脑袋上的连帽衫帽子，整个人靠在转椅的椅背上：“他之所以瞒着你去调查，就是因为他只是怀疑。毕竟，不只是他，我和王某也一直都以为他才是被激活的第一个 X。”

“所以呢？”我挑眉，“他后来回国，不就是证明他已经调查清楚了，或者说是拿到足够的证据……证明我才是被胡烁激活的第一个 X？”

石习生叹了口气，烦躁地挠了挠头：“你这个女人怎么这么蠢？说好的比人类更高级的生物呢？难道只体现在智商方面吗？”

我被突如其来的人身攻击噎住：“你什么意思？”

“胡烁想要用 X 提取基因，而你就是个活生生的 X，那么他为什么还要大费周章去制造富新大厦的意外，让你再去激活一个院长出来？”石习生两手一摊，“而且，他还指明了提取基因只要院长，不要你？”

说实话，我不是没有想到，我只是不愿意承认：“或许是胡烁没有死，所以院长是未完成品，才更有研究价值。”

石习生翻了个白眼，重新坐到电脑前：“逃避是没用的。”

“所以，我被激活的日期究竟是什么时候？”我避开话题催促道。

我不想承认，胡烁这么做是在保护我，或者说，是在保护 Zora。

石习生烦躁地敲击回车键，火灾后从胡烁电脑中修复的资料迅速被打开："六年前，十二月十四日。"

所以，胡烁电脑里那份关于超级生物 X 的研究报告，指的不是院长，而是我。

"那年年底……"我努力回忆，"是我准备论文提前毕业的时候，那时我已经和胡烁在一起两年多的时间了。所以，在图书馆门前拦下胡烁搭讪的不是我，之前一直和胡烁在一起恋爱的也不是我……"

"是 Zora。"石习生补充道，"院长之前在金州一个偏僻的小城镇里找到了关于她意外身亡的新闻报道。说起来，好像是车祸，而开车的人正是胡烁。"

"时间？"我问道。

石习生迅速找出当日新闻："你被激活的那年十月。"

我在笔记本上画出时间轴："所以说，在十月的时候，胡烁和女友 Zora 出了车祸，Zora 不幸身亡，胡烁在悲痛和自责中用了两个月的时间，无意中发现了激活 X 的方法，并且成功将手上的 X 激活成了现在的我。也就是说，我是从那个时候开始替代 Zora 的……"

石习生点头。

"我就说……"我叹了口气，"那时我的导师曾说过很奇怪的话，但我一门心思研究超级生物课题，就没放在心上。"

石习生向我投来疑问的目光。

"没什么，就是我导师说我像是突然换了个人，成绩突飞猛进不说，性格也变了不少……看来我能以学霸的身份提前毕业，也多亏了我这超级生物的优良基因。"我苦笑道，"研究了这么久的超级生物，到最后我才是自己从没看透的那个。"

石习生又从外网调出一个新闻页面："你看这个。"

我凑过去，看到一则不起眼的新闻，说的是从湖底打捞出无名沉尸，至今尚未有亲属认领。发现尸体的湖泊，就是胡烁和 Zora 当年遭遇车祸的地点附近。

“所以，院长是去确认了那具尸体的身份才最终确定我根本不是 Zora 的？”

石习生点头：“你也看到了，Zora 是个孤儿，先后被两个不同的家庭领养，一直在 M 国生活。成年后，她离开了养父母，考入金州理工，在那里遇到了胡烁。正因 Zora 没有什么亲朋好友，胡烁才能顺利用你来顶替她的身份和社会关系。院长也是几经周折，才从 Zora 养父母家找到了她残留在衣服上的头发，最终通过 DNA 比对，确认了尸体身份。不然，院长也不会去 M 国那么久。”

“明明一开始就可以告诉我的，却让我大费周章，还以为他是因为状态不稳定才失踪的，白白担心他那么久。”我有些不满地念叨着。

石习生看了我一眼：“院长是为你好，不想打乱你原本正常的生活轨迹。同时，他更想知道，一直以来，胡烁究竟是为什么要隐瞒你的真实身份，所以才会一路追查到那个涉黑组织。”

我听到胡烁的名字，便急忙把所有关于 Zora 的资料还给石习生，包括她社交网络上那张和我一模一样却异常甜美灿烂的笑脸：“现在说这些已经没有什么意义了，检测报告上白纸黑字地写着我就是 X。我也根本不在乎 Zora 的过往，我只想知道，我的记忆究竟是怎么回事？Zora 的记忆为什么会在我的脑子里？是你搞的鬼吗？”

石习生盯着光标顿了顿：“我倒是也有类似的手段，但是不好意思，你植入 Zora 记忆的时候，我还不认识院长，所以这件事与我无关。”

我陷入沉思：“其实我有怀疑过，究其根本，激活，不就是让没有固定形态的超级生物 X 获得一个合理存在的人类身份吗？所以才有了那样一个莫名其妙却又合乎逻辑的激活方式。为了让被激活的 X 能够顺利替代亡者，会不会……”

“你的意思是，你自动继承了Zora生前关于激活人胡烁的记忆？”石习生问道。

“还只是推测。”我低下头，“毕竟除了胡烁，我并没有丝毫关于Zora养父母和她小时候的记忆。院长眼下还不是完全形态，我在想，如果胡烁死了……院长会不会就能自动获取胡烁关于我的记忆了？如果是这样的话，那么这一点就可以更新在X的研究报告里了。”

石习生默默转过身，连连咂嘴：“你这个女人真可怕，这都什么时候了，还在想你的研究报告……”

“打电话把王某叫来。”我没理会石习生，“旷工一天，也是时候做点贡献来弥补一下当前一团糟的局面了。”

很多时候，你被痛苦和绝望压得站不起身，跌入黑暗的深渊，你以为你被埋葬、被抛弃、被毁灭，但反过来想想，也只有这样你才能开出花。

毕竟，被埋葬和被种植的过程本就十分相像。

我站在偌大的第三培植中心，望着培植箱中恣意生长的超级生物，默默拉开抽屉，找出我和院长的那张合影。端详片刻，我将合影反过来，用马克笔将背后的“ConC1214”狠狠涂掉。

现在的我，不是任何人的替代品。同样，院长也不是。

我和院长，不是Zora和胡烁的复制品，我们不属于他们，我们只属于惊人院。

“晓博士，你要的列表都在这里了。”自动门打开，尧尧将厚厚一沓文件交到我的手上，同时有些疑惑地看向我，“你……我有什么能帮得上忙的吗？”

我摇摇头，又点点头：“我试着和培植箱里的传声草沟通，但是失败了。或许因为我是个完全被激活的X，在各个方面都已经无比接近人类，才没办法像院长一样做到……”

“晓博士，你是要去救院长吗？”尧尧打断我的话。

我点头。

“那……”尧尧推了推鼻梁上的眼镜，似乎在犹豫，“有句话我不知道该不该说，那个……”

“你想说胡烁？”我接过她的话。

尧尧闭上嘴，试探性地点点头。

“我知道，”我翻开登记表，“胡烁是富新大厦火灾的元凶，也就是说，他是让你父母双亡的罪人。虽然他曾是我的丈夫……或者说，我对他而言不过是个替代品，所以你放心，我绝不会对他有任何袒护。”

尧尧转头看向一侧：“可是，晓博士，我不是这个意思。”

我停下翻动列表的动作，投去疑惑的目光。

“你明明也会心痛的啊。”尧尧抬手抓住我冰冷的手腕，“你之前那么爱他，当所有人都质疑他是阴谋背后主使的时候，只有你还愿意相信他。”

我眼神闪烁，迅速翻了几页手头的纸张：“可现在我们不都已经确定了，他……确实是那个涉黑组织的顾问，也是当年假死的策划者。不管是哪一条，他都已经难辞其咎了。”

尧尧垂下脑袋，声音渐弱：“虽然我不懂什么大道理吧，但是他做这么多，甚至甘愿假死躲在黑暗里让你激活院长，还和那个什么陈路青一起隐瞒你的真实身份，不就是为了保护你吗？”

我打落尧尧的手：“他只是为了Zora，不是我。”

尧尧还想说什么，却被我无情制止了：“现在要紧的是该怎么救院长，还有盖爷。我们先排查一下，第三培植中心可能用得上的超级生物都有哪些吧。”说着，我转身走向培植箱尽头。

为什么要说出来？我加快脚步，仿佛在和自己赌气。

错付真心，到头来自己完全被当作了前任的替代品，这种可笑的事情……为什么非要说出来？我狠狠揉了揉发红的眼角，一把扯下脖子上挂着的印着自己英文名“Zora”的工牌。

“分级？”尧尧打了个大大的问号。

我点头：“没错，虽然超级生物普遍弱小而毫无存在感，并且对人类没有任何威胁性，但也不排除像‘莲蛇’这样的危险物种，甚至是像我和院长这样更为高级的生物……”

尧尧看着我手上的表格，勉强点了点头。

我用原子笔在表格上边画边说：“N级，normal，指常见且对人类毫无威胁性和攻击性的超级生物，对人类不会造成什么直接影响，例如复影、寄居兽、玻璃蝴蝶等；R级，rare，指少部分能够对人类产生直接影响，但不会造成危险且能通过有效措施来诊治和预防的超级生物，例如记忆孢子、笑叶、蜷眠、真盐等；D级，danger，对人类安全存在威胁的攻击性超级生物，例如莲蛇……”我顿了顿，“至于我和院长这样的特殊种类，就暂且定为S级吧。”

尧尧边听边记录：“好的好的。S级……super吗？”

我无奈地看了她一眼：“Special。”

“哦哦哦！”尧尧吐了吐舌头，急忙在列表上更改。

“你先带着其他研究员把分级和数量统计一下，”我按掉口袋里的手机，“一会儿我再回来归纳，看目前有哪些用得上的。”

把尧尧撇下，我转身回了自己的办公室。一开门，就看见王某跷着二郎腿坐在我的桌子上，捧着手机不知道在玩什么聒噪的游戏。

我敲了敲桌面，示意他下来。

他眼神没有离开手机屏幕，只是轻松一跃，转身坐在了旁边的椅子上："找我干吗？"

"你说干吗？"我盯着他卷曲的刘海，没好气地说道。

"要辞职吗？还是说，我干脆把惊人院解散算了？"王某终于停下了手里的游戏，抬头冲我咧嘴笑了笑，"毕竟我懒，不适合做什么负责人，没了院长，我还不如把这地卖了，投资一家网吧或者洗脚城，你说怎么样？"

我冷笑，没理会他的插科打诨："王某你知道吗，到现在你还没被人打死完全是因为你有钱。"

王某不满地撇撇嘴："什么啊，我平时说话还是很中听的，不信你去看看隔壁徐至魔和石习生，那才叫一个真不会讲话。"

我无心和他拉锯："说说吧，你肯定有计划——你不可能放着院长不管的。"

王某两手一摊："别别，这次我可真没辙！"

"你别浪费时间，那个提取基因的东西可是能要人命的，就算是院长，一旦躺进去，也很难说不会有生命危险。"我厉声反驳。

王某长叹一口气，望天摇头："我知道啊，所以我当时想着干脆就把你留在那里算了。是那家伙非要去救你，还拿我和他的秘密来威胁我……我能怎么办，我也很绝望啊，这些事情本来就和我没什么关系，干吗什么都要扯上我？"

"算了。"我转身就走，"我自己想办法。"

"哎哎哎！"王某急忙上前拉住我，"你可不能乱跑，陈路青现在正铆着劲儿抓你呢，我现在正在托人办理移民手续，等拿到手续，你就赶紧走得远远的，安安生生的，就算是帮我了成吗？"

我睁大双眼："是院长让你这么做的？！"

"不然呢？你觉得还有谁能威胁得了我？毕竟他还欠着我一屁股债，当然也包括你之前在我家打碎的明朝树瘦壶。"王某掐着指头算计着，“他这也是为你好，让你远离这些纷争。”

凭什么？！我一拳打在办公桌面上，吓得王某打了个哆嗦。

胡烁也好，院长也好，为什么都是一个样子？把我蒙在鼓里，让我活在Zora的世界里，又不惜以假死牺牲自己的自由，只是为了让我逃避涉黑组织提取基因的痛苦；甘愿牺牲自己，拿自己来换取我的自由，却根本不管自己死活和违禁药物造成的后果……这两个看似一模一样的男人，打着“为我好”的旗号，却从根本上剥夺了我选择的权利。

这两个蠢货。

“我是不可能离开这里，离开惊人院的。”我咬牙对王某说道，“那两个该死的浑蛋，必须得当面给我个说法才行。”说罢，我将双手插进白大褂的口袋，攥紧了那两张看似一模一样的合影，大步朝第三培植中心走去。

超级生物分级说明

D级（Danger）：指对人类安全存在威胁的攻击性超级生物，例如莲蛇等。

N级（Normal）：指常见且对人类毫无威胁性和攻击性的超级生物，对人类不会造成什么直接影响，例如复影、寄居兽、玻璃蝴蝶等。

S级（Special）：指暂时无法准确定义的超级生物X。

R级（Rare）：指少部分能够对人类产生直接影响，但不会造成危险且能通过有效措施来诊治和预防的超级生物，例如记忆孢子、笑叶、蠕眠、真盐等。

请各位调查员今后严格按照此分级法对超级生物进行分类整理。

No.023

恶铃

灯光昏黄，像是被裹了层恰到好处的焦糖。甜腻的百利酒在努力挥发，融化一半的冰块失去了原本的形状，可怜巴巴地和玻璃杯底融为一体。

我原本从不去酒吧的。

喧闹的电子乐让人无法静下心来，我舔了舔杯沿上沾着的盐粒，让干涩的嘴唇稍稍润湿。

“尧尧，”我转身对坐在我身边的人说道，“仅此一杯，你不许再喝了。”

“啊？可是晓博士……”尧尧的眼镜已经被丢在了吧台一侧，整个人像是被刷了层粉色的糖霜，晕乎乎地抬头看向我，“可是，这是酒吧呀。”

说着，还不忘打了个嗝。

我无奈叹了口气。

没错，我怎么可能在这样要命的关头带着尧尧来酒吧买醉？这不合理，且不说院长和盖爷生死未卜，关键是陈路青还在四处搜寻我的踪迹。

按道理，我此时应该老老实实待在院里，等移民手续办理妥当后迅速离开这个是非之地。

然而，就在我对目前情形束手无策的时候，我却收到了陈路青的信息——

明晚十点，48 号酒吧见。

王某当下就说，这摆明了是陷阱在等我往里跳。可我知道，事情绝不会那样简单。

因为我现在迫切需要知道，当年陈路青和胡烁的交易内容究竟是什么。

此时此刻，这个非同寻常的女人选择用短信的方式约我出来，而不是直接带领一帮人闯入惊人院把我绑走，那就说明她一定是像当年一样，有什么交易想同我谈。

突然，面前的空酒杯被人灌入茶色的液体，浓烈的酒精味扑面而来。

“如果我告诉你，现在全世界只有你可以救院长和胡烁，你愿意跟我走吗？”

我从杯子的倒影中，看到了陈路青面无表情的侧脸。

我并不了解这个女人，但仅从我对她有限的接触和观察中可以得出，这是一个向来以结果为导向的人。她从不效忠于任何一方，非黑非白，保持着一个微妙的中立态度，哪里能让她获益，她便更靠近哪里一些。

从她一开始选择将惊人院和院长的事情瞒着他们所谓的“先生”，就能看出她一定是有自己的目的的。

我将身上的外罩褪下，轻轻披在尧尧身上，答非所问道：“你想从我这里得到什么？”

陈路青轻笑，举起面前的杯子抿了一口，细碎的短发扫在眉尾，什么也没有说，只是随手抽出几页纸，轻轻一弹，从吧台上滑到我手边。

上面是我熟悉的字迹。

这是胡烁亲手填写的实验报告，略过中间密密麻麻的数据，在最后结论处写着这样一行小字：经检验，该X为不完全激活体，不存在提取优质基因的可能。

所以，到现在为止，胡烁的计划全部失败了。

他当年一定没有想到，自己的假死会给院长带来“不完全激活”这样一个漏洞，导致事到如今，院长对该组织而言毫无用处。想要用院长来当我挡箭牌的这条路，从根本上来讲已经被堵死了。

陈路青没有给我思考的时间，自顾自地开口：“如你所见，这个报告现在被我拦了下来，还没有递交给先生过目。所以现在，为了确保这个优化项目的成功，我只有两个选择：第一，把你这个完全激活体带回去；第二，我杀了胡烁，好让那个院长变成真正的完全激活体。”

我没有说话，只是将手中的报告重新折好，抬头看向坐在我身旁的陈路青：“你不想胡烁死，所以才选了第一个选项，对吗？”

陈路青没有否认：“可如果你拒绝，我不确定自己会不会选择后者。”

我没有退让，开门见山：“我现在需要知道，你当年和胡烁究竟进行了怎样的交易，这样我才好判断自己值不值得冒这个险。”

陈路青似乎早就料到我要问这个，没着急开口，而是缓缓饮下半杯烈酒：“你应该知道，我和盖世之前的事情吧。”

我点头：“他之前卧底在组织，和你……蛮亲近？”

陈路青笑了，只是这笑夹杂着太多我看不懂的情绪：“亲近？你们现在的年轻人说话都这么委婉吗？这没什么好避讳的，他是我男人，我俩有过一个孩子。”

我依稀记得自己当时被胡烁检查，半梦半醒间听到的对话。

看来，关键点就在于这个孩子。

“那时候他在我手下做事，不爱说话，行事果敢，手段狠辣，和我是同一类人。”陈路青回忆道，语气却总像隔着万水千山，仿佛是在讲述别人的故事一般，“那时候，我们混得不如现在好，很多时候都在刀尖上行走，任务危险，身边的兄弟也从不提明天的事。那一次，在公路上和警方交火，我们的人没剩几个，撤退过程中车子坠毁，我和盖世滚落山崖，本以为逃过一劫，我却突然发现山顶有狙击手，下意识就扑上去挡在了他身上。”

陈路青轻描淡写，撩开衣领露出后肩的疤痕：“中枪后，我失去了意识，料想凶多吉少，可奇怪的是，我醒来后却发现自己已经回到了住地，伤口也被处理得当，捡回一条命来。那之后，盖世就有些奇怪，后来再也不愿意拿枪。当时我就怀疑，盖世可能是警方的卧底。”

我将目光从陈路青的伤疤上挪开。看来，盖爷说他早年间任务中出了问题，拿不了枪，还留下了晕血的后遗症……这并不是富新大厦的事情造成的，而是再往前数几年，在那个时候留下的心理阴影。

至于那时盖爷在陈路青中枪昏迷后究竟做了什么，才导致他日后无法碰枪并且不再被警方信任……我就不得而知，也不愿去猜想了。

“这么说，你其实知道他是警察，却还是选择和他在一起？”我问道。

陈路青没有直面我的问题：“我和他在一起也并不是因为什么身份，卧底也好，跟班也罢，我看上的不过是他这个人而已。”

我不再追问她和盖爷的过往感情：“那，你们的孩子究竟怎么回事？”

陈路青继续说道：“孩子刚出生不到两周就夭折了，就是在……富新大厦大火前一周。”

我愣了愣。这么说，往前倒推，盖爷的卧底行动选择收网的时候，刚好是陈路青生产的那几天。我相信盖爷选择这个时候将组织一网打尽，一定是考虑到了陈路青和他的将来。

陈路青看我没有反应，便扬了扬眉毛，那张写满岁月痕迹的脸上浮现一丝苦笑："我相信你已经从不同的人口中听到了不同的关于富新大厦那场大火的版本，现在，你准备好接受最后的真相了吗？"

五年前的十月，富新大厦。

赤红的火焰跳跃着、抖动着、疯狂着。浓烟之中，人群的尖叫声越来越远。

"你别急，咱们楼层高，你在这里等着，我出去看看情况。"胡烁将毛巾浸湿，一条递给蹲在窗前的晓博士，一条捂住自己的口鼻，弯腰贴墙从走廊往安全步梯方向走去。

然而胡烁并没有去查看火情，而是迅速走进被锁死的另一个楼梯间。

推开门，那里站着一个穿黑衣服的女人。

"火是你放的？你究竟想做什么？"胡烁关上防火门，厉声质问。

陈路青掏出枪面无表情地指向胡烁："我知道你有办法。"

胡烁举起双手，紧盯面前的女人："我们之前不是说好了，我可以和你们那个组织合作，但前提是要保证我们之间的交易——你替我向他们隐瞒晓的身份，我就帮你再找一个 X，让你激活成你夭折的孩子。"

陈路青点头："可组织现在对我下达了最后通牒，你也看到了，这里四处都是警察，我不可能一直替你瞒下去。况且，你现在办公室的试管里不就有一个未激活的 X 吗？"

胡烁额角滑落一滴冷汗，沉默片刻，他才开口："你有你的私心，我也有想要守护的人，你根本不知道激活 X 的方法，所以你就算拿到那个试管又怎样——你需要我活着。但只要你敢打晓的主意，对不起，我们的交易就结束了，我宁愿死，也绝不会告诉你激活 X 的方法，这样你永远无法让你的孩子重生。"

在放火前就已经搜索过整层楼储存资料的陈路青自然认同胡烁的

说法："所以呢？你的解决方法究竟是什么？"

"让我们抛出去一个诱饵。"胡烁一字一句说道。

陈路青思索片刻，似乎在考量这个提议。

胡烁补充道："我想要保护晓，而你也想从我这里得到X来激活成你的孩子，那么如果没有一个诱饵，无论是晓还是今后你激活的孩子，都会成为组织的目标，这样的风险，我相信你不会没有考虑过。"

陈路青这才放松了警惕，放下枪，示意胡烁继续。

"我会把X的资料和办公室里那个未激活的X一并交给晓，然后，我会在这场大火中假死，让晓目睹我的死亡。随后我会跟你离开，去帮你完成基因优化项目。这样，晓一定会将那个X激活，而那个和我长相一模一样的X就是我们的诱饵，让他来吸引组织的目光，毕竟，提取基因只需要一个X就够了，这样一来，晓和你的孩子都安全了。"胡烁说道，"在我帮你找到新的X之后，我们只需去把那个和我长得一模一样的X抓回来用作基因提取，而我再以那个X的身份重新回到晓的身边，这样，一切问题就都完美解决了。"

陈路青轻笑，从怀中摸出一只打火机和一把枪递给胡烁："说吧，我该怎么配合你？"

……

"不许动！举起手来！"

盖世身着警服，在浓烟中踏入顶层，站在了胡烁办公室的门口，毫不犹豫地将枪抵在了黑衣人的脑后。

"穿上制服果然不一样，都敢拿枪直接指着我了？"陈路青轻笑，却没有回头。

盖世怔住："路、路青？你怎么……"

陈路青依旧没有动作，只是用眼神催促面前的胡烁加快布置尾火的动作："我知道你早就开不了枪了，盖世，看在那个孩子的分上，你放过我，也放过你自己吧。”

“你不是应该还在医院才对吗……你为什么、为什么……”盖世显然没有预料到眼前的局面，一时间乱了分寸，本想迂回上来用枪压制对方，随后再趁机赤身相搏制伏歹徒，却没想到竟遇到这世上唯一一个了解自己根本开不了枪的人。

“没时间了。”胡烁看到对方的警徽后急忙举起枪，直指盖世。

“别开枪！他是……”陈路青话音未落，一声枪响便穿透烈火和浓烟击中了盖世的手臂。

在外间的晓博士听到枪响，下意识朝里间走去，却是被紧接着一股爆炸的热浪推远，只看到胡烁消失在大火中的身影……

手中的酒杯已空，我身上布满鸡皮疙瘩。

“他脸上的伤就是那时候造成的。”陈路青说道，“原本是需要我开枪击中他身后的高温培植箱，让枪响造成尾火的爆炸，而他借此造成死亡假象的。可是胡烁并不知道我和盖世的关系，也不知道盖世有无法开枪的心理障碍。怕计划失败，胡烁才会选择提前开枪，他不惜杀死盖世，以身犯险，也要保证这个计划的完美实施……所以，你可想而知，他有多想保护你。”

我连连摇头否认：“他想保护的人不是我，是 Zora。”

陈路青冷笑：“看来，即便是身为超级生物 X，也逃离不了这种可笑的自我陷阱。”

我不想去过多解读她话里的意思：“所以你约我出来，是想让我跟你回组织，用我这个完全激活体把院长给换回来？同时也让你放弃对胡烁的杀机——那么，这对你有什么好处？”

“我需要胡烁活着，帮我寻找未激活的 X，但更重要的是……”陈路青放下手中的酒杯，轻轻捏住我的下巴，“我需要这个项目成功。”

我从她的眼神里读到了焦虑："是先生拿盖爷的性命威胁你了，是吗？"

陈路青松开手："优化基因的项目已经在我手里拖了太久，先生知道我和盖世的事情，上次我私自把盖世从麻辣烫店地下放走，已经让先生对我极为不满，所以这次，盖世是直接被关押在先生手里的。如果费了这么大功夫，最终让院长那个不完全激活体躺进提取仪器，却又什么都提取不出来，你应该能想到，不光是我、盖世，甚至是胡烁都不会有好下场。"

虽然我不了解那个什么"先生"的手段和为人，但从陈路青的眼睛里，我能看得到一个词语。

恐惧。

"不可以。"

一直趴在吧台上醉酒的尧尧突然一把抓住了我的手腕，缓缓抬起头，双眼晶莹，颤抖着看向陈路青："这根本就是道德陷阱，拿晓博士一人，换胡烁、院长、盖爷，还有你的性命，且不说值不值得的问题，这本身就是一道伪命题，人性悖论！"

"小姑娘，"陈路青冷笑，"你可别忘了，她啊，根本就不是人。"

我胸腔一震，一字一词，都刺痛着我让我无法反驳。

谁知，尧尧却一把举起面前的酒瓶，上前用力推开陈路青："我看你才不是人！"

"尧尧！"我大惊，急忙上前拉她。可她暴躁异常，恨不得将陈路青大卸八块才解恨。可尧尧毕竟不是陈路青的对手，对方轻松将尧尧反手压制，死死按在桌子上。

尧尧的眼镜掉落在地，咔嚓一声，在推搡中被人踩碎。

"你要不把她当人看，干吗要告诉她真相，让她来选择呢？你直接来惊人院，把她打晕了绑走不就完了吗？何必再来伤害她一次！"

尧尧嗷嗷叫着，根本不像她平时的模样。

酒吧周围的人被吵闹声吸引，也不知是谁煽风点火，说一群人欺负两个女孩子，竟和陈路青带来的几人扭打在一起。一时间，丁零当啷，尖叫声此起彼伏。拳脚无情，原本气氛欢愉的酒吧瞬间变成了嘈乱的群架现场。

“走！”尧尧不知什么时候趁机从陈路青手里挣脱，一把拉起我的手，转身朝后门溜去。

黑色的阴影错落穿插在后街的小巷，我被尧尧拉着，飞速朝尽头的拐角奔去。

“尧尧！”

我吃力地跟在后面，试图挣脱她。

“晓博士你不许去！”尧尧头也没回，“对，我很自私，我可以没有院长，没有盖爷，但我不能没有你。”

我眼眶有些发烫，模糊得看不清前方小姑娘的背影。“尧尧，你听我说。”我开口。

“我不听！”尧尧不知哪里来的力气，丝毫没有松手的意思。

我叹了口气，换了个话题：“刚才的恶铃，你回收了吗？”尧尧愣了愣，猛然停下脚步：“晓博士……你……你发现了？”

终于逼停了暴走的尧尧，我这才抽回手揉了揉发红的手腕：“你啊，明明是少有的D级超级生物，你竟敢擅自带出来，还丢在那里完全忘记回收，让你抄几遍调查员守则才能改？”

尧尧欲哭无泪：“啊，你竟然发现了……我还想着之后偷偷再来回收的……”

我摇摇头：“刚进入酒吧，你拉着我选了个离音响最近的位置坐下，我就有些奇怪了。后来你突然站起来和陈路青起冲突，我才意识到究竟是怎么回事。说吧，你把恶铃挂在哪里了？”

尧尧心虚地回答："就……就大门口那里，我用它替换掉了门口的风铃。"

怪不得刚才尧尧稍微一煽风点火，酒吧里的人就都像是吃了炮仗一样暴躁易怒，二话不说和陈路青的人打了起来。原来都是拜那个家伙所赐。

恶铃是少有的D级超级生物，是一种植物，形似铃兰，开花呈碗口状的铃铛形。但它与直接对人类造成威胁的一般D级超级生物不同的是，它是通过影响人们的情绪来造成人类世界的混乱。

恶铃的花是杯子大小的铃铛形，发出的声音若有若无，不仔细听根本不会注意到。可一旦听到这种声音，就会激发人的负面情绪，即使是平时再温柔和善的人，也会变得暴躁、易怒、疯狂。只要稍稍制造一些矛盾，就会引起大规模的冲突事件——之前惊人院接到过很多起集体性暴力事件，调查发现，案发地附近都有恶铃出没。因此，为避免大规模暴力事件的出现，惊人院已成立专项组四处搜寻恶铃的踪迹，移栽到第三培植中心的隔音培植箱中。

尧尧这家伙，一定是从那里偷来的恶铃。

看来，她执意要跟我来见陈路青，就是打的这个主意。她从一开始，就想好了怎么带我撤退。

所以说，人类这种生物还真是麻烦啊。

"尧尧，"我沉默片刻终于开口，"你知道吗，你不能替我做选择。"

"可是晓博士，王某一定还有别的办法……真的，你要相信我们，相信惊人院！石习生也在想办法，徐至魔也在帮忙……我们一定能想办法救出院长和盖爷的，所以在此之前，你就……就再等等我们吧。"尧尧死死抓住我的衣袖。

我笑了笑，推开她的手："调查员守则是怎么说的你都忘记了吗？对人类有威胁的超级生物是绝不能放任不管的，一定要带回惊人院处理，因为这样，也是保护它们的一种方式。”

“是的。”尧尧点头，却丝毫没有要回酒吧处理恶铃的意思，只是依旧死死抓住我。

我指了指酒吧的方向。

尧尧摇头：“可是我觉得，比起恶铃，你的威胁要更大一些，才更要带回惊人院处理。”

我指尖一抖，却仍旧没有停下将藏在口袋里的胶囊捏碎的动作。我抬手一挥，将早已准备好的蟏眠撒向毫无防备的尧尧。

“我是完全激活体 X。”我将尧尧扶稳，安置在角落里，“和我比起来，院长才更有威胁，才更应该被带回惊人院处理，不是吗？”

名称：恶铃
等级：D
发现地：T 市某道路收费站

简介：形似铃兰，开花呈碗口状的黄色铃铛形，发出的声音若有若无，不仔细听根本不会注意到。可一旦听到这种声音，就会激发人的负面情绪，即使是平时再温柔和善的人，也会变得暴躁、易怒、疯狂。只要稍稍制造一点矛盾，就会引起大规模的冲突事件，因此被定性为 D 级超级生物。

特点：适应性及繁殖能力较强
为避免大规模暴力事件的出现，惊人院已成立专项组四处搜寻恶铃的踪迹，移栽到第三培植中心的隔音培植箱中。如有相关线索，请各位及时报告！

No.024

蛮蛮

“院长他……还好吗？”

引擎的轰鸣几乎盖过了我的声音，让压抑的车厢重新陷入死寂。

陈路青似乎在思考，仅从车窗上的倒影看不清她的表情。我清了清有些肿胀的喉咙，试图再次引起她的注意。

“别急，你马上就能见到他了。”陈路青还未等我再次发问，便放松身子倚在靠背上，阖着眼，跟随汽车摇摆的节奏小幅度晃动。

我斜眼看了看坐在后排的三个男人，见他们的目光都钉死在我身上，便有些不自在地长叹了口气：“我既然愿意跟你走，就绝不会反悔，你这样，反倒让我觉得自己像个重罪犯人。”

陈路青眼都没睁：“就算你不逃，但不代表你不会耍别的花招。更何况，你还是个不亚于胡烁的超级生物领域的专家，合作这么久，在他身上我可吃过不少亏。”

我老实坐在自己的位置上，把头偏向车窗外，盯着满眼荒凉而泥泞的山路，自言自语道：“他究竟是什么样的人呢？”

陈路青睁开眼，却没有回应我。

“我是他的妻子，”我伸出手将车窗上的水汽擦去，“可我还没有你们这些人了解他。”

“狂热、执拗、善妒、为达目的不择手段……这样的胡教授，你应该从来没见过。”陈路青拧开手上的矿泉水递给我，“但他身上有一个奇怪的开关，只要按下去，他所有的歇斯底里就都能瞬间烟消云散。”

我很清楚陈路青所说的“开关”是什么。

或者说，是谁。

“好了，旅游观光到此为止，咱们也该进入正题了。”陈路青坐直，活动了一下自己的脖子，话音刚落，我还没来得及提问，便猛然感受到一阵强烈的电流从后背袭来，酥麻刺痛，遍布全身，下一秒，就失去了意识。

嘀嗒——嘀嗒——

机械的电子提示音从遥远的位置传来，精准敲击我的太阳穴，我全身战栗，直到刺眼的红光晃过我的双眼，我才终于将涣散的焦点重聚，看清眼前的一切。

在我面前，是一道玻璃的墙壁。

我试图抬起头去寻找其他出路，却在移动的同时触碰到了身侧透明的墙壁。

我眼前的不是玻璃门，而是将我整个人封锁其中的透明玻璃箱。

啪啪啪——我急忙抬手拍打玻璃箱，试图引起别人的注意，可除了震耳欲聋的回声外，什么都没有得到。

冷静下来，我隔着玻璃四处观望，这才发现，自己身处一间空旷阴暗的屋子，四周除了塑料集装箱和几排木质的柜子外什么都没有。我身上原本的衣服也被替换成了蓝色无菌服，不管是手机钥匙，还是钱包都不知去向，手腕上绑着一个奇怪的电子设备，正在不厌其烦地发出频率相同的蜂鸣，同时监测记录我的脉搏。

我既像被封存在棺椁中的尸体，又像是泡在福尔马林中的标本，面对眼前的情景，根本束手无策。

突然，我感受到脚下细微的震动。

我这才意识到，自己在移动。

看来我之前的推测并没有错，如果说，提取 X 的优质基因是那个组织目前最为迫切的利益项目，那么，那台昂贵的大型提取仪器一定位于组织的核心位置。

也就是说，我现在已经来到了组织的老巢。

我抬手按在自己上腹的位置，隔着无菌服按动自己空荡荡的胃部，指尖传来的异物感让我安下心来。

按照我之前与组织的接触，他们行踪不定，善于伪装，戒备心强，我虽猜到进入这里需要被全方位安检，身上任何金属物都难逃被销毁的命运，但低头看着自己身上空荡荡的无菌服，还是没想到安检竟如此严格。

因此，不管是怎样高科技的通信设备和定位装置，都无法被带进去。

除非，被带进去的通信设备，就是我自己。

“咳咳。听得见吗？”

我压低声音，缓慢眨眼，四处张望，等待一切可能的回音。

“啧，你别瞎晃，晃得我头晕。”

终于，石习生烦躁的声音从我耳边传来。紧接着，一道熟悉的红光从我眼前闪过。

我停下动作：“刚才我昏迷的时候就已经看见你电脑屏幕上的红光了，你什么时候完成传感的？”

耳边传来了敲击键盘的声音：“就刚刚。之前没反应，还以为出了问题，原来是你昏过去了。”

“能看到我现在身处的环境吧？”我扫视四周问道。

石习生顿了顿：“你现在在一个移动的大型集装箱里，应该是被他们当作货物运进去的。”

我靠在玻璃箱上：“谢谢你，不然，我真的没有把握。”

石习生没有回应我，只是有些不自在地端起手边的杯子，咂了口甜腻的热巧克力。

我为什么会如此了解远在惊人院第二培植中心的石习生此刻究竟在做什么，甚至连那杯热巧克力的黏腻口感都了如指掌？那是因为我和石习生的体内，有一对儿蛮蛮。

蛮蛮是一种形似蜗牛的超级生物，总是成对出没，一雄一雌，一赤一青，圆形光润的外壳由坚硬的碳酸钙和磷化物组成。它们成双共生，传感互通，因此，我和石习生分别吞下一只蛮蛮，就可以达到分享彼此视觉、听觉和触觉的目的。

更重要的是，由于蛮蛮的壳成分与人类骨骼成分相似，因此只要吞入体内，不使用生物手段是无法被察觉的——也就是我所谓的，将自己变成通信设备。

可由于蛮蛮的外壳坚硬无比，所以共享感官的代价就是，事后只能通过手术的方式将体内的蛮蛮取出。

因此，除了谢谢，我真的不知道该对石习生说些什么。

在和尧尧去酒吧赴约前，我就已经将蛮蛮吞入了自己的胃袋，同时每隔十分钟给石习生发送一条安全信息，直到他不再收到来自我的短信，他便会将另一只蛮蛮吞下。

“哎！你把尧尧扔哪儿了？”王某的声音从我耳边传来。

石习生眉头一蹙：“哥你声音小点儿，要震死我。”

转脸看见王某咧嘴一笑：“我这不是怕晓博士听不见嘛。没想到这玩意儿还真这么神。”

我将尧尧的位置报给了石习生，就听王某那边拨通了大摩托男的电话，叫他接人去了。

“先不说了，集装箱好像停止移动了。”我敏感地捕捉到周身环境的变化，随即便不再言语，静候大门的开启。

强光袭来，我急忙闭上眼，生怕耳边传来石习生的叫骂。

“睁开眼！趁现在观察，看能不能猜到你的位置！不然一会儿进到基地里，就再也没有机会了。”耳边却传来了石习生的催促。

无奈，我只好硬着头皮适应强光，片刻过后，才终于看清眼前的一切。之前身侧的墙壁已经整个被开启，随后，集装箱渐渐倾斜，我所在的玻璃箱便和其他货箱一起顺势滑落。突然的失重感让我有些头晕，可也就是在跌落的瞬间，我看到一旁货车车身上的标识。

耳边传来唰唰的笔触声。

“王某你认识这个标识吗？”石习生迅速而准确地将那个Logo临摹出来，递给身旁的王某。

“石习生你可以啊，没想到你还会画画。”王某咂咂嘴，“没见过。”

这时，身后传来玻璃碎掉的声响，我闭上眼，随着石习生视线的转移，看到了站在后面的徐至魔，只见他手里拿着两支试管，打碎其中一支递上来：“是这个，一家医疗器械厂商的商标。”

“知道了。”石习生转过身，迅速在电脑里搜寻这家工厂的所在地。

这一刻，我突然感觉自己很幸运，终于可以不再孤身奋战。

然而，下一秒，我便重新迎来了绝望。因为，我所在的玻璃箱落地了——

扑通！

我竟然跌入水中！

潮水将我包裹、吞噬，我没有任何可以借力的东西，只能死死地贴在玻璃箱一侧。无数的气泡似将我埋葬在深海，我无法脱离无形的牢笼，只能随着它的沉没而消失在海平面上。

“海、湖、河……甚至，甚至是水库和鱼塘，快，快查一下和这家医疗器械厂商有关的……有水的地方！”我感到呼吸困难，说话也时断时续。虽然没有一滴水入侵到我的领地，可我面对双重的枷锁仍旧仓皇，水流湍急而凶猛，拍打着我身侧的玻璃，我无法控制自己的下沉，而接下来的黑暗，更是让我陷入惊慌。

唯一让我感到安心的，便是耳边不时传来的敲击键盘声，和眼前偶尔闪现的第二培植中心的画面。

我的呼吸越来越急促，手腕上的设备传出紧促的鸣叫。

突然，我感到肩膀一沉。

“放松，仔细观察四周，其他的交给我们。”王某的声音出现在我的耳畔。

我清晰地感受到来自肩膀上的力量，一瞬间便将我从黑暗的旋涡中拯救出来。我身后如同聚集了无数无形的身影，仿佛我从来都不是一个人。

我顺着玻璃箱翻转的方向，努力控制自己的动作，同时尽可能四处观察，找到能够定位自己的关键。水下漆黑一片，除了水底黑乎乎的水草和石头之外什么都没有。突然，我重新感到强烈的推背感，紧接着一阵天旋地转，我仿佛被什么东西吸入，一瞬间黑暗过后，便稳稳落在了传送带上。

滴答的水声唤醒我的意识，睁开眼，我已经来到了空旷的大厅。

陈路青早已等候在这里，见我睁眼，便站起身摆摆手，示意旁边的人将封存着我的玻璃箱从传送带上取下，放在医用的急救推车上。

“可以放我出来了吧？”我忍住一阵恶心，拿手敲了敲玻璃箱。

陈路青头也没回地在前面带路：“直到那台机器将你榨取干净，否则你是出不来的。”

原来，这个玻璃箱子已经是提取仪器的一部分。

我刚要开口问院长，陈路青便解锁了大厅尽头一间实验室的大门，同时转身递给我了一个类似同情而好笑的眼神："按照约定，这家伙还给你。至于是生是死，和我可没有关系。"

我吃力地在有限的空间内抬起头，顺着陈路青的身影看过去，在这间实验室正中央的手术台上，躺着一个和我穿着一样无菌服的身影。

"你对他做了什么？！"我下意识地坐起身，却是磕到了玻璃箱的盖子，"他是不完全体X，本身人类的形态就不稳定，你……你放我出来！"

陈路青事不关己地耸耸肩："我可什么都没做，这家伙一直在胡教授手里，至于胡教授都对他做了什么，你应该不难猜到，不然，那个不合格的检测结果又是怎么得到的呢？"

我的眼泪夺眶而出，疯狂地拍打透明的箱子："陈路青！你把话说清楚！"

嘀——自动门突然弹开，我猛然停下动作。

"陈路青，你把她带来做什么？"

站在门口的男人没有动作，但周身散发着危险的气息，让人不由自主想要逃离。我急忙侧身，躲避阴影下胡烁的眼神。

就像小时候偷吃糖果被抓包，这一瞬间我竟有些慌乱。

陈路青没有回应，只是招呼身边人将我所在的玻璃箱竖起锁在一侧仪器的凹槽上。

啪的一声，胡烁将手中的文件夹狠狠摔在桌面上："如果是这样，陈路青，我们之间的交易，到此结束。"

"正合我意！"陈路青不给胡烁一丝余地，扬起眉厉声反驳，"只要我能确保盖世活着，孩子——我可以不要。"

胡烁挽起白大褂的袖子，仿佛每一个细胞都在用力，我能清楚看到他嵌入皮肤的指甲："呵，别傻了，你真的以为，你把那个老警察从先生手里换回来，他就真的愿意跟你在一起吗？警察就是警察，而你，是和我一样的蛆虫。"

陈路青没有被胡烁的挑衅激怒，只是挥手转身离开实验室："明天，我静候你在众目睽睽之下亲自启动这个仪器。"陈路青挑起嘴角，不怀好意地笑了笑。

待实验室重归于静，胡烁的拳头才终于重重落在实验台上。

"啊……"实验台上如同死尸般的人影终于有了动静，我屏住呼吸，就见浑身是血的院长艰难转头咳了两声，"我说你，天天折腾我，还能不能让我好好休息一会儿……"

胡烁递过去一个凶狠的眼神："闭嘴！"

院长乖乖住嘴，却是忍不住轻咳，啐出一口血来。

"你……对他做了什么？"我终于有勇气开口了。

"晓？"院长诧异转头，循着声源看向我，可他四肢被死死固定在实验台上，用尽力气仰起头也看不到我的方向。

胡烁冷笑，起身走到实验台前，随手抽出一支针剂，干脆利索地刺入院长的手臂。

"你在做什么！"我崩溃地击打面前的玻璃，"你放开他！有什么冲我来！"

然而胡烁根本不理我，仿佛沉浸在自己的世界中，继续着手上的动作……

"住手！"我嘶吼道。

狂热、执拗、善妒、为达目的不择手段——陈路青的话回响在我的耳边。

"残次品……不完全体……呵呵，全都是，事到如今……全都是因为你！"胡烁机械地挥着，麻木而疯狂。

"不要这样……"一瞬间，我有些痛恨自己的出现。

因为，我才是胡烁疯狂的开关。

是我，从来都是我。

“晓博士你冷静！”耳边终于传来了徐至魔的声音，“根据石习生的描述和速写，我能确定，刚才胡烁给院长注射的应该是肾上腺素，手术台旁边也放有麻醉剂之类的药物，肾上腺素与麻药合用有利于局部止血，所以，胡烁有分寸，他不会伤院长性命的。”

可即便是来自徐至魔之口，我也无法相信，眼前陷入疯狂的胡烁，真的不会取院长性命。

“没错，”王某的声音随即传来，“你越是反应激烈，胡烁就越疯狂。”

“咳咳……我说你……”躺在实验台上的院长终于断断续续开口，“这样的画面，别让她看到，可以吗……”

胡烁停下动作，缓缓张开双手：“呵，有什么意义呢？反正在她眼中，我早就是罪人了。”

院长气息微弱，脸上没有一丝血色，双眸像极了即将熄灭的烟花，被镀上了一层晦暗的阴影：“我知道，你对我不满。你折磨我，我都接受。毕竟，我曾代替你在她身边待了五年。可是同样地，你的存在剥夺了我人类的感情，让我承受巨大的痛苦，你不觉得咱俩算是扯平了？”

“你没资格和我说这些。”胡烁喘着粗气丢下手里的刀具，靠在实验台的边沿颓然坐在地板上，“我放弃一切，以一个死人的身份苟活，将毕生的研究成果贡献给穷凶极恶的罪犯……你以为我这么做是为了什么？优化全人类？放屁！”

院长仰头笑了，嘴角的血顺着他苍白的肌肤滑落在耳后：“那我还真是抱歉了，你活着，我就真的无能为力，没法替她承担。”

“呵，是我搞砸了……”胡烁咬牙切齿，“这世上所有伤害过她的人，都得消失，包括我自己。”

我攥紧拳头，用尽全身力气，朝面前的玻璃砸去。

咚的一声，巨响终于吸引了胡烁的目光。此时此刻，两个看似一模一样的男人仿佛一瞬间重叠，我看到的竟然不再是黑白的对立，而是我从未想过的统一。

“你们两个……真是够了！”我指关节传来剧烈的痛感，可面前的玻璃根本没有受到一丝影响，除了耳边突兀传来的石习生说“疼死我了”的声音。

我在心里默默向无辜的石习生道歉，随后深吸一口气：“你们两个究竟要自说自话到什么时候？我什么时候说过，需要你们中的谁来替我承担什么？”

想说点什么——气愤的、无奈的、委屈的、尖锐的……任何一种语句到嘴边却都变了味道，根本无法表达自己此刻的心绪。

“这件事根本与你没有任何关系。”我看向实验台上的院长，“回去继续老老实实当你的惊人院院长，不要再擅自掺和进来。至于其他的……”我颤抖着咬住自己的下嘴唇，“一直以来，多谢你的照顾了。”

“啊……这话听着，怎么那么像临别赠言呢。”院长咧嘴笑了笑，不适时地打断我。

“从你出现的那天，到这一秒，我从来没有把你当作胡烁。”我没有理会院长的打岔，而是将目光坚定地转移到胡烁的身上，“就像胡烁从没把我当作 Zora 一样。”

话音刚落，这一瞬，我终于在胡烁颓丧的眼神里看到了熟悉的阳光。

“我们不是谁的复制品，所以胡烁，把他放了。”我指了指实验台上的院长，“现在，该算算咱们俩的账了。”

名称：蛮蛮
等级：N 级
发现地：B 市某大学操场

简介：一种形似蜗牛的超级生物，总是成对出没，一雄一雌，一赤一青，圆形光润的外壳由坚硬的碳酸钙和磷化物组成，与人类骨骼成分相似。它们成双共生，传感互通，因此，两个人分别吞下一只蛮蛮，就可以达到分享彼此视觉、听觉和触觉的目的。可由于蛮蛮的外壳坚硬无比，所以共享感官的代价就是，事后只能通过手术的方式将体内的蛮蛮取出。

特点：成双成对，外壳坚硬
由于蛮蛮总是成对出现，因此名字取自《山海经》中比翼鸟的别称："其状如凫，而一翼一目，相得乃飞，名曰蛮蛮。"

终章

【一】

时至今日，我仍然感激与胡烁的相遇，就算那段被镀上金州耀眼阳光的记忆并不属于我，纵使眼前站着的男人早已不是记忆中的那个，可他的存在仍是我所在的世界未曾分崩离析的原因。

这是不容我否认的事实。

“所以，哈……到头来，还是我多余了。”实验台上的院长轻笑，随后闭上双眼。

胡烁缓缓抬眼，左脸的疤痕随着面部肌肉的动作而不自然颤抖着，眼神暗淡无光：“我和你，没什么好说的。”

“为什么不肯承认？”我决然打断他，“Zora 已经死了，而我们，在你选择点燃富新大厦办公室的那一秒，也已经结束了。”

胡烁额头的汗水不适时地滴落，在静默空旷的实验室里听得一清二楚。

我将手掌覆在透明的玻璃上，试图离他更近一些：“到此为止，可以吗？”

“你不懂，现在已经无法挽回了。”胡烁没有正面回答我，而是将脸转向一侧。

我现在只有一个目的——想办法让胡烁把这该死的玻璃箱打开。

只有这样，我才能完成自己的计划。

“听得见吗？”石习生的声音从我耳边传来，“你不要着急，尽量从他嘴里套出更多的有用信息。刚才那个陈路青已经说漏了嘴，明天，明天就是开启提取X基因仪器的时间，她所谓的‘众目睽睽’，一定包含了这个组织大多数成员。所以，明天，是警方围剿这个组织的唯一机会。”

我没敢轻易回应，毕竟，现在站在我面前的男人，是个比我更了解超级生物的专家。

一旦被他发现我体内藏着蛮蛮，一切就都无法挽回了。

时间有了，现在，我需要位置。

“你说得对。”我没有否定胡烁，“这世上的确有很多事情是无法挽回的，但最起码，还可以停止。”

胡烁没回应我，只是抬手盯着自己的手心，似乎在自言自语：“我曾以为，当你发现了事情的真相后会怨恨我，所以我总小心瞒着，精心编织谎言，在和你相处的过程中，生怕你感受到任何异样。在X的事情暴露给陈路青之后，我想尽一切办法把你从这件事中剥离出去，可事到如今……你竟然为了一个替代品甘愿牺牲自己，牺牲我为你做的一切。”

“我刚才说了，谁也不是谁的替代品。”我抬起另一只手，“你能分得清我和Zora，我自然也分得清你和他。”

胡烁将手上的血渍擦在自己的衣服上，拿指尖隔着玻璃触碰我贴在上面的手掌。他的手在微微颤抖，软弱无力，就好像害怕被拒绝一样。

“胡烁，”我盯着他的眼睛，“这是我们之间的事情，既然你从没拿我当Zora的替代品，那么自然，我们也不应该把院长……当作我们计划中的牺牲品。所以，这才是我甘愿来这里的原因。”

胡烁突然收手：“你想做什么？”

“让我们亲自结束这一切。”我坦然看向他，“我们，早该结束在富新大厦的那场大火里。”

胡烁摇头后退，回到院长躺着的实验台前：“不可能，我绝不会让你再受到任何伤害。”

“那就你一个人去死好了。”

突然，院长轻声开口，打断了我和胡烁的相互试探。

我恨不得穿透这该死的玻璃箱，一巴掌打在院长那该死的嘴巴上。

我的目的很简单——要么，让胡烁说出我们所在的具体位置，这样石习生就可以联系警察，在明天仪器打开前将这个组织一网打尽；要么，让胡烁打开玻璃箱，放开我，将本该结束的一切终结于我的死亡。

只有我死了，组织手上就再也没有完全体 X；只有我死了，胡烁才会放弃这疯狂的坚持；只有我死了，才能阻止犯罪分子提取优化药物进行不法交易；只有我死了，他们才可能活下去。

院长此刻的提议扰乱了我的思路，让我一时间无法应对。

“说得对。”

胡烁挑眉笑了笑，伸出手将止血的纱布按在院长身上：“你说得对。”

我冷汗直冒。

“不可以！”我急忙拍打面前的玻璃。

“啧，”石习生那边也传来了焦急的声音，“这家伙老老实实躺着不行吗？非要瞎带节奏。”

“什么什么？”王某好奇地推了推石习生的肩膀，“说什么了？”

石习生不耐烦地传话：“院长提议说，让胡烁去死。”

王某挠挠头，一脸疑惑：“这……这提议挺好的啊，这样晓博士和院长不就安全了吗？”

“哥你是傻了吗？你听不出来院长的意思吗？他这是要胡烁自杀，好让他变成完全体 X，然后明天代替晓博士进入仪器！我们这次计划的目的，是要阻止 X 基因被提取！”石刁生愤怒地打断王某的话。

石刁生说得没错，这也是他们会答应帮我的原因。

在这种情况下，生死早已是小事，该如何阻止 X 的优化基因外泄才是重中之重。毕竟，面对这样巨大的利益诱惑，不管它掌握在哪一方的手里，为了争夺 X 的优质基因，都会造成未来不可估量的混乱。

所以，超级生物 X 的存在，一定不能被世人知晓。

躺在那里的院长再度开口：“没错吧？眼下，这是救晓博士的唯一方法。”

胡烁点头看向我，眼中闪烁着光芒：“没错，就算我之前的计划全部失败，无法再回到你的身边，但现在，我的死亡，最起码能够保证你的安全。”

院长附和道：“是的，毕竟，那仪器会将普通人瞬间化作粉末，我不确定它会给你带来多大的痛苦，这痛苦总得有人替你来扛。”

这两个人，竟在牺牲自己拯救我这一点，达成了统一意见。

我崩溃地闭上双眼：“你不能就这样离开我！胡烁……这是你欠我的，是你擅自把我带到这个世界上，活在 Zora 的记忆里，现在又不由分说把我一个人撇下……这到底，算什么？”

“我做这一切并没有错，我只是想要保护你。”胡烁说着，伸手摸向手术刀。

不要。

经历过的痛苦，我不要再重复一次。

我攥紧拳头盯着胡烁手中的利刃，眼泪控制不住地涌出来：“我不允许你再一次替我选择，胡烁！不然，我会恨你一辈子。”

对方抬起手，将刀锋准确放在颈动脉的位置，抬眼笑着看向我：

"晓，你知道吗？我真的很想逃开，放弃超级生物，放弃研究项目，远离这一切好好活着，仅仅是作为你的丈夫陪在你的身边。这样，你就可以一直恨我，哪怕要恨我一辈子我也心甘情愿。但是，我不能再自私了。你也看到了，我自私的产物，就是把他……"胡烁指了指身旁的院长，"带到了这个不属于他的世界。"

"查到了！"

耳边突然传来石习生的声音，随着键盘迅速被敲击的声响，我终于看到了一丝希望。

"是和那家医疗器械公司合作的医用垃圾废材处理厂……"石习生一边迅速解释，一边打开地图，"因为医用垃圾的特殊性，其病毒病菌的危害是普通生活垃圾的几百甚至上千倍，如果处理不当，将造成环境的严重污染，甚至成为疫病流行的源头。因此，医疗废材会交给专业处理厂进行回收。在消毒和热解处理过程中，泄漏的废液中含有大量有害物质，在你坠入水中的时候，我看到水底的水草几乎全部死亡，才顺着这个思路去查，发现城郊的这家处理厂水库地形地貌和你所在的地方相似性极高。于是我黑进这家工厂的工程系统，找到了他们的建筑地图，发现水库下的确有个秘密的地下空间。因为水里有有害物质，这也就解释了你为什么会被密封着运输进去。"

我顿时松了口气。

现在，时间和地点都有了，剩下的就是想办法阻止超级生物 X 的暴露。

然而，胡烁手中的刀刃已经贴着他的皮肤了。

"胡烁你等等！"我急忙开口，"我有办法结束这一切！"

胡烁的动作丝毫没有停顿。

"就算你死了，院长替我承受那台仪器的痛苦，可你想过没有，"我没有放弃，继续说道，"一旦超级生物 X 被世人所知，那样，我也根本没办法安心生活，一定还会有别的组织，甚至是政府出面来将我带走继续研究。现在我的体内有一只蛮蛮，我们已经成功定位了这里，明天，这个组织将不复存在，所以现在，是阻止 X 暴露的唯一机会了。”

终于，他的动作猛然停止。

“你……一开始就在想办法找寻组织基地？”胡烁诧异地看着我。

“来不及了，胡烁……这是唯一能够挽回这一切的机会。”我摇头躲避他的疑问，“我和院长原本就不该存在，胡烁，放过我们吧。”

他的手颤抖着垂下，就像一直以来拼命逆流而上的鱼终于放弃摆尾，随波搁浅在岸边。

“就是现在，”我向他伸出手，“结束这一切吧，让超级生物 X 始于你的双手，也终于你的双手。”

胡烁的眼泪终是落下，在他褶皱而丑陋的伤疤上留下一道浅浅的水痕。

“发现它们，认可它们，保护它们，”我微笑看向他，却是抵挡不住眼泪的汹涌，“这是你一开始带我接触超级生物就教给我的。所以，杀了我吧。”

冗长的沉默让我痛不欲生，我仿佛听不到任何回声，得不到任何回应，孤身徘徊，一个人站在崩溃的边缘。

直到我眼前的爱人，终于愿意走出黑暗，重新站在我的面前。

啪嗒。

玻璃箱解锁的声音如同终结的铃声，让我重重跌入胡烁的怀中。

我不清楚这个拥抱究竟意味着什么，到底是临别的痛苦，还是终结的幸福。但我知道，只要是他给的，我就照单全收。我拼命回应着，想要用尽全身的力量把他拥在这并不温暖的怀抱里，就这样，直到我生命的尽头。

“知道吗，就算再见面，我也从来不敢拥抱你。”胡烁的声音从我耳畔传来，“因为我怕自己会舍不得放手。”

我像一只贪婪的猫，拼命蹭弄他，好让我在他离我而去之后的日子，可偷偷舔食自己的毛发，把关于他的一切气味全部吃掉。

“这支毒药，我原本是想留给最后走投无路的自己的。”胡烁说着，从口袋里摸出一支微型针剂，“现在，我该送你走了。”

我在他的怀里拼命点头。

胡烁伸出手，将微型针颤抖着刺向我的后颈。

“我不再爱你了……”随着尖锐的刺痛，我闭上双眼。

“从何时起？”胡烁伏在我的耳边，在天旋地转的黑暗与死亡淹没我之前问道。

“现在。”

【二】

你感受过死亡吗？

没有痛苦，没有不舍，没有遗憾，只是闭上眼，与冬日点燃壁炉、光着脚躲进被窝里安心睡上一觉一模一样。

现在。

我以为这是我死前留下的最后一句话。

“晓博士！醒醒！”

喧闹、刺耳、杂乱，这不是重归于静的死亡应有的样子。

我恍惚睁开眼，却只看到了王某的卷毛。

所以，王某的身份成谜，归根结底其实是个阴差吗？

我头痛剧烈，被王某搀扶着坐起身，环顾四周，却发现自己仍身处这间空旷的实验室。只不过，身旁被打开的玻璃箱消失不见了，就连实验台上原本躺着的院长也不知所终，实验室里还站着几个全副武装的特警，正在忙着四下搜集证物。

我这才意识到事情不妙，一把抓住眼前王某的手臂："怎么回事？胡烁呢？我为什么……为什么……"

我的后颈传来酸胀的痛感，我抬手捂住，却突然意识到，胡烁最后给我注射的根本不是什么致死的毒药。

一旁的徐至魔放下手中的针剂，挪开我的手小心查看："这里是全身气血集中之地，他在这里注射了阻断剂，让你进入了一种近乎假死的状态。看来，他应该知道惊人院有药物专家，知道该怎么把你唤醒。"

我怔住："现在是什么时候？"

王某按亮他的手机屏幕递给我——已经是第二天的下午两点多。

不对，不对……这一切，全都错了！

我一把推开王某和徐至魔，跌跌撞撞站起身，如同无头苍蝇四处搜寻，丝毫不顾特警的阻拦，一把扯掉警戒线，朝对面的大厅冲去。

大厅中央，那个原本禁锢着我的玻璃箱被嵌入了一台精密的大型仪器，而那里面此刻空空荡荡，只剩一枚晶莹的金属物。

我崩溃地推开面前阻拦我的人，跪在玻璃前，颤抖地将那枚晶莹的戒指捧在手心。

那是和我之前被地口吃掉的戒指一模一样的对戒，只不过，尺寸大了一圈。

"喂，你回来！这机器还没有完全关闭，辐射极大，人只要躺进去，瞬间就灰飞烟灭了！"身后的特警上前将我拉回来。

我面无表情，转身看向他："你怎么知道？"

特警愣了愣，皱眉看向我："你作为人质什么都不知道吗？这个犯罪组织之前说发现了高级物种，要拿来提取什么基因，但是现在你看……”特警指了指空荡荡的玻璃箱，“失败了，根本没有什么高级物种，尸骨无存。”

我绝望地闭上眼，攥紧了手心里的戒指。

“胡教授，您现在涉嫌参与非法实验，需要跟我们走一趟配合调查。”

身后传来陌生的声音，我回头看去，就见那熟悉的身影被戴上了沉重的手铐。

“对不起。”

我从他的唇语中，终于读出了结局。

这么久了，终于邂逅了久违的晴天。

我将挂在衣架上的黑色风衣穿好，捧起装在盒子里新鲜采摘的蓝花楹，坐上了停靠在楼下的车子。

开车的是盖爷，那天围剿组织后，他被解救出来，休养了一段时间后，就重新回到惊人院的工作岗位；王某坐在副驾驶座上，低头用手机导航；我身侧坐着徐至魔和尧尧，石习生由于在取出蛮蛮的手术时有些感染，没有一同前来。

车子行驶平缓，路过满目春色，枝头盛放的灿烂传递着微酸的气息，在苦涩的基调里掺入一丝异味。头顶久违的阳光一如既往，在帮人认清生活残酷的真相之后，依然教会我们该如何热爱生活。

不同于凄惨的清明细雨，在这样的大晴天，来公墓祭奠的人并不多。

众人依次祭拜过后，我才终于上前，抬手将柔软的蓝紫色花瓣撒在那无字的墓碑上。如同金州校园里那条种满蓝花楹的街道，你我并肩走过，微风拂过，落了满肩的浪漫。

在我的脖子上挂着一条晶亮的项链。那上面，串起了一对婚戒。

这次，再也不会弄丢了。

“哎，张局长是吧？麻烦你了啊，这人是我哥们儿呢。再说了，他也没有参与实际犯罪，也是属于被胁迫提供技术支持而已，关了这么几天，也差不多了。”王某的声音远远从身后传来，我转身看去，就见熟悉的身影被身着便服的警察交到了王某手上。

“你哪来的小兔崽子？我是省局派来找历史委员会的荆主任的。”被称作张局长的人没好气地看了王某一眼，把人重新拉回来。

王某气得直跺脚，掏出电话拨了个号码：“喂！哥，这什么张局长啊……不是，他敢叫我小兔崽子！”

张局长脸色大变，急忙接过电话换了张笑脸：“哎哎，是是是，胡教授已经放了，放心吧荆主任……”

仍旧穿着那件白大褂。

他没有理会王某和张局长的喧闹，对上我的眼神之后便快步走向我。

盖爷招呼尧尧和徐至魔离开，同时将车钥匙递给王某：“你开车带他们回惊人院，我……我还有事，先走一步。”

王某瞥了眼盖爷：“哟，盖爷去约会啊？”

“嗯，我去探监。”盖爷低声回答，随后拦了辆出租车消失在我们视线里，这时，所有的喧闹才到此为止。

终于，他站在了我的面前。

这一瞬，天地失色，所有的光芒仿佛全部汇聚到了他的身上。而我不由自主地想要靠近他，再近一点，好让那些光只反射在我一个人的身上。

“你……”

“你……”

我俩同时开口。

他笑了，抬手示意我先来。

“你的身体状况，还好吗？”我没有推却，开口问道。

他耸耸肩：“很好，和重生的感觉一样，所有该有的不该有的情绪尽数涌进我的大脑，包括他之前和你有关的记忆。这是我第一次知道该用什么样的感情来面对这个世界。”

我故作轻松地笑了笑：“那就好。”

“也是我第一次知道……”他补充道，“原来，他是如此爱你。”

我转过身面向无字的墓碑，轻拂眼角的泪水：“不，胡烁最后瞒着我选择和你交换身份，自己躺入仪器，是因为他需要以自己的死亡来告诉不法分子、有关机构，甚至是其他一切有可能接触到这件事的人——这世上，根本不存在什么超级生物X，以避免X暴露后被各方势力争夺而引起的混乱。这就是他，最后践行超级生物项目原则的方式。”

“发现它们，认可它们，”院长上前朝无字的墓碑深深鞠躬，“更重要的是，保护它们。”

“所以，这不是区区爱情能够概括的。”我挥挥手转身离开公墓，大步朝印着惊人院标志的车子走去。

这是他第二次保护我。

而我，只能用更加坚定的脚步，来吊唁他的离开。

——《超级生物》第一季完——

惊人院主要成员档案

院长

——惊人院总负责人

性别：男

年龄：？

生日：12 月 14 日

超级生物 X。
情商智商双高，容貌与晓博士亡夫胡烁相似。
笑容温暖灿烂。
未完全激活时没有人类的感情。
孤独，温柔，内心强大，竭力热爱着惊人院的每一个人。

晓博士

——第三培植中心主任

性别：女

年龄：？

生日：10 月 24 日

超级生物 X。
超级生物项目主管，金州理工学院生物科学系学霸。
黑长直马尾，习惯背帆布包。
坚强，独立，勇敢，不苟言笑，独来独往。
看似外冷内热，实际用情极深，以她独有的方式保护着身边的人。

石习生

——第二培植中心主任

性别：男

年龄：26

生日：5 月 20 日

高智商天才程序员，超级程序项目主管。
身份扑朔迷离，容貌俊俏，常年穿帽衫。
喜甜食，口罩和耳机才是本体。
态度恶劣，说话带刺，毒舌，为人慵懒散漫，没耐心。

盖世
——保安
性别：男
年龄：40
生日：1 月 10 日

江湖人称“盖爷”，退役刑警。
昔日叱咤风云的硬汉，曾有一段神秘的卧底经历。
保安服，寸头，烟不离手。
喜欢年轻人的东西。
生性多疑，老谋深算，也有憨厚的一面。

王某
——保洁
性别：男
年龄：？
生日：6 月 9 日

外表为二十岁左右的年轻人。
棕色鬈发，浮夸，右耳常年戴黑金耳钉。
超级有钱。
惊人院背后总投资人，却只在院内做个无所事事的保洁员。
嘴贫，自信嚣张，随性洒脱。喜爱收集古玩。
唯一弱点是怕黑。
载录者，后为第四培植中心主管。

徐至魔
——药剂师
性别：男
年龄：27
生日：4 月 9 日

曾注射过量麻醉剂而精神失常，治愈后被惊人院接纳。
但丢失了之前的全部记忆，没人知道他究竟是谁。
肤色惨白，黑眼圈重。药理知识丰富，医疗技术过人。
典型文艺青年，除了研制药物外更喜作诗，号称诗意药剂师。

尧尧
——调查员
性别：女
年龄：21
生日：3 月 7 日

晓博士的助手。
青春有活力，少女心满满。
齐肩中长发，戴圆框眼镜。
单纯开朗，毫无心机，百分百纯吃货。
活泼爱笑，总一味替他人着想。
在童年时痛失双亲，但仍愿以笑容面对残酷的现实。

关于《超级生物》，你可能错过的十个小细节

1. “Zora”的中文含义是拂晓、黎明、金色的日出，因此，胡烁给晓博士取名为“晓”。

2. 胡烁的名字“烁”，意思是温度极高，形容酷热，暗指富新大厦那场关键的大火。

3.《超级生物》开篇丢失戒指，结局篇找回戒指，失而复得，却再也找不回戴戒指的人了。

4. 盖爷在院长办公室电脑里留下的歌曲 *Monsters* 是对整个故事最好的诠释。

5. Zora 车祸身亡的日子是 10 月 24 日，那天是 Zora 的生日，两人开车出行或许是为了庆祝；晓博士被胡烁激活的日子是 12 月 14 日，那天正好是胡烁的生日，因此晓博士的出现对胡烁而言是最好的生日礼物。

关于档案中院长和晓博士的生日，因为超级生物 X 的生日是由亡者的生日决定的，所以院长的生日是 12 月 14 日，晓博士的生日是 10 月 24 日。

6. 对于晓博士而言，胡烁是热咖啡，院长是干姜水。

7. 院长是晓博士的光，他的两次登场，都将晓博士从黑暗中拉了出来。

8. 石习生这种自诩“旁观者”的人，为什么会愿意做出如此大的牺牲，吞下蛮蛮和晓博士实现共感？答案可以在“超级”系列后续故事中找到。

9. “我不再爱你了。现在。”晓博士最后这句话的真正意思是：“我爱你，直到我死亡。”

10. 晓博士给胡烁扫墓时祭奠用的蓝花楹，是金州理工大学所在地常见的行道树。

结束也是开始，《超级生物》第二季预告

原本编号整齐的研究报告被随意丢在地上，坍塌的培植中心里，四处充斥着刺鼻的碳氢化合物的味道。碎砖乱瓦，断壁残垣，头顶仅剩一盏闪烁的白炽灯还在苟延残喘，裸露在外的电线连接着高压的培植箱，不时传来玻璃碎裂的声响。

突兀的脚步声渐近，黑色的粗跟鞋毫不留情地踩过一地碎屑，在曾经被人无比珍视的研究报告上，留下一串残缺的脚印。

发现它们，认可它们，保护它们。

呵，这是我见过的，最可笑的谎言。

我站在第三培植中心那因坍塌而早已无法分辨原貌的大门前，毫不犹豫将手中的火柴引燃，随后轻轻抬腕，那如碎星一般的火焰，以一个不怎么优美的弧度，坠入万丈深渊。

轰——

一触即燃。

熟悉的高温瞬间吞噬了我的背影。我生命中的这场大火，烧得有些太久了。

“晓博士！”

远处传来隐隐约约的呼喊声，我没有回头，更不顾烈焰灼烧的痛楚，结束也是开始，笃定向前。

这下，我可终于变成人们口中的怪物了。

“原本我一点也不着急，毕竟，我们有的是时间。”

院长站在实验台前，面前试管中的荧光照在他的侧脸，表情莫测。

我停下手上的工作，以问询的眼神看向他。

“但是……”院长转过身，他那苍白的脸上露出熟悉的笑容，“我好像有麻烦了。”

我忽然有种不好的预感。

“发生什么事了？”我站起身，试图离他近一些。

院长低头看了看自己的掌心：“我好像……退化了。”

我猛然抬头，却见他的笑脸竟开始融化，更要命的是，不仅面容，就连他人类的基本形态都无法稳定维持。顷刻间，我下意识快步向前朝他伸出手，可最终落入我掌心的并不是他温热的十指，而是从我指缝中流淌的红色液体。

和那天的大火一个颜色。

我有预感，我可能要失去他了。

“光华路 14 号发生爆炸，救护车和消防车都已经在路上了！”

“朝文广场出现群体性冲突，目前已造成多人受伤！”

……

我盯着屏幕上滚动的新闻，紧攥的拳头终于缓缓松开。

如果这个世界不接纳它们，那我就为它们再创造一个新的世界。

惊人院第三培植中心被毁，超级生物失控，晓博士黑化，院长面临死亡……这背后究竟隐藏了什么残酷的真相？《超级生物》第二季，敬请期待！